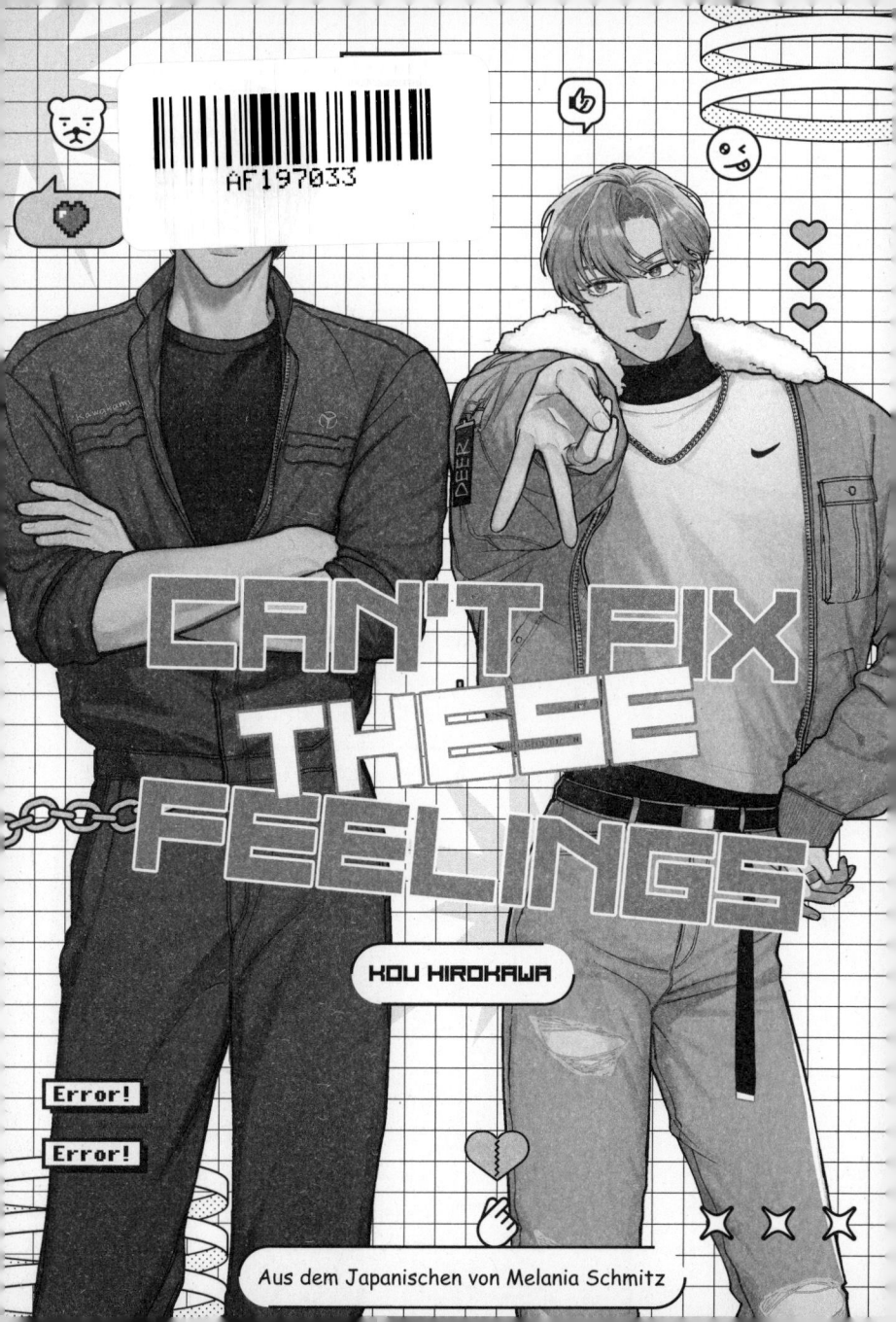

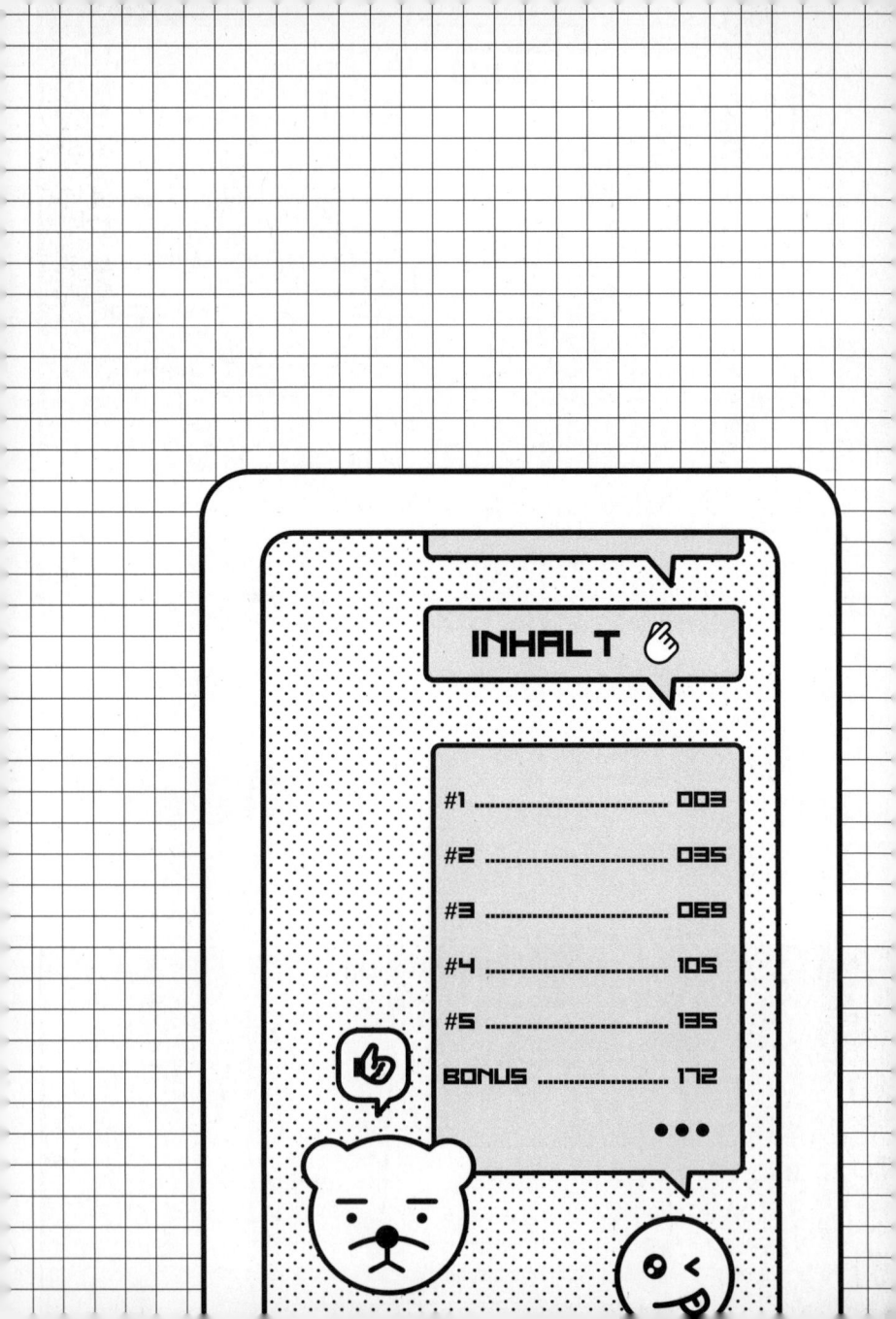

INHALT

• • •

Mein Verhalten an jenem Tag kann ich nur rechtfertigen mit...

Genau! Dem Timing.

#1

Das Timing war einfach schlecht.

3 2 0 X X
March

Sun	Mon	Tue	Wed
	1	2	3
7	8	9	10
14	15	16	17
21	22	23	24

Yama

Kumazawa!

PIIIEP PIIIEP PIIIEP

Okay.

Dann kannst du anschließend Feierabend machen.

Wie lange brauchst du noch?

Es läuft gut, bin fast fertig.

Weiter! Weiter!

Alles klar.

Oh!

Kumazawa!

Der Glückliche!

Ich will auch Schluss machen, Tani!

Vergiss es! Du bist zu spät gekommen, obwohl wir gerade verdammt viel zu tun haben.

Ich wollte gerade auch gehen, und bis zur Station könnten wir doch...

Tut mir leid.

Hast du jetzt Feierabend?

ミーン

チチチ

チチ〜

Schönen Feierabend!

SURR

Meine Bahn kommt gleich.

Dir auch...

...

FLOMP

Der nächste Halt ist...

Achtung, der Zug fährt ab!

PSHHHH

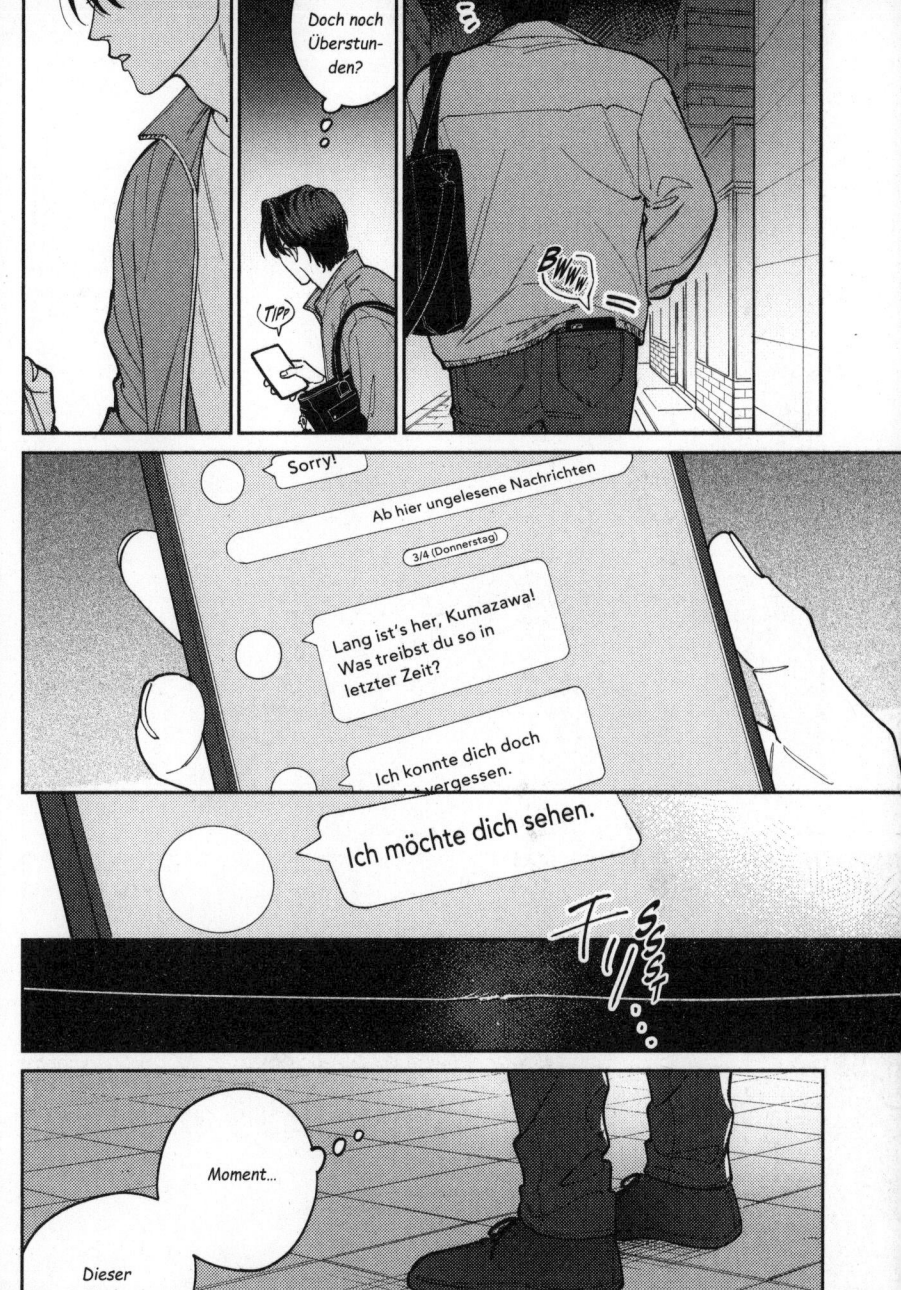

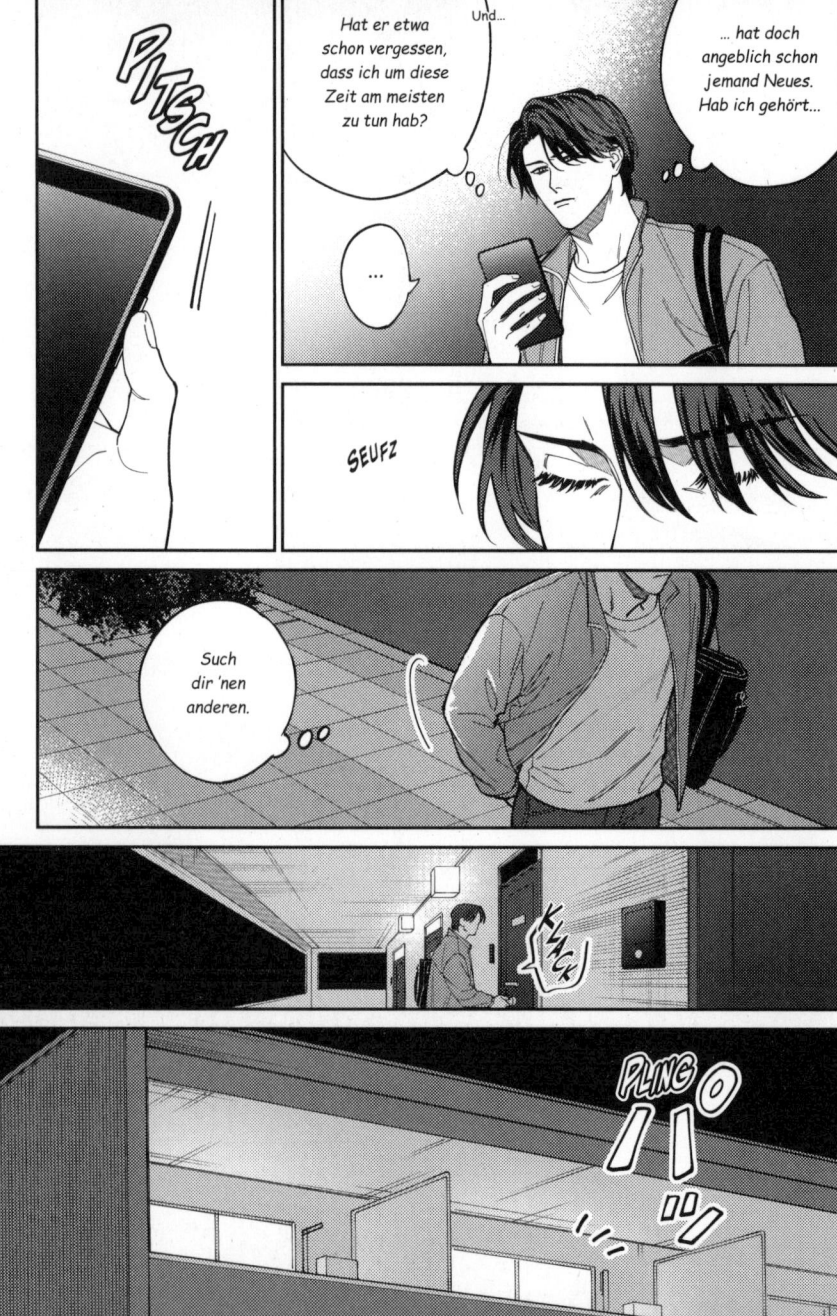

Puh...

WISCH
WISCH

FUNKEL

RUBBEL

RUBBEL

PITSCH

KABONK

SHHH

Vor einem
halben Jahr
bin ich in
diese Wohnung
gezogen.

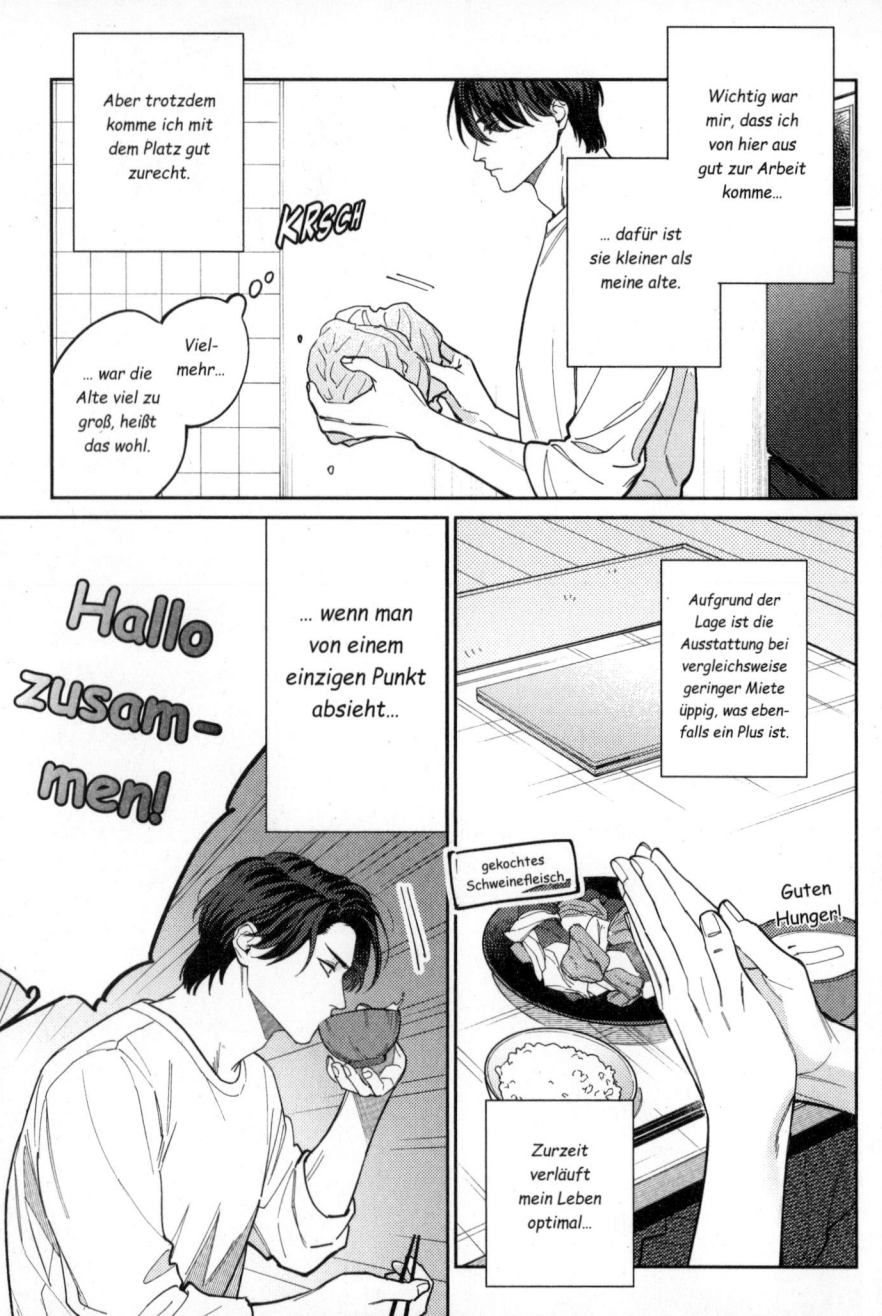

Bei diesem Punkt handelt es sich um...

Es geht wieder los...

Hier ist euer beliebter Influencer Koichi!!

Bevor es wieder mit der Schule losgeht, möchte ich alle Schüler über die Mysterien der Liebe aufklären!!

Obendrein nimmt er ständig Videos auf...

... und ich bekomme alles mit!

...

Eine neue Schule, eine neue Klasse ...

Lasst euch die Chance nicht entgehen, auch wenn ihr euch unsicher fühlt!!

... die laute Stimme des Youtubers von nebenan.

So! Die fünf wichtigen Punkte für heute wären... Hm, Moment.

Also die fünf Punkte...

... doch selbst nach einem halben Jahr machte er keine Anstalten, damit aufzuhören!

Moment, nicht ganz...

Fünf Punkte...? Das könnte lang werden...

SLURP

... und dachte...

Wenn euch ein Mädchen mag, dürft ihr das auf keinen Fall übersehen!

Aufgepasst!

Auf der Highschool war ich legendär für...

GLUCK

Kommt zu mir in den Laden, wenn ihr auf dem Schlauch steht!

Dass ihm die Themen nicht ausgehen...

Zuerst war ich baff...

Mode ist superwichtig!

Meine ultimativen Tipps beim Daten sind...

Ihr müsst unbedingt 'nem Klub beitreten. Das macht Spaß!!

Ich empfehle...

Na ja, bestimmt verliert er schnell die Lust daran.

Also ließ ich ihn einfach machen...

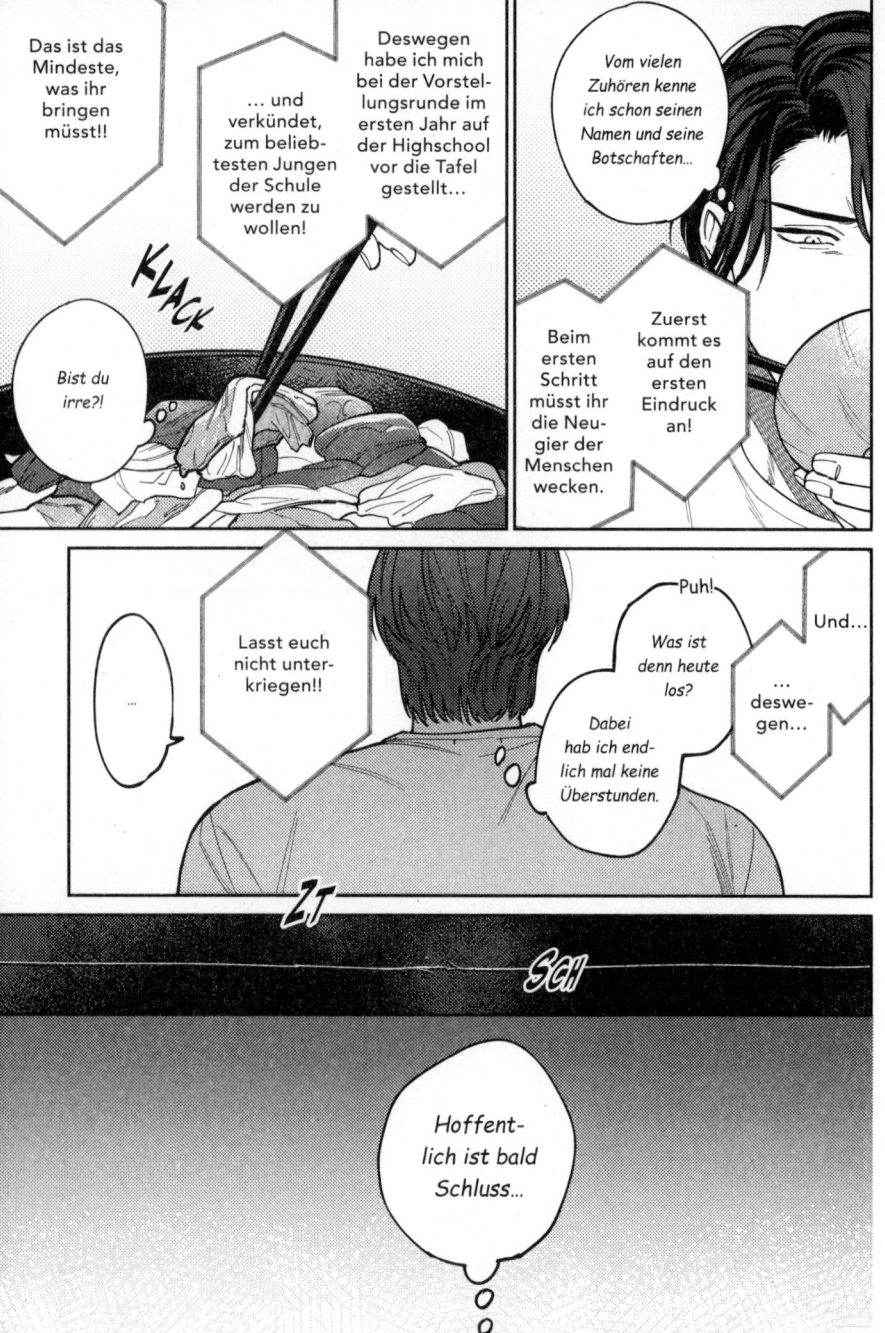

Uff...

Für die nächsten Tage müsste ich Ruhe haben...

Er hat aufgehört.

KLACK

Hallo zusammen!

ZUCK

Hat er die Aufnahme nicht gerade erst beendet?

Warum denn schon wieder?

... die vor einem neuen Trimester und einem neuen Leben stehen...

An alle...

Hä?

Hier ist euer Missionar der Liebe, Koichi!!

Er dreht das Video neu...

Dann sagt ihr: »Oh... Sorry! Ich war so fasziniert von den Kirschblüten, dass ich dich gar nicht gesehen hab...«

Jepp!

Diese Kombi ist 'ne gute Einleitung!

Aber erst abchecken, ob die Kirschblüten auch wirklich blühen! Die sind schneller weg, als ihr denkt.

Hier meine Botschaft an euch!!

PATT

Obendrein zum selben Thema...?

Ah!

Wie schön, dass er so reflektiert ist...

Verstehe... Seine erste Aufnahme hat ihm nicht gefallen.

Gut möglich, dass sich mein Vorgänger schon beschwert hat und vielleicht bringt es nichts...

... aber mir geht's erst besser, wenn ich ihm die Meinung sage...

... denke ich bestimmt nicht!

DING DONG DING DONG DING DONG

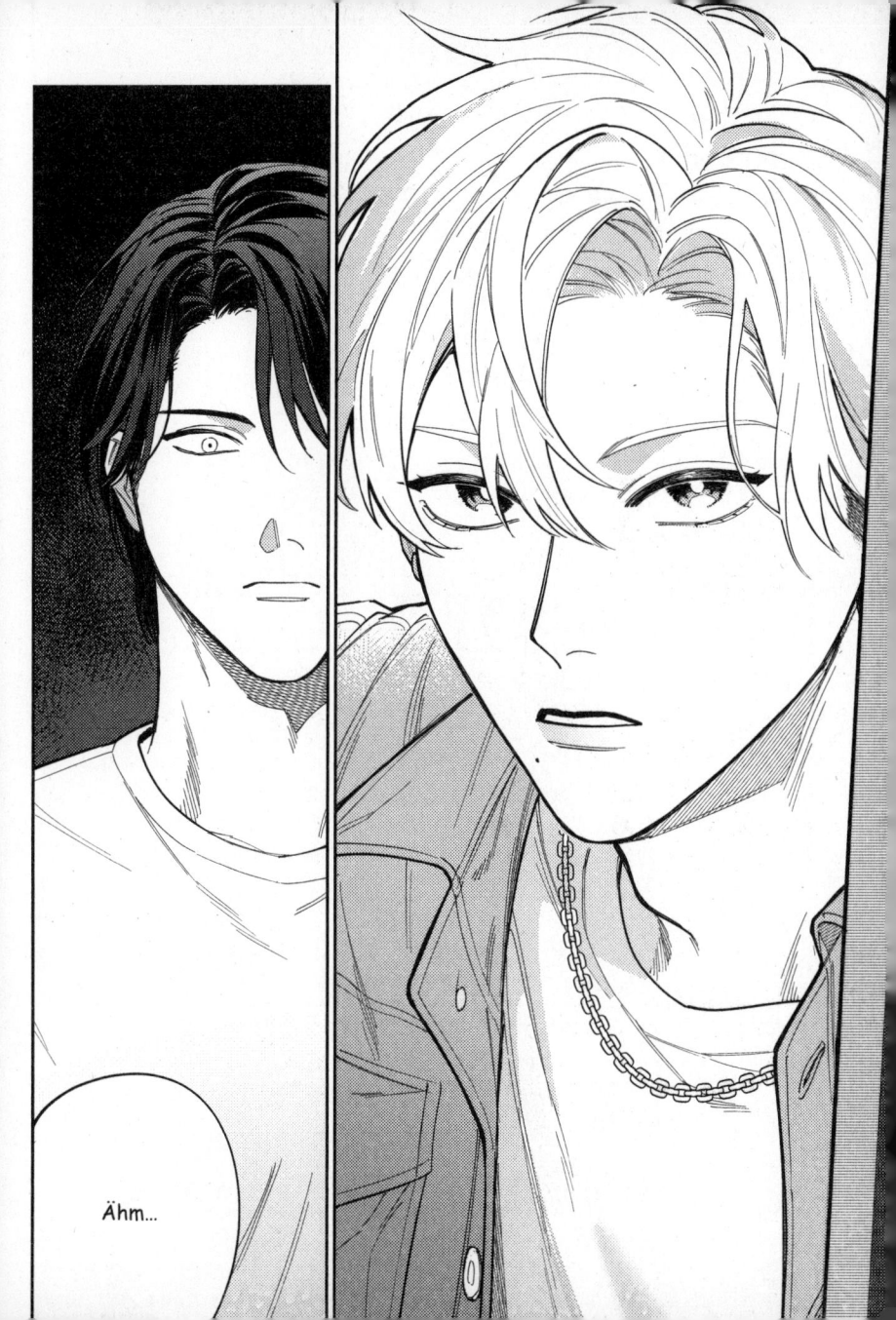

Ähm...

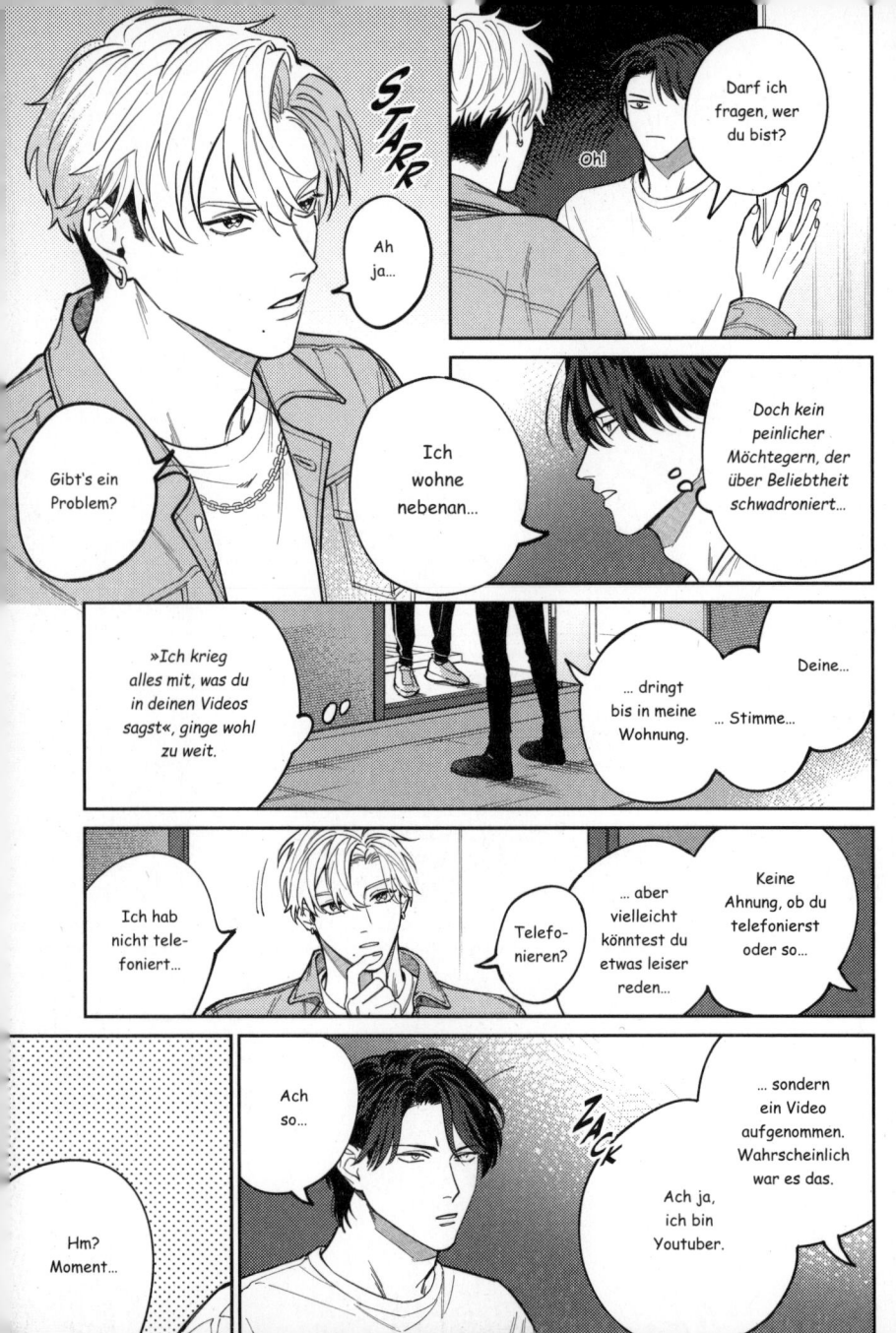

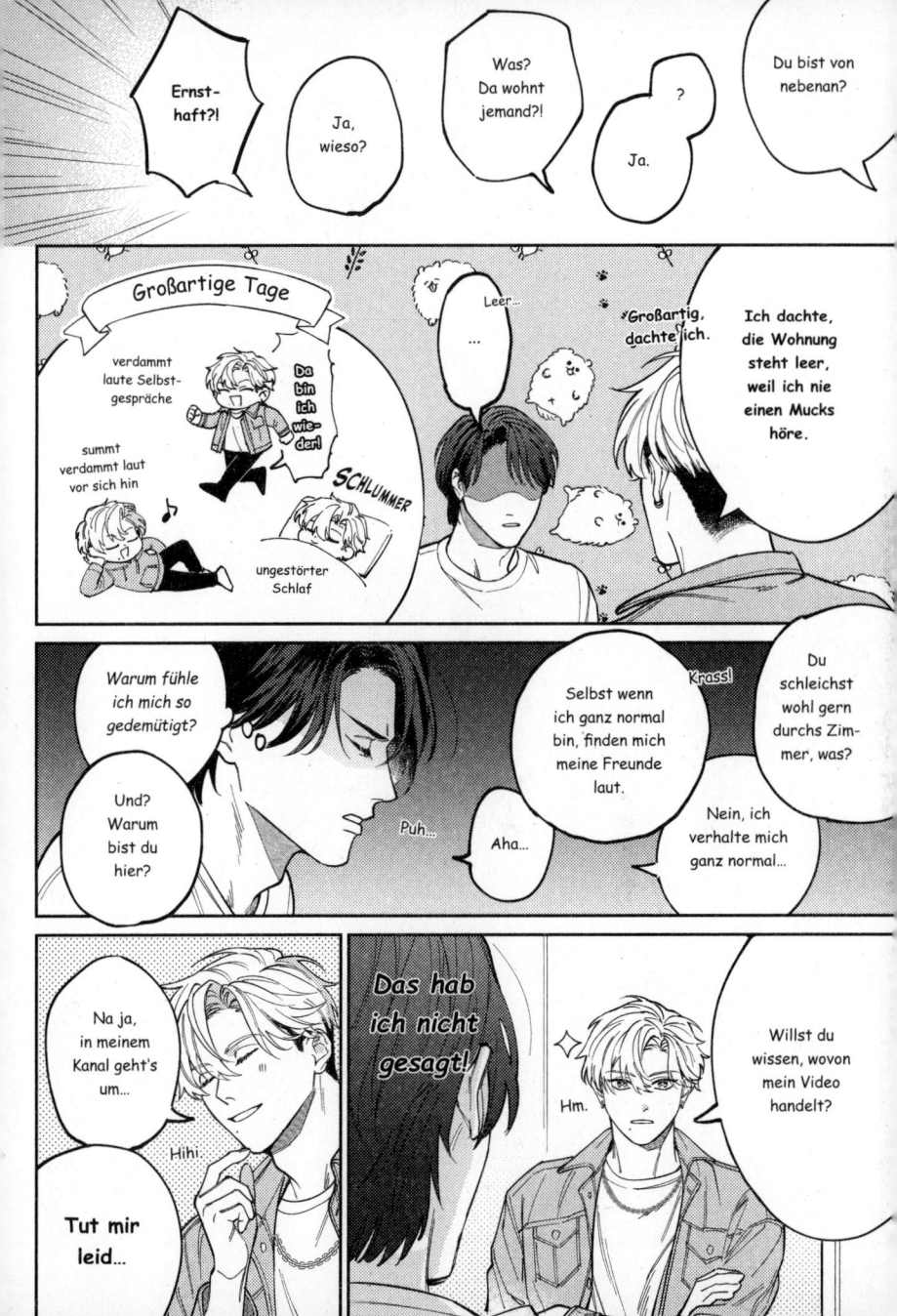

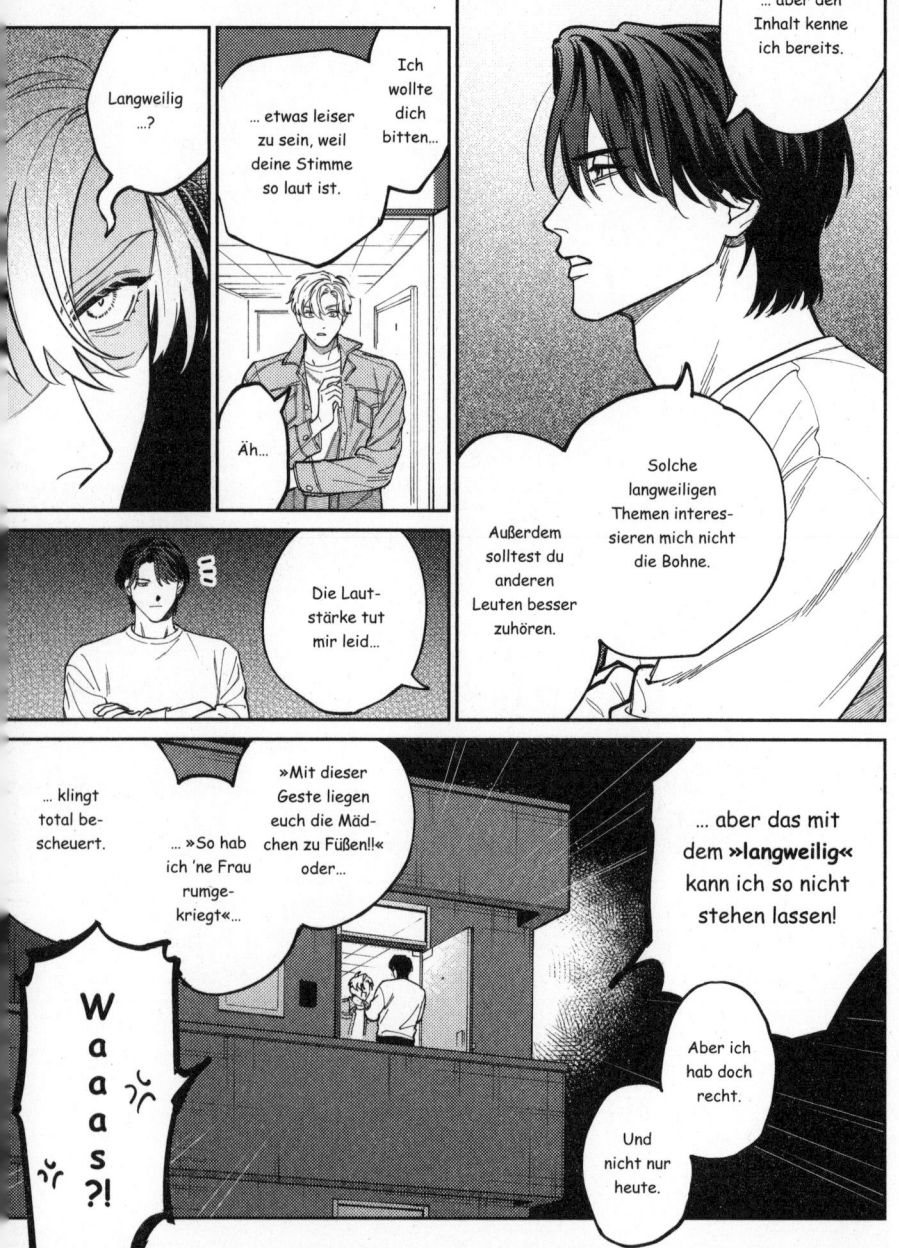

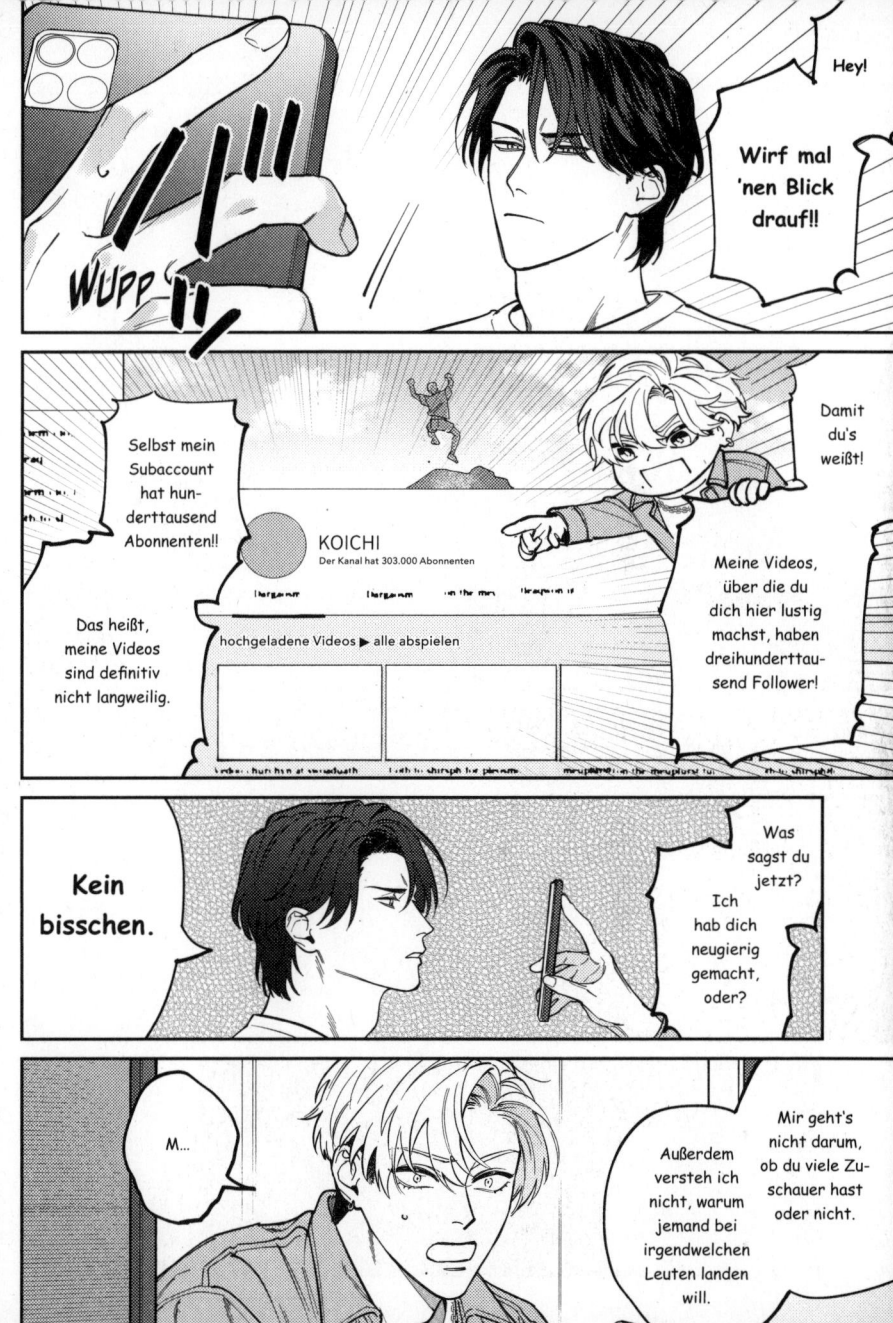

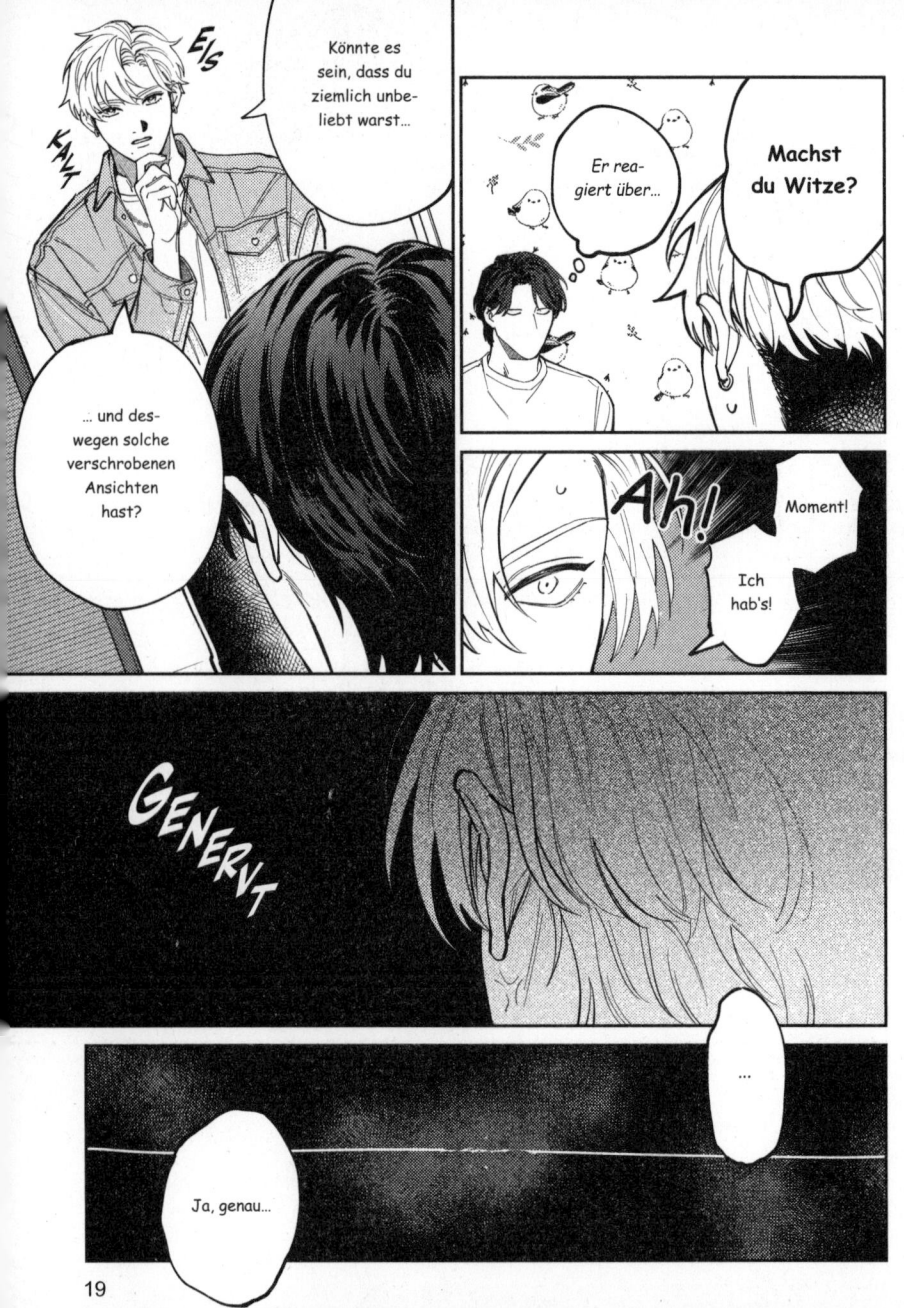

19

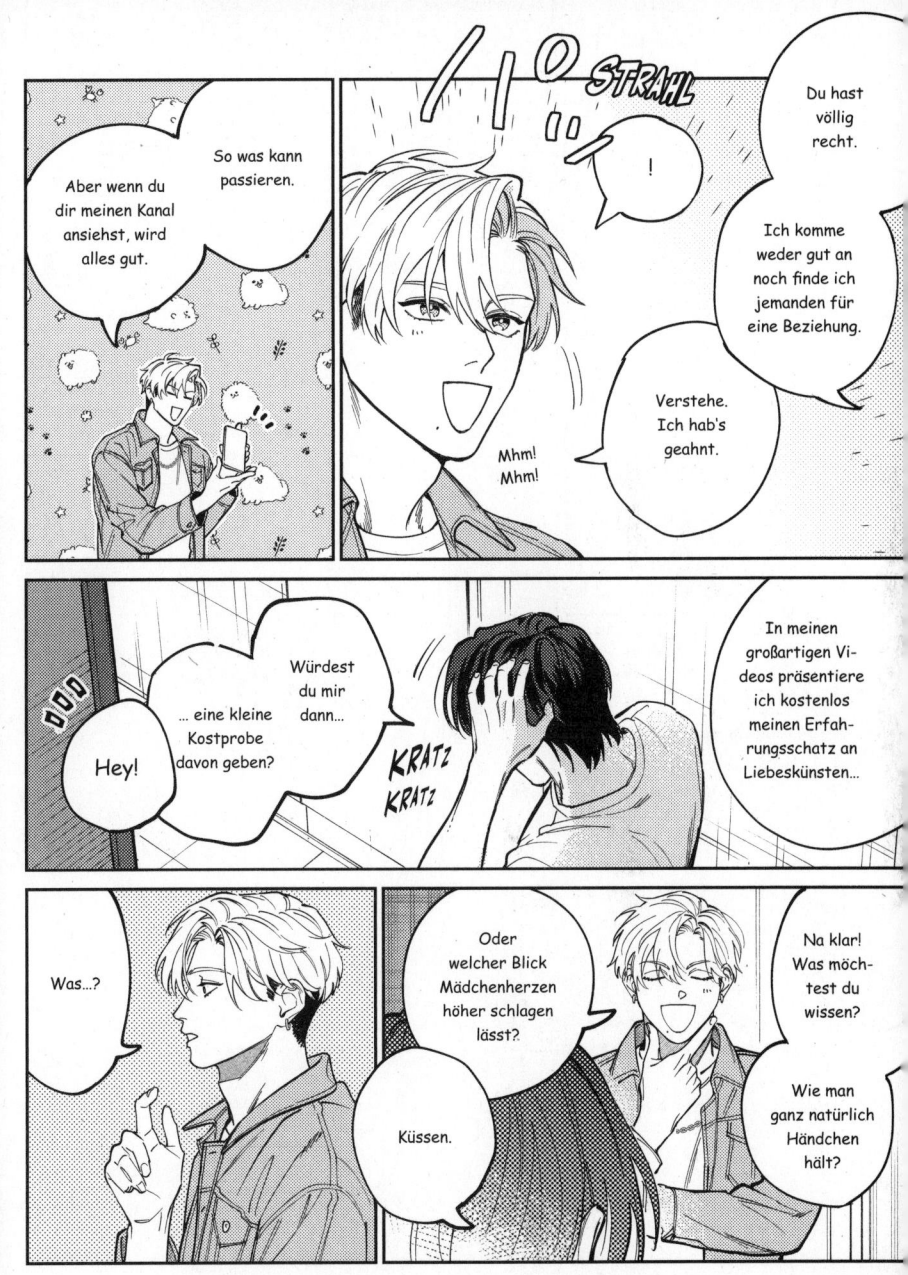

20

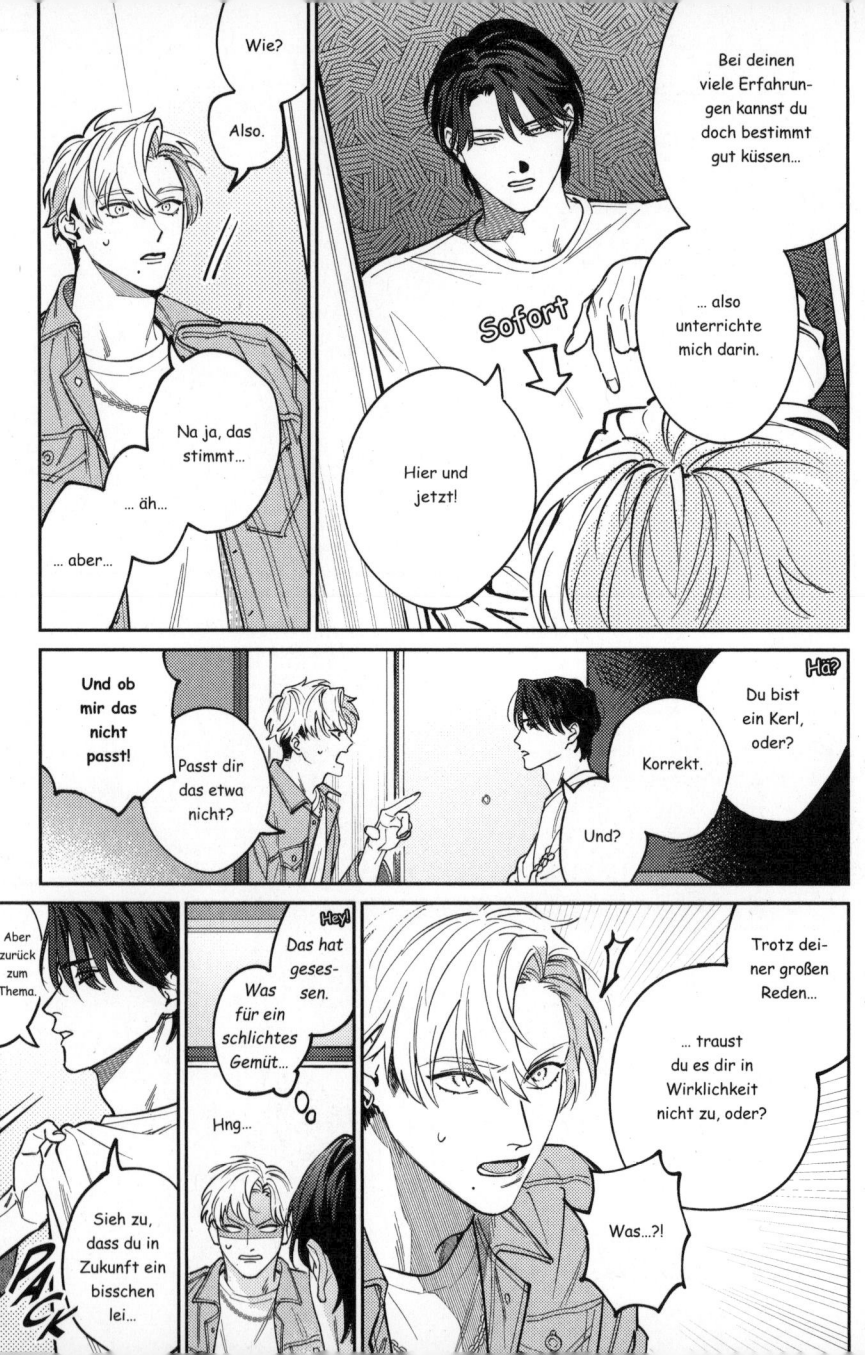

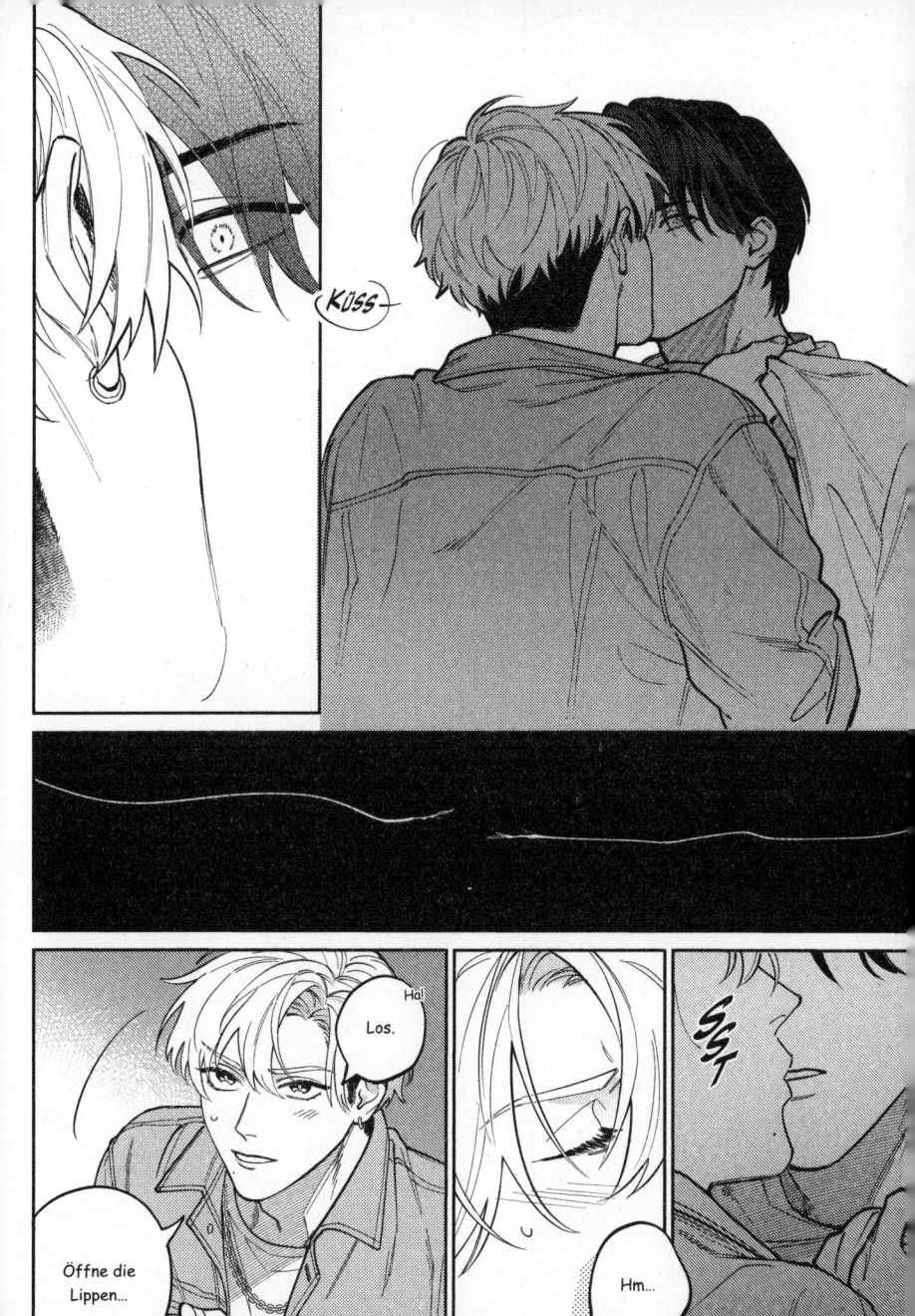

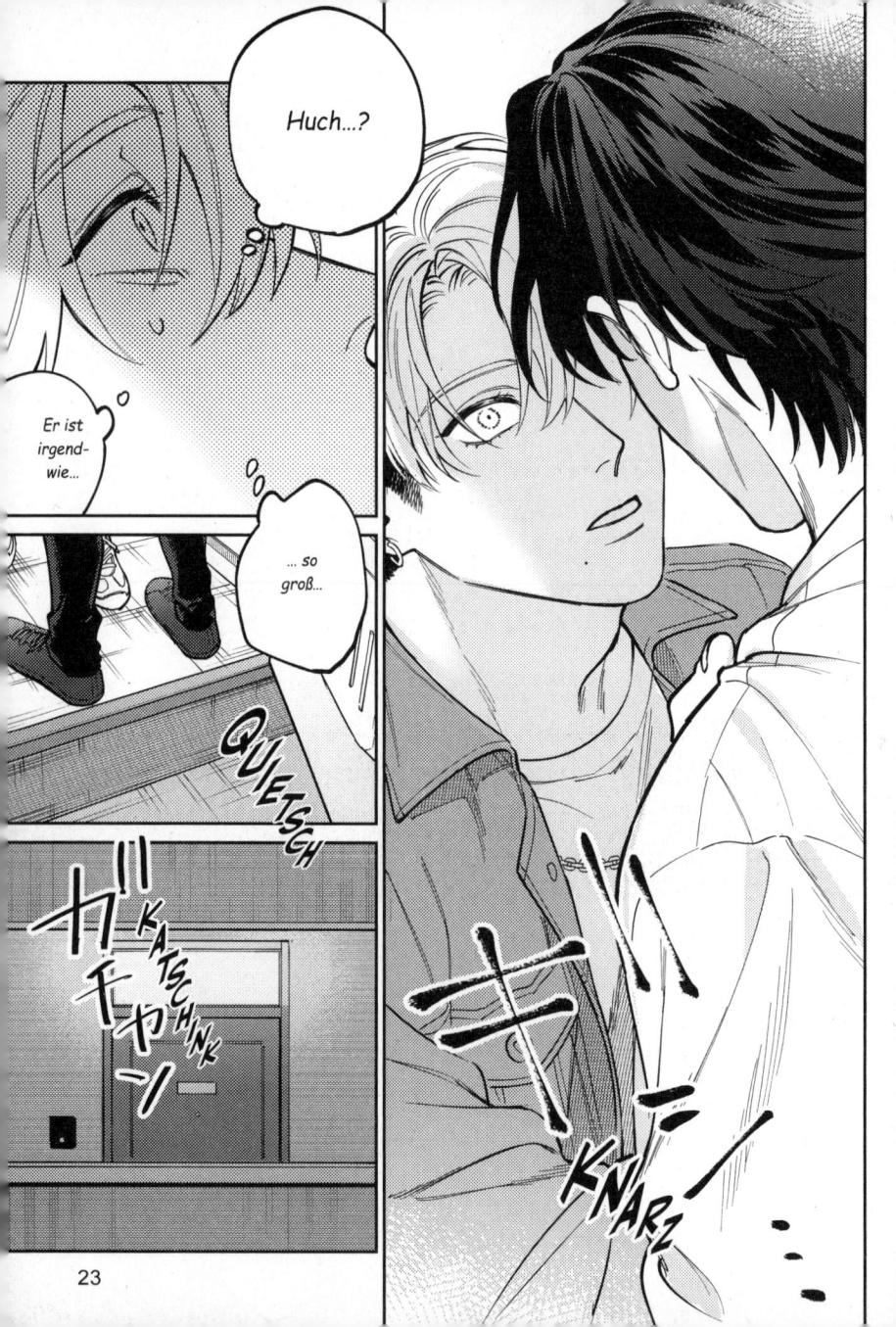

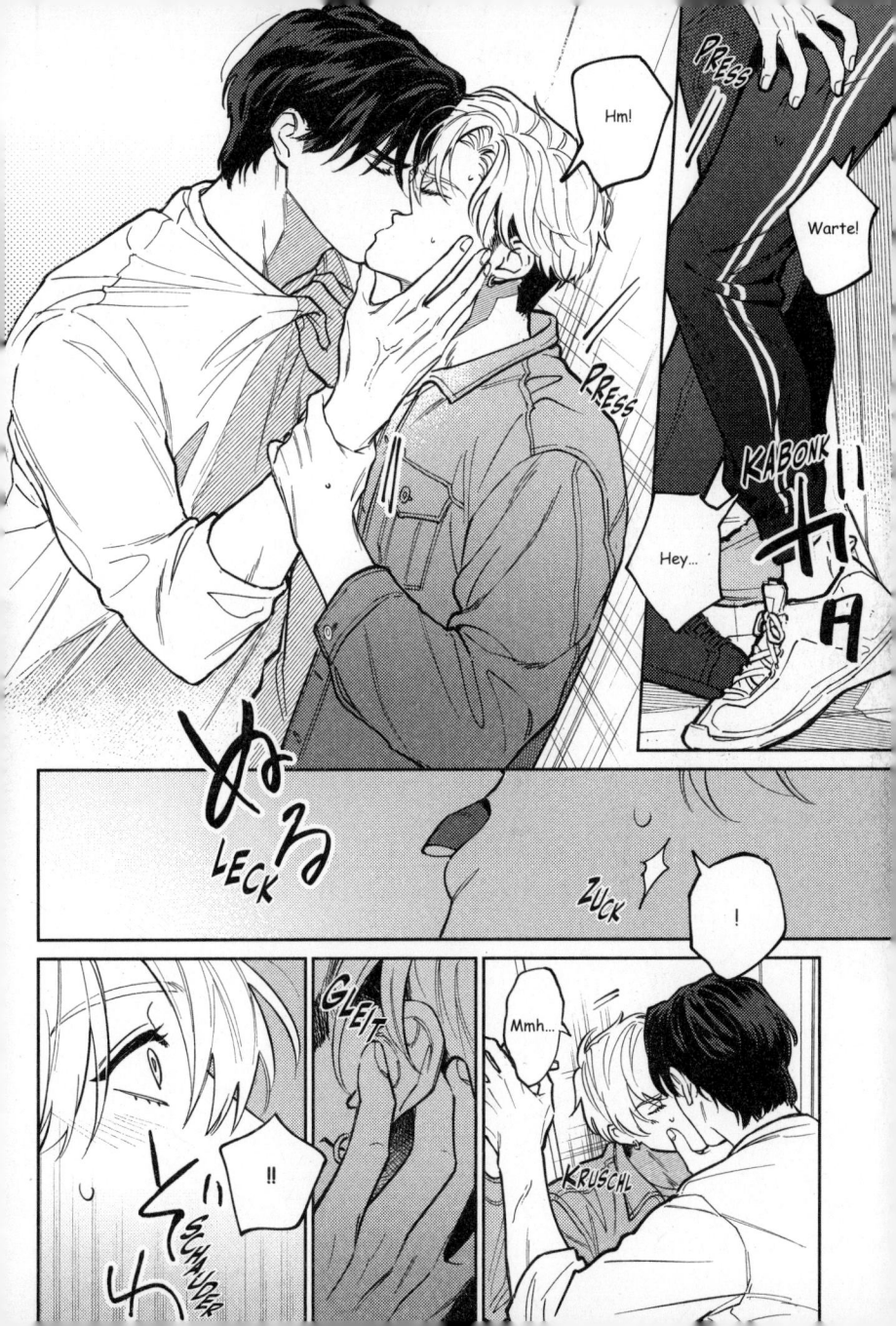

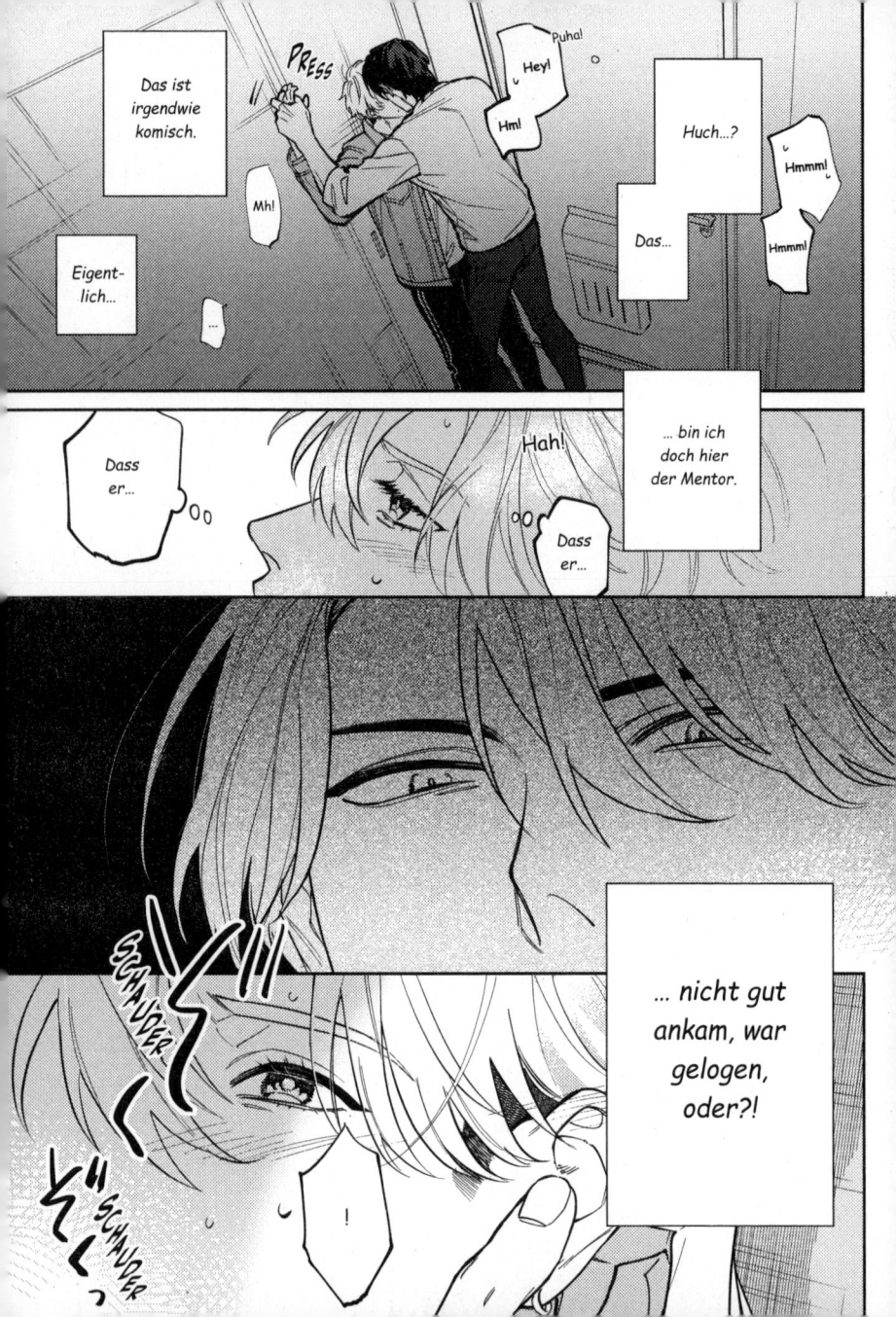

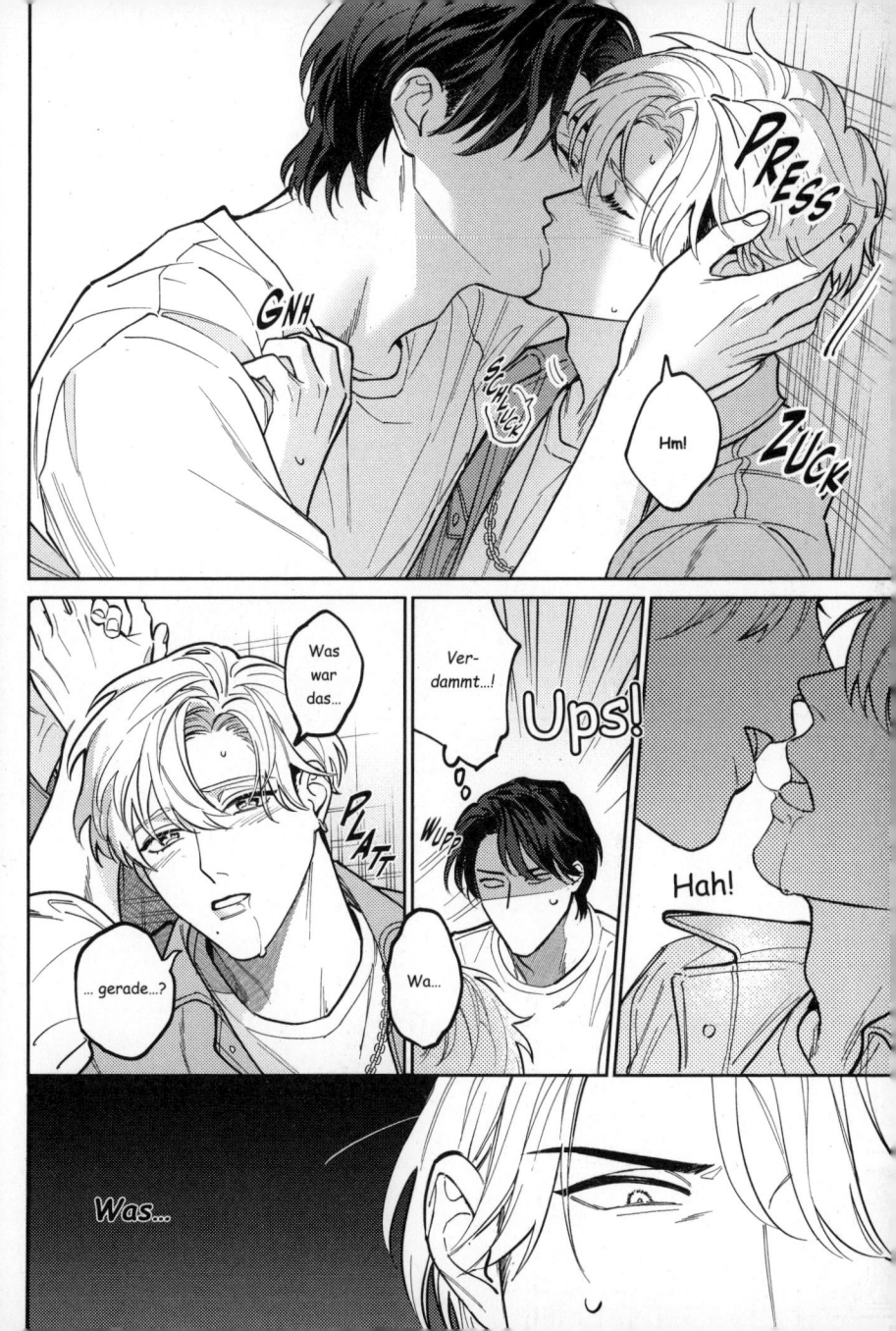

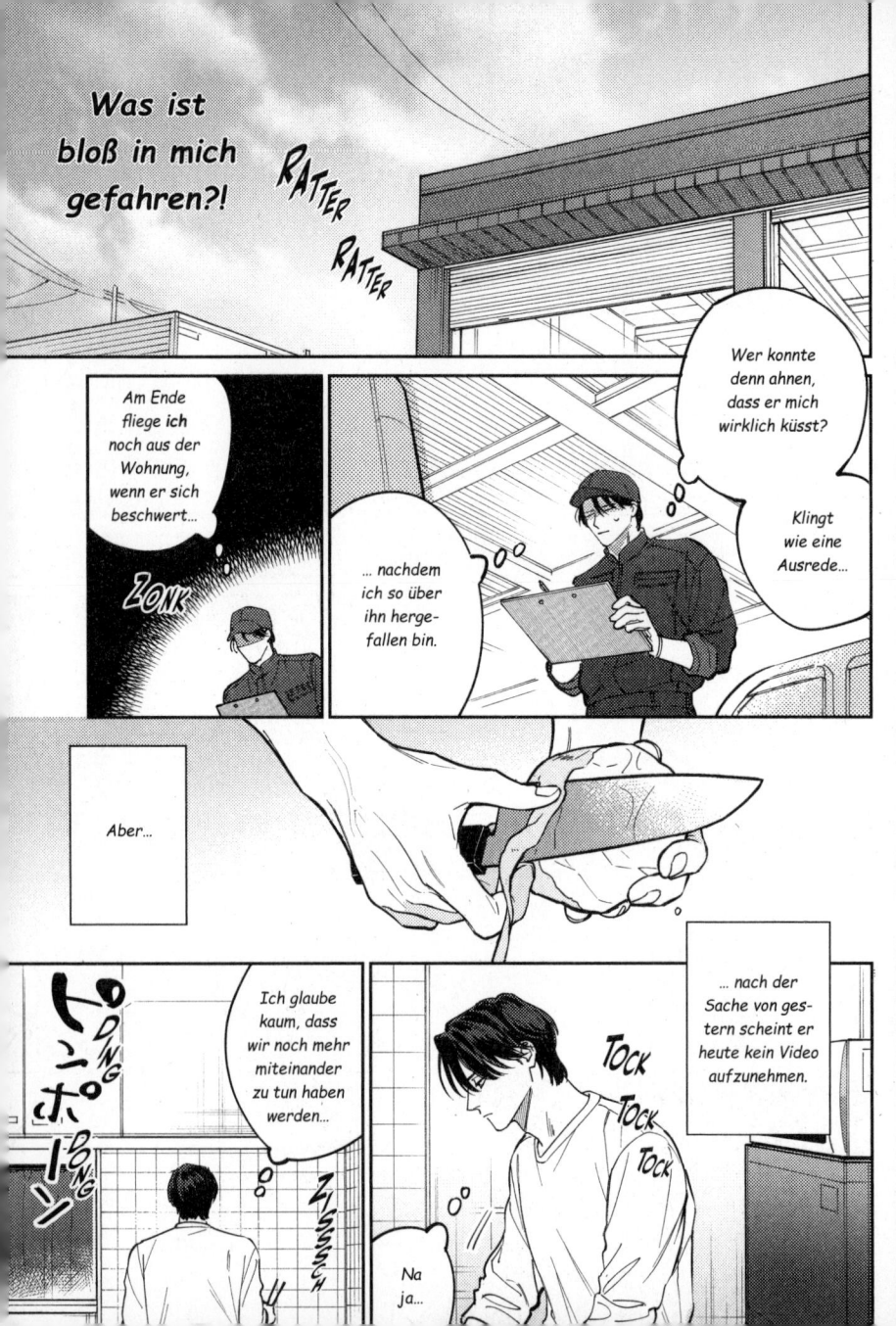

Oder doch?

ガチャ
KNGG

Heute ist es andersrum.

... hab ich noch mal nachgedacht.

SCHLUCK

Wegen der Sache gestern...

... dachte ich.

Und das heißt...

... ich bin dir schon viel früher damit auf die Nerven gegangen...

Gestern hab ich doch nicht zum ersten Mal ein Video aufgenommen...

... sondern mach das schon so seit mehreren Jahren.

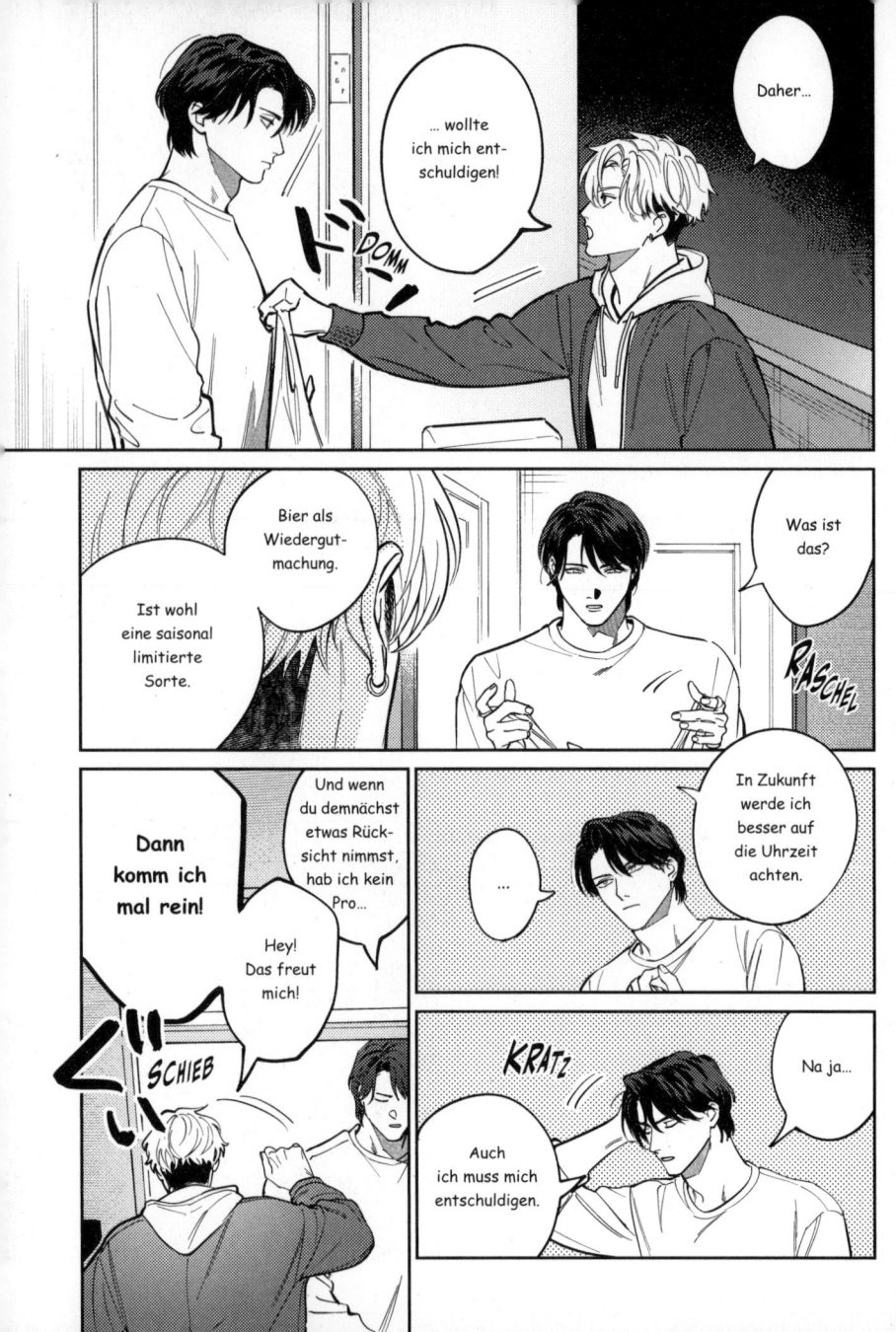

Hah...

Kumaza-wa...

Einfach nicht weiter darüber nachdenken...

...

Das Bier ist von mir, also stell was zum Knabbern raus!

Ich bin übrigens Koichi.

Und wie...

... heißt du?

KATSCHINK

STAPF

STAPF

STAPF

Ich will wissen, warum du so verdammt gut küssen kannst?!

Sag schon, Kuma-zawa!

GLUCK

...

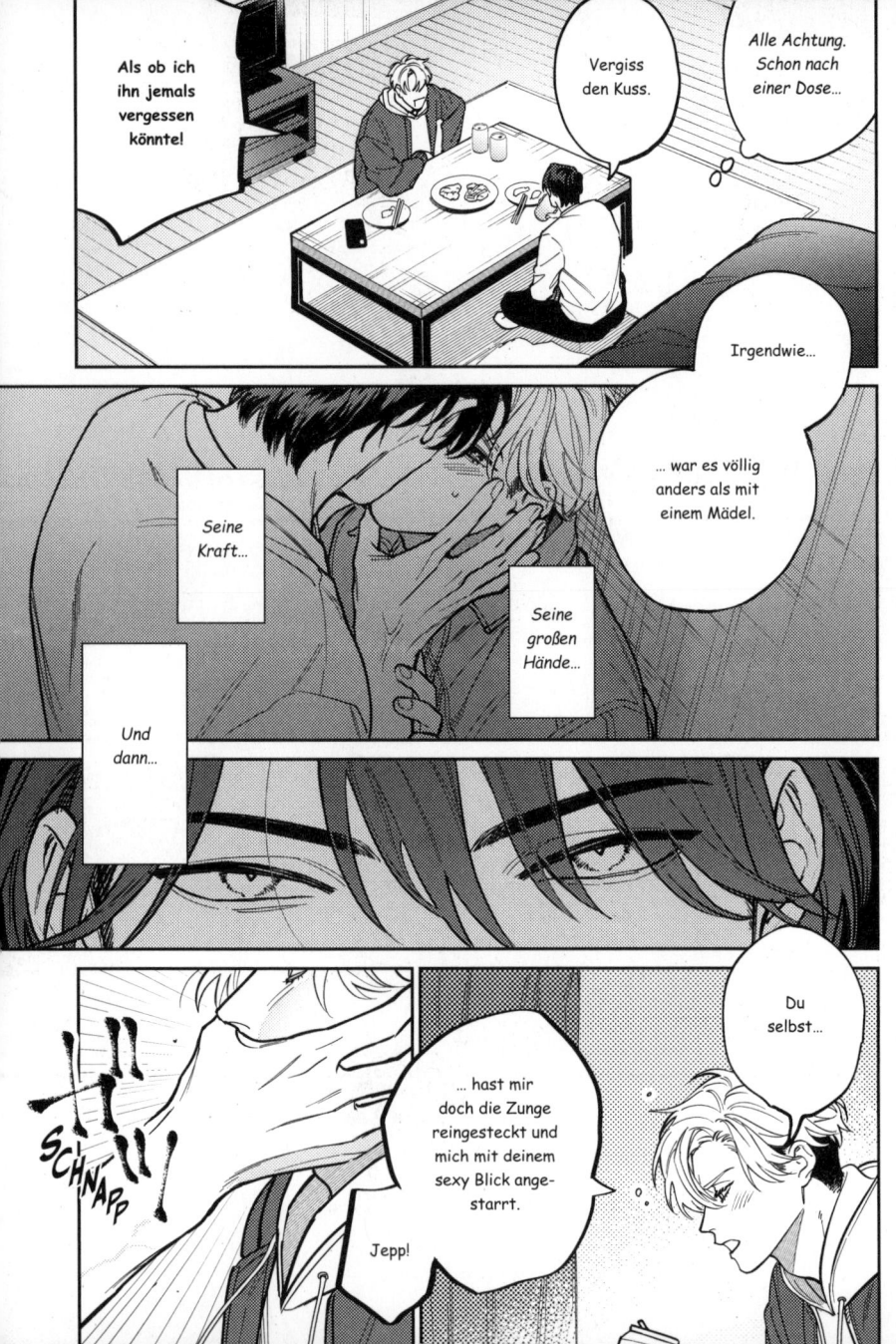

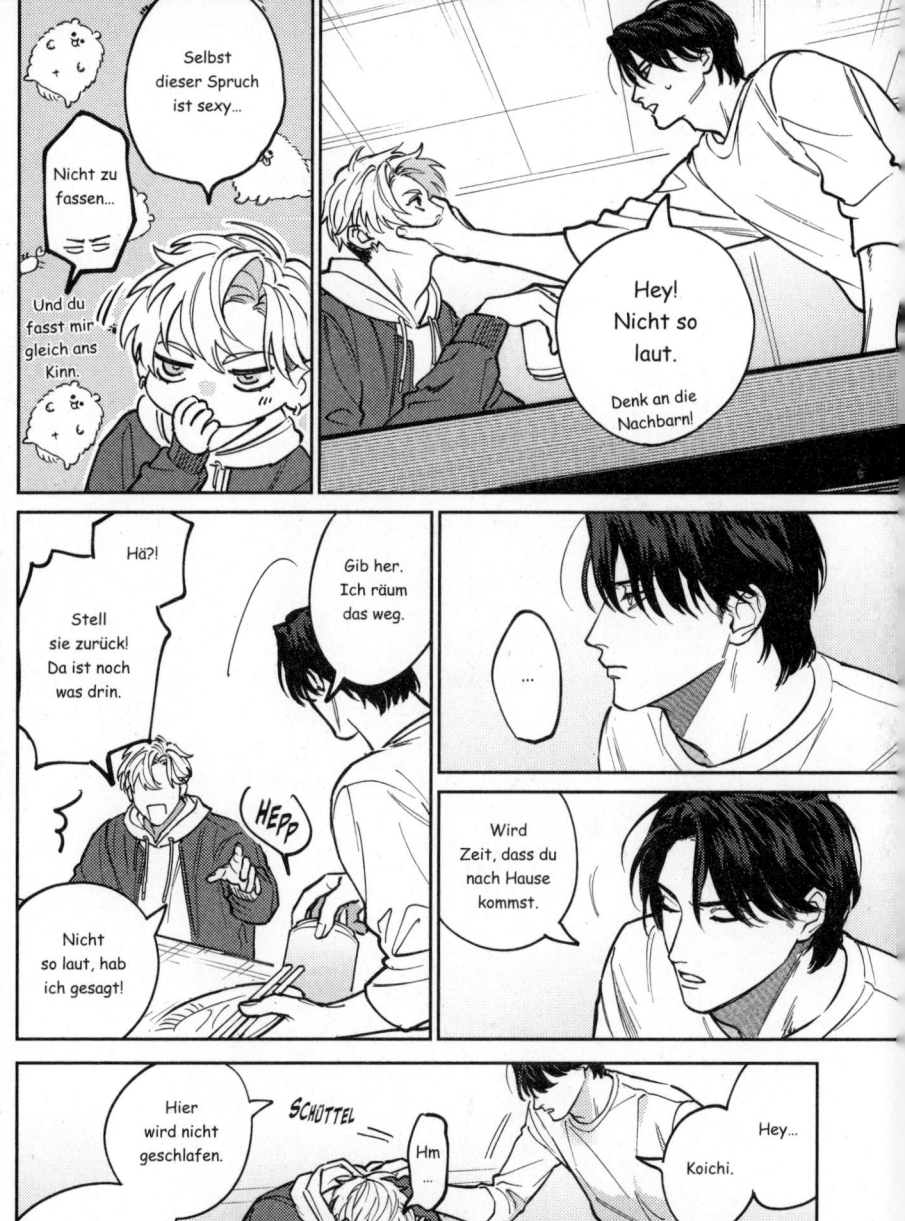

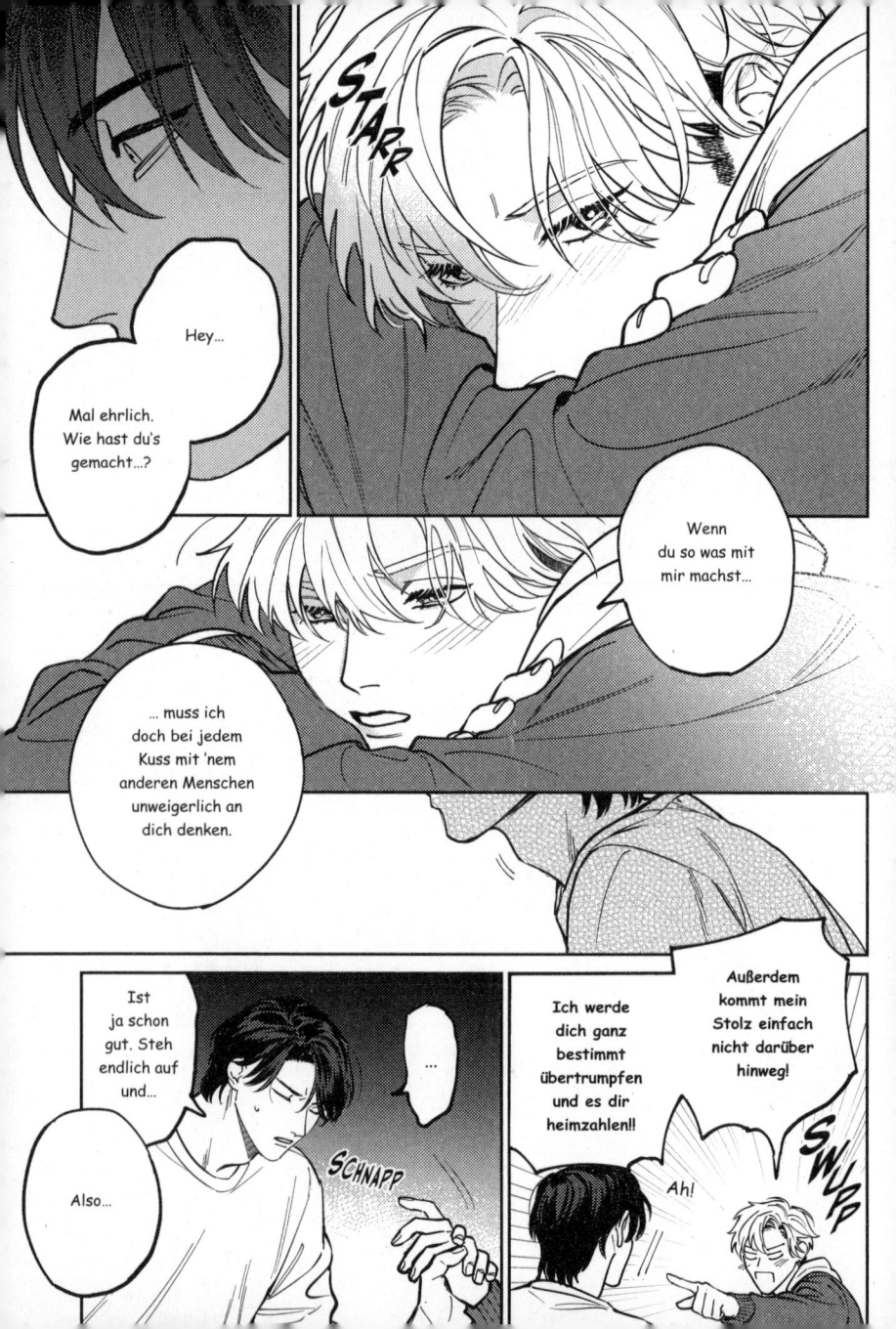

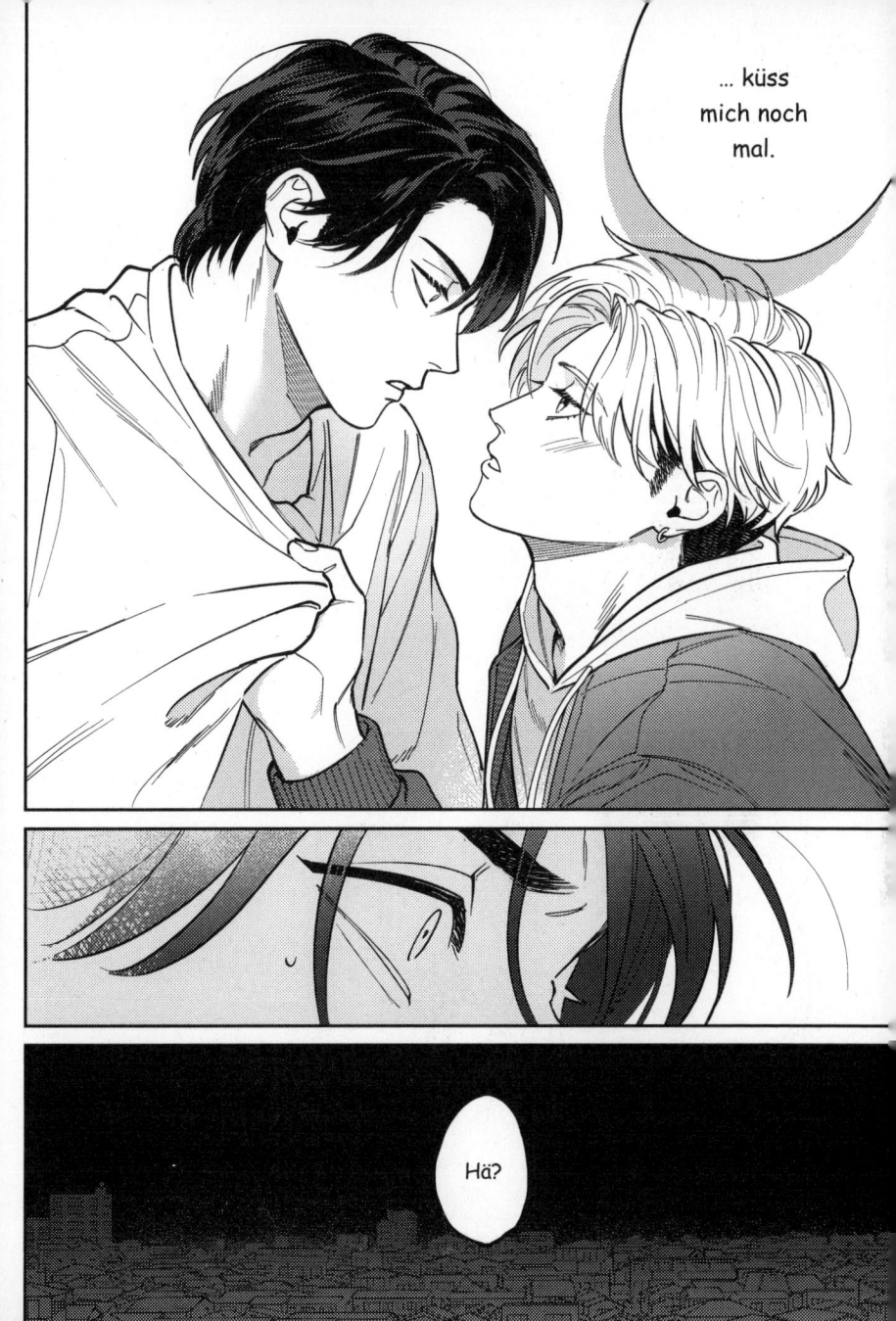

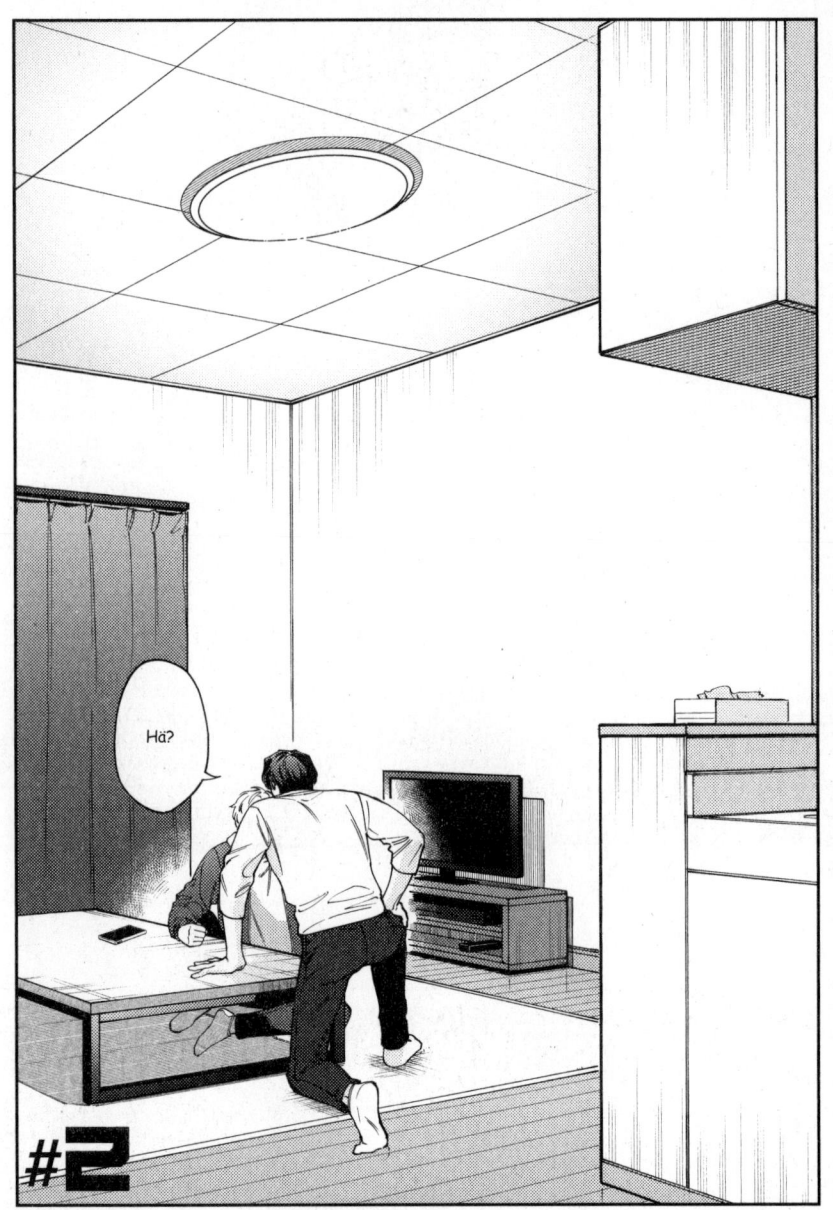

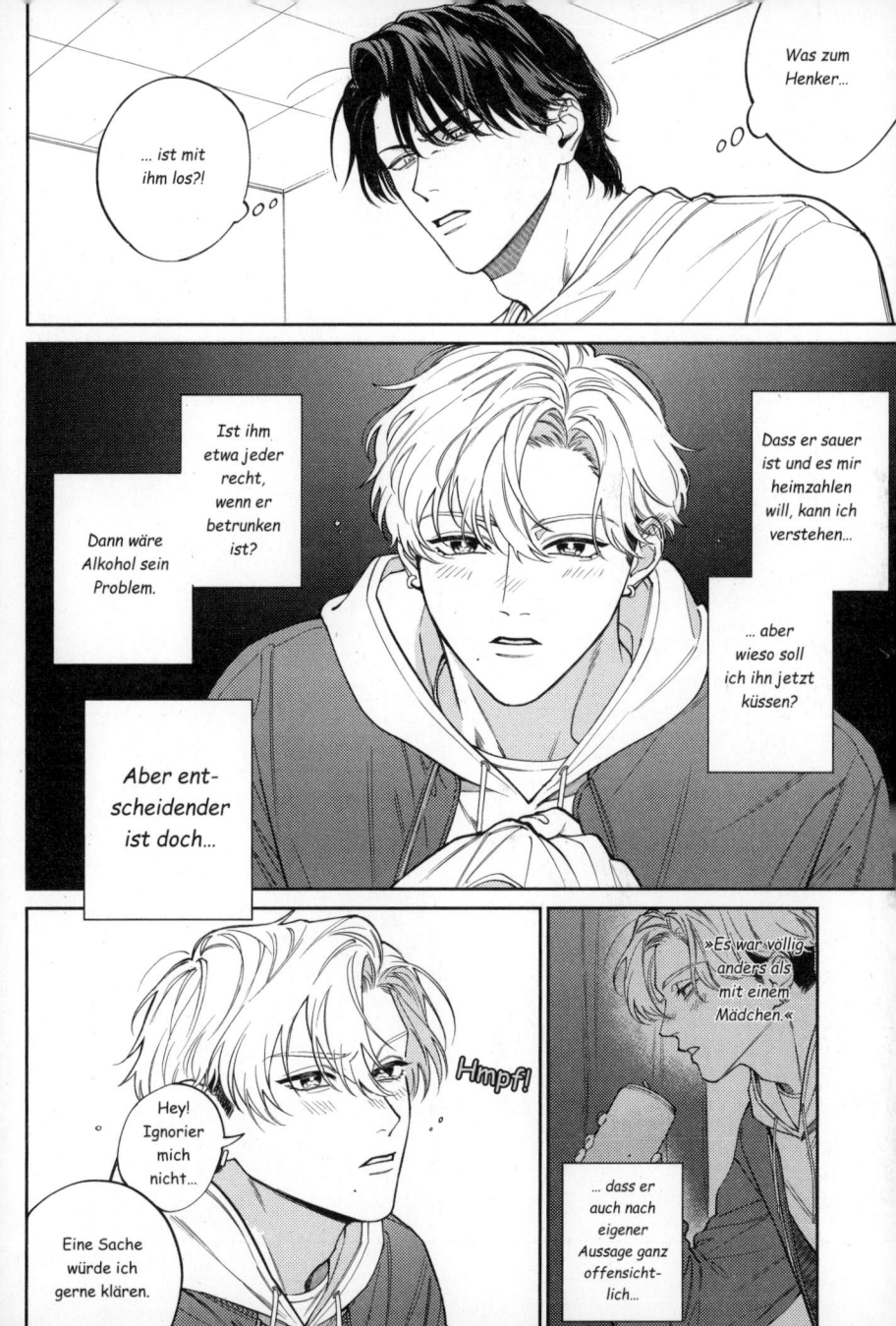

Du bist hetero, oder?
?
Ja, schon.
Ich stehe auf Mädchen, na und?
Also gut...
Dann...
... steh erst mal auf.
SWUPP
!
Okay!
Und trink etwas Wasser.
SCHLUCK
Okay.
Jetzt komm hierher.
Okay.
Zieh die Schuhe an.
Okay...
Ey, spinnst du?!
Setz mich nicht einfach vor die Tür!
ZERR
Tss!
Das war wohl nichts...

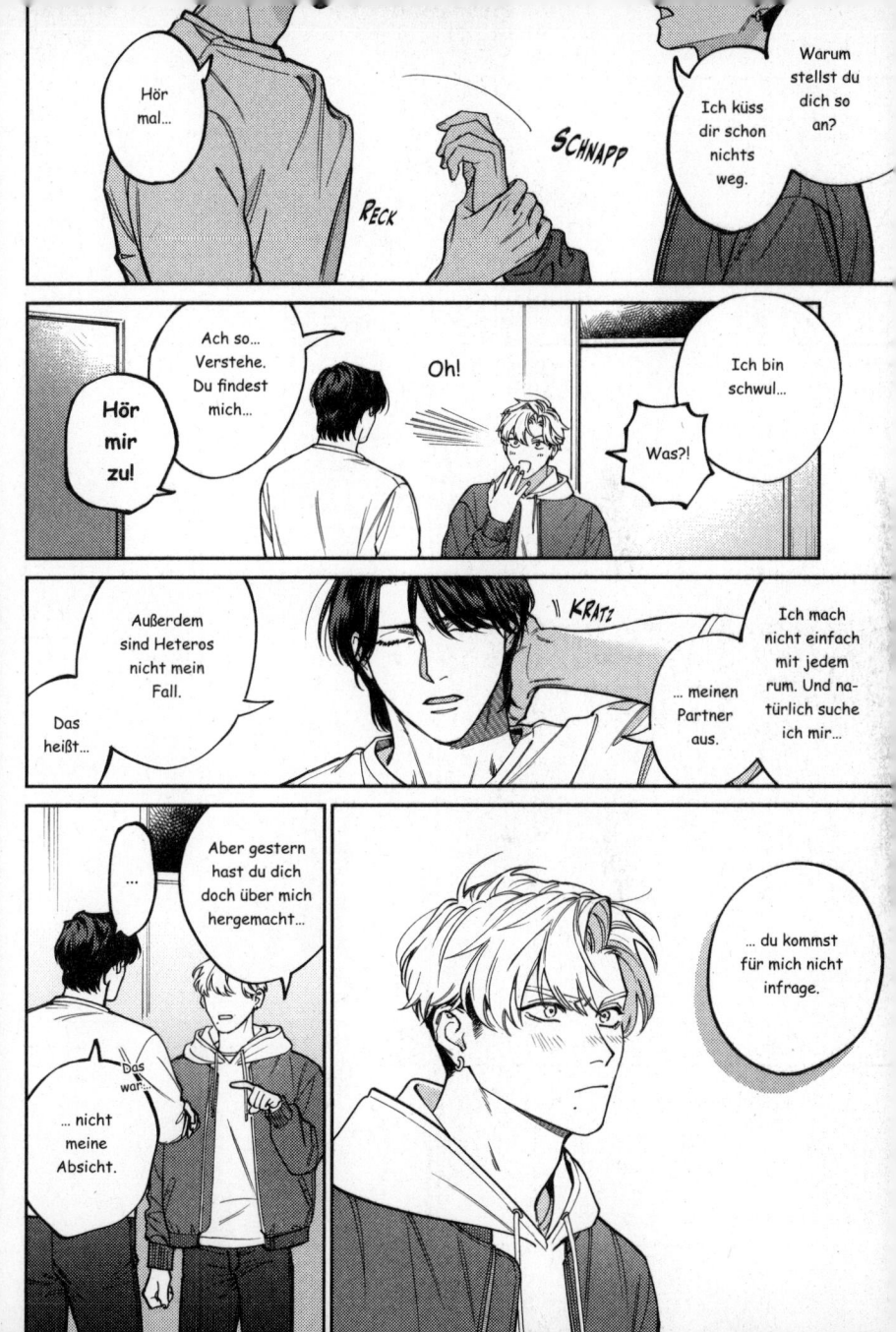

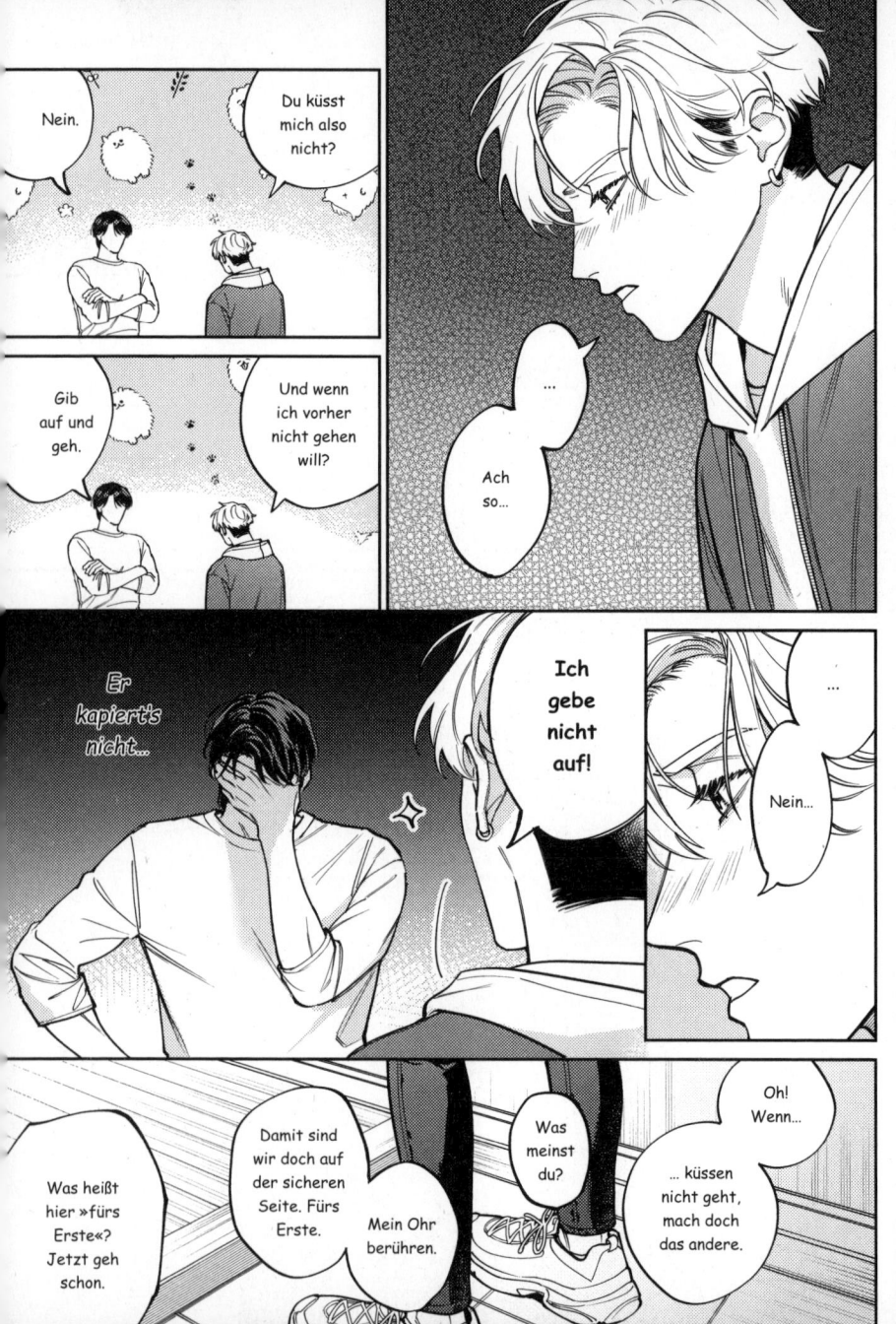

Puh...

Nein, das fühlt sich irgendwie anders an.

Und dein Ohr berühren, kannst du doch selbst!

Das ist nicht *dein* Problem!

Komm schon. Nur ein bisschen!

So ein Sturkopf kommt nicht gut an.

Aber du musst gehen, auch wenn es dich nicht befriedigt.

Ist gut.

!

Aber nur ganz kurz...

Solange er nur verschwindet, ist mir mittlerweile alles recht...

ZIEH

Also los!

...

»LOS«?

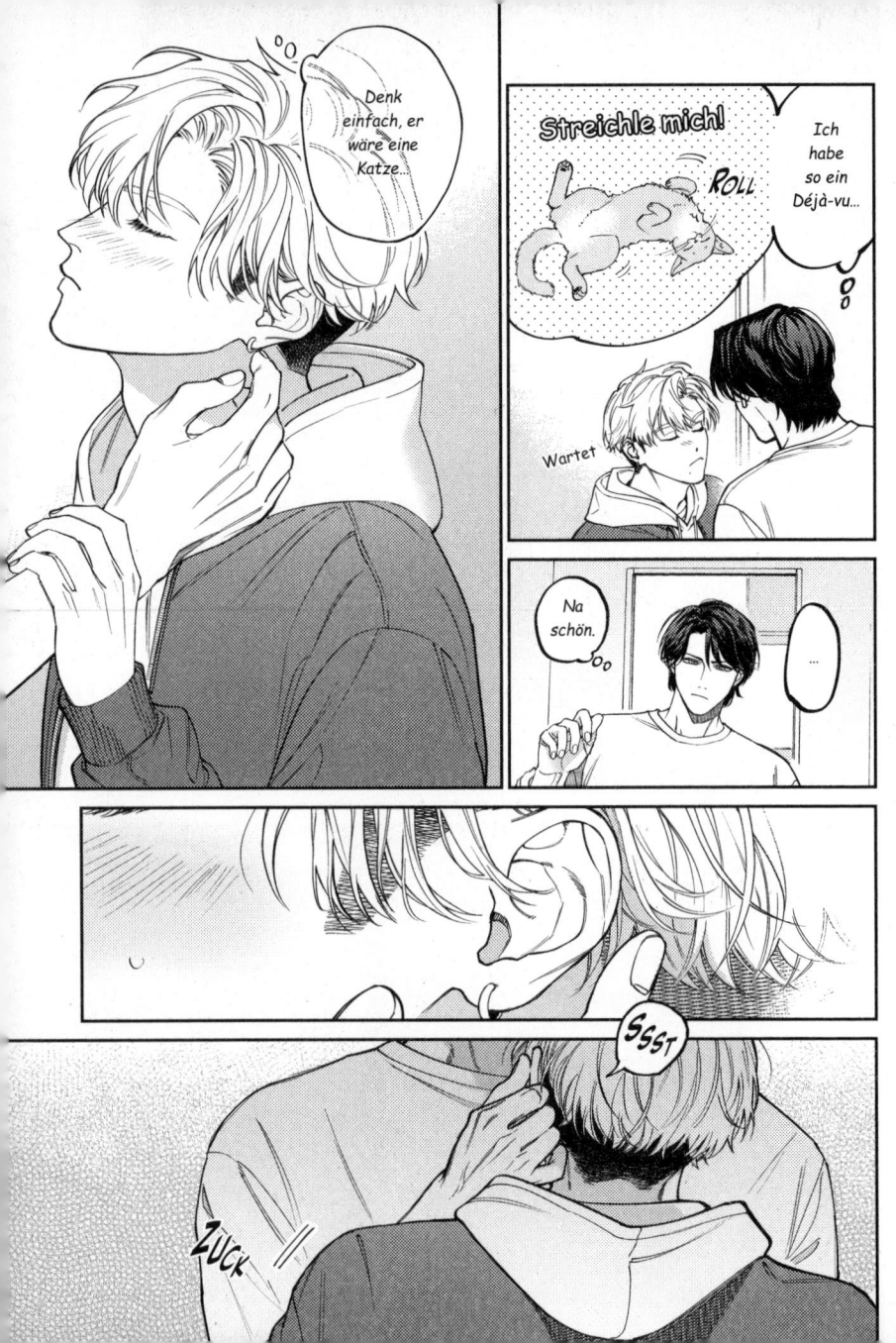

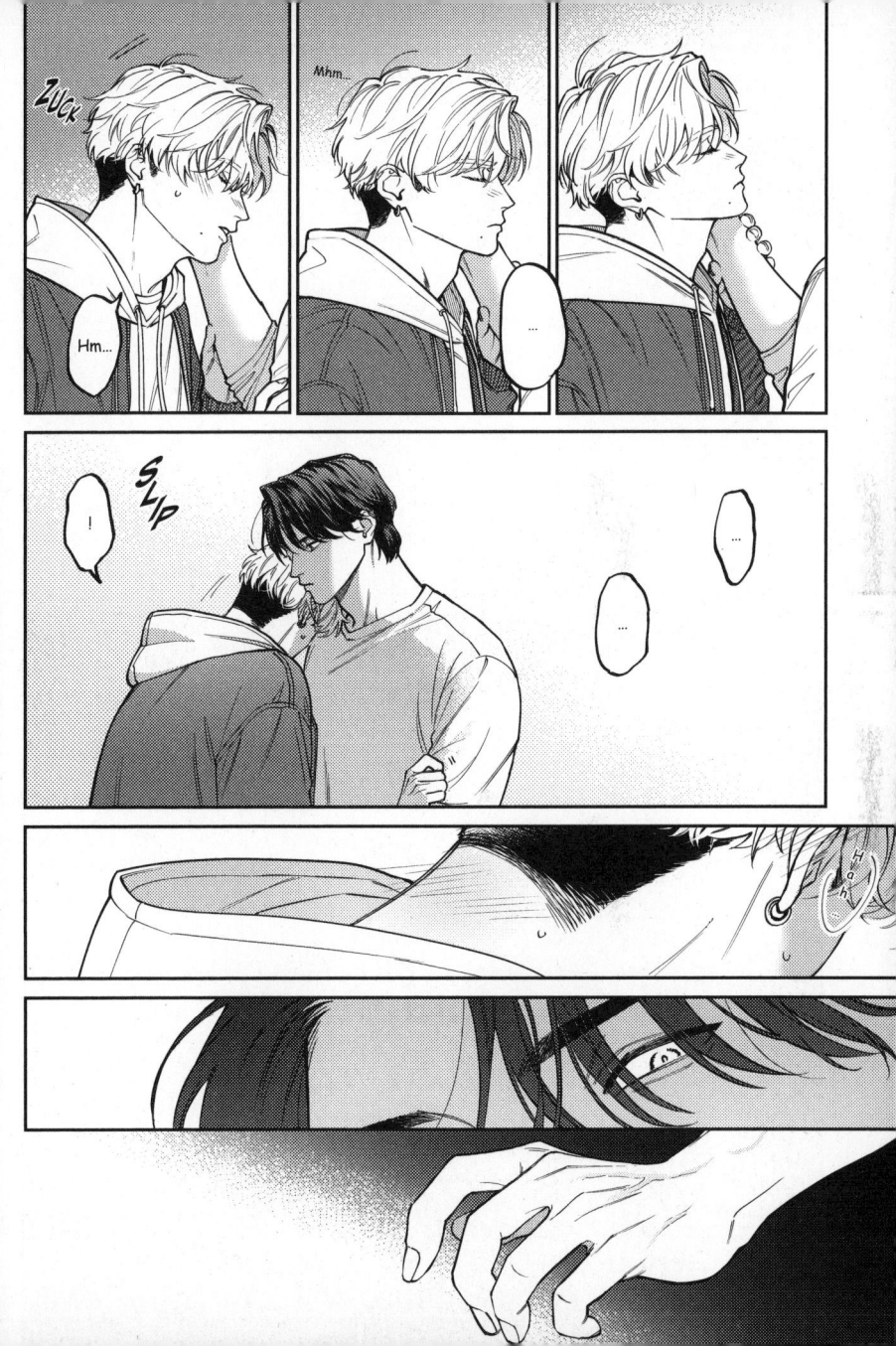

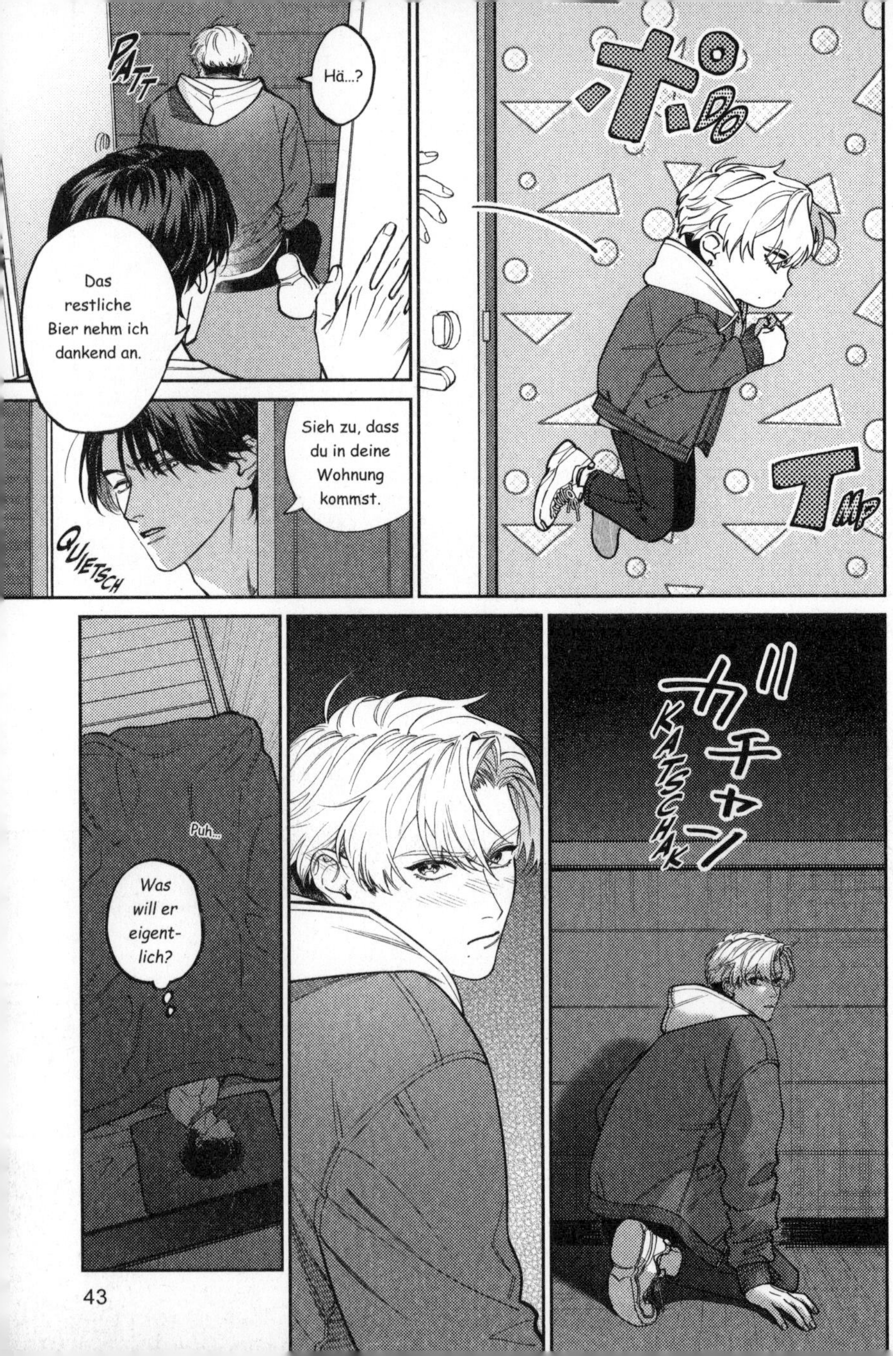

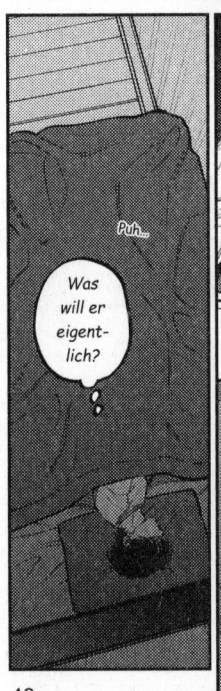
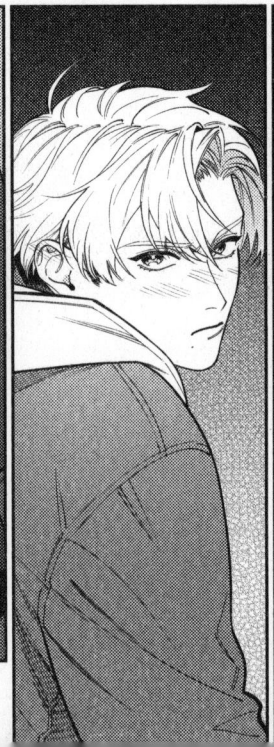
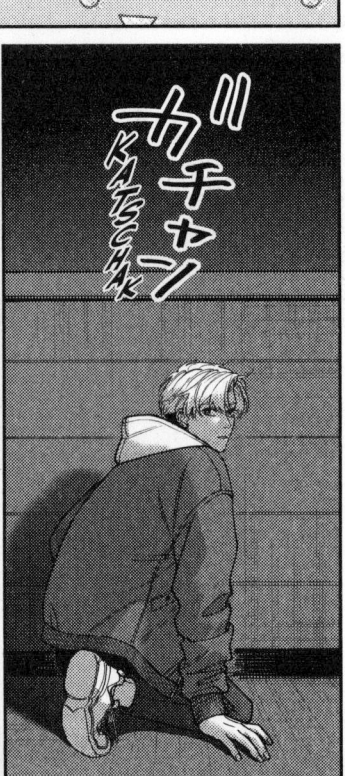

Hehe...

Cool, nicht wahr?

Nur um diese Uniform zu tragen, hätte ich mich damals fast zu Tode gebüffelt.

Mein heutiges Thema lautet: »Die totale Eroberung der Jugend! Date in Schuluniform«...

... wofür ich meine High-school-Uniform trage!

Aber auch heute ist es ganz schön aufregend, sie zu tragen.

Seit jenem Tag war es nicht mehr so laut wie vorher.

Er hatte Wort gehalten und nahm Rücksicht.

Normalerweise wäre es einem Erwachsenen doch peinlich, so etwas zu tragen.

SSt

Volljährig ist er, oder?

Er hat Bier gekauft und mitgebracht...

...

Eine Schuluniform?

Jedes Video ist an die zehn Minuten lang...

... obwohl die Aufnahme mindestens einige dutzend Minuten gedauert haben müsste...

Dieses Video dauert... sieben Minuten?

Und ein anderes elf...

Klick

Klick

?

Wider Erwarten war ich dieses Problem, das mich seit einem halben Jahr plagte, von heute auf morgen losgeworden.

Hm?

Ah!

KOICHI
Der Kanal hat 303.000 Abonnenten

Für den Sommer!

(Kommentar der Videoredaktion)
Wie lustig! Das eingereichte Originalvideo war an die drei Stunden lang.

Bei der Bearbeitung wurden sie radikal gekürzt!

【Twitter】https://twitter.com/KOICHI

leicht geschockt

...

Tage geduldigen Leidens...

GULU

519 Kommentare   Sortieren

Kommentar eingeben...

SSST

Nekkotaro! vor 8 Monaten
Ich mag es, wie du zwischendurch das Video vergisst und die Zeit genießt.

👍 1134   Antworten

Poigawa vor 8 Monaten
7:18 Bei der Bearbeitung wurde die Lautstärke reduziert. LOL

Verstehe. Die Videos bearbeitet ein anderer.

Kein Wunder, dass die Videos trotz ihres Urhebers so professionell geraten sind...

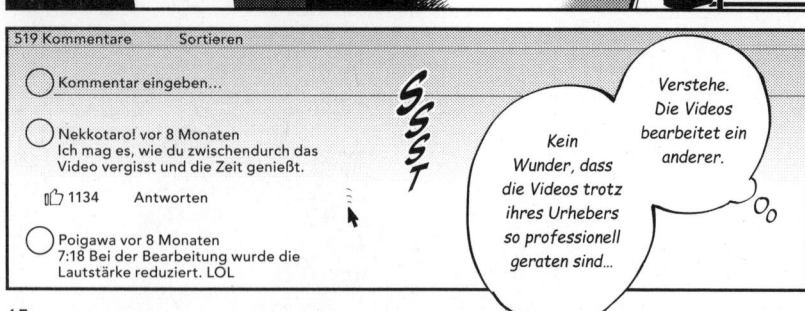

45

Jakobsmuschelpallium vor einem Monat
4:33 Das stimmt nicht!

👍 1021   Antworten

Boss vor drei Wochen
Auch dieses Video war total aufschlussreich!!! Ich bin der Beliebtheit
schon wieder einen Schritt nähergekommen, glaube ich!!!

👍 505   Antworten

Haru vor drei Wochen
Hey, KOICHI! Ich hab dich zuerst bei Insta gesehen und wegen deines
Aussehens hier reingeschaut, aber du bist ganz anders als erwartet.

👍 188   Antworten

▾ zwei Antworten anzeigen

(KLICK)

...

Fröhlicher

»Unterstützer«
↓
»Sie finden
ihn lustig.«

Typ

Na ja, solange
man ihn nur auf
dem Bildschirm
erlebt...

Haku vor 12 Stunden
3:56 Ich liebe diesen Blödsinn.

👍 612   Antworten

Planetennebel vor 2 Wochen
Er meint es sicher ernst, aber keine Ahnung,
was ich damit anfangen soll.

👍 255   Antworten

Hört mir zu vor 2 Wochen
Sein Gehabe und seine Stimme sind zu laut.

(KLICK)

Was
bedeutet...

Ich habe
dreihun-
derttausend
Unterstüt-
zer...

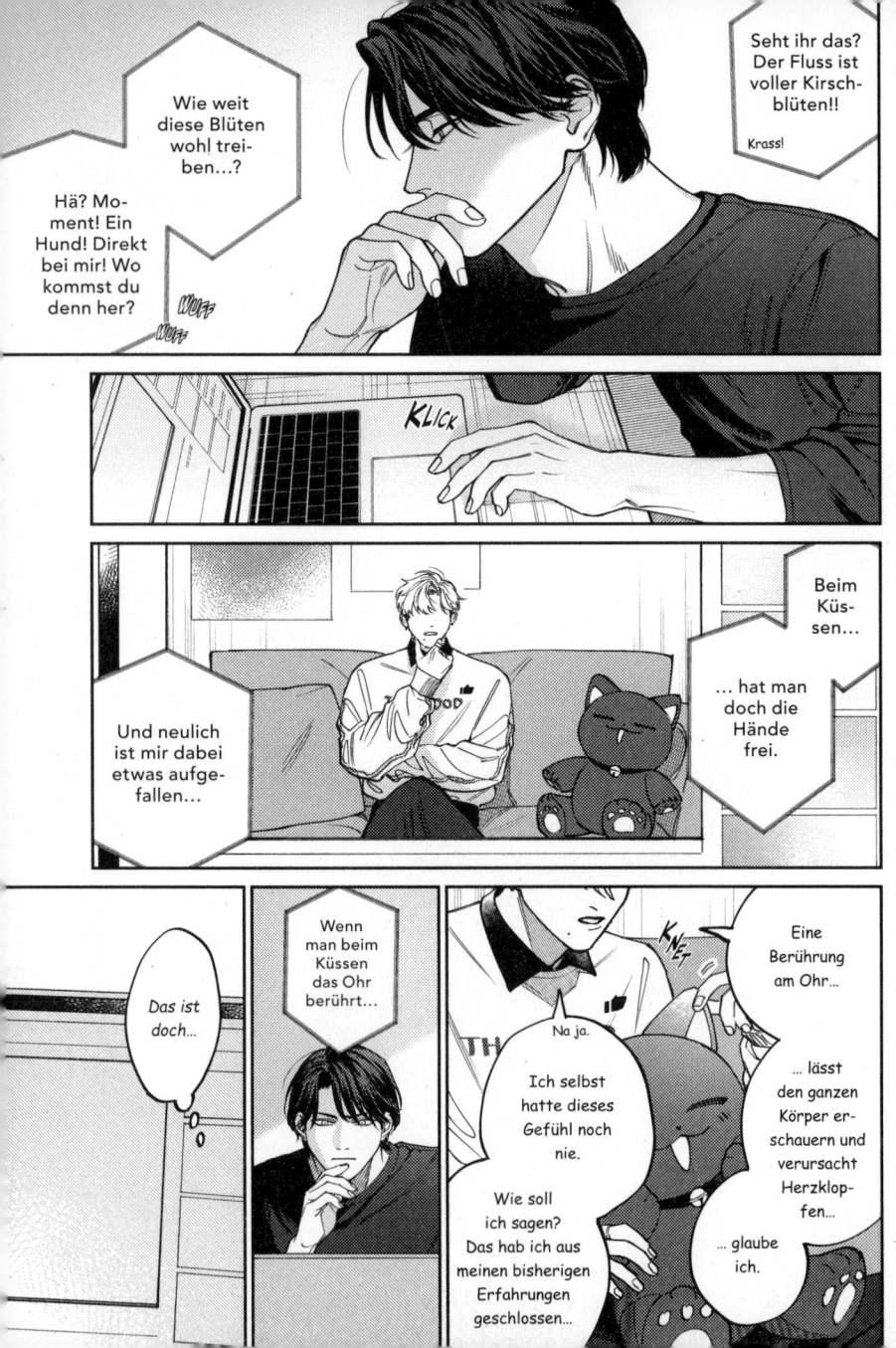

Ver-
dammt...

Aber das
Video ist neu
und zeitlich
käme es hin.

Ach
was...

So hab ich
mich noch nie
gefühlt...

Jetzt komm
ich tatsächlich
ins Schwitzen.

**Benutzt er
mich etwa
für seine
Videos?!**

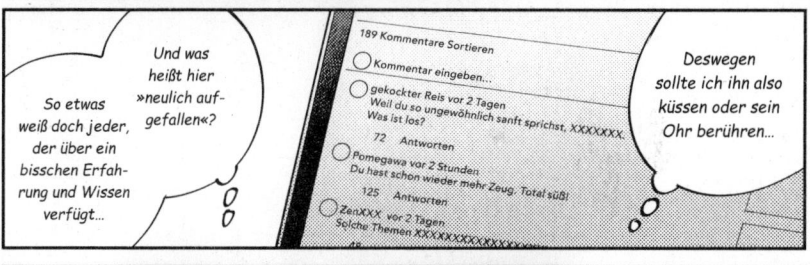

So etwas
weiß doch jeder,
der über ein
bisschen Erfah-
rung und Wissen
verfügt...

Und was
heißt hier
»neulich auf-
gefallen«?

189 Kommentare Sortieren

Kommentar eingeben...

gekockter Reis vor 2 Tagen
Weil du so ungewöhnlich sanft sprichst, XXXXXXX.
Was ist los?

72   Antworten

Pomegawa vor 2 Stunden
Du hast schon wieder mehr Zeug. Total süß!

125   Antworten

ZenXXX vor 2 Tagen
Solche Themen XXXXXXXXXXXXXX XXXXXXX

Deswegen
sollte ich ihn also
küssen oder sein
Ohr berühren...

Oder
könnte
es sein,
dass...

...

...

Oh!

Ach! Kommst du immer um diese Uhrzeit?

Na ja, meistens.

Er spricht mich ganz normal an?

Krass! Wir laufen uns zum ersten Mal über den Weg. Kommst du von der Arbeit?

Ja...

TRAPP TRAPP

Hä?

Magst du Pizza?

Hm.

Oh...

So ein Glück!

Der Gutschein war nur noch bis heute gültig.

Nicht so schnell...

Wie?

Pizza isst man doch mit mehreren Leuten.

Außerdem ist dein Tisch größer als meiner.

Warum hast du so wenig Zeug?

Hör auf, die Pizza auszupacken!

Lädst du dich immer einfach bei anderen ein?!

Ach ja! Ist noch was von dem Bier übrig, das ich mitgebracht hab?

Ja, ich hab noch was...

STERNHAGEL

Ups!

VOLL

...

Hey! Es ist ja kalt!

S.M.U.R.?

Nein, doch ni...

Ich repariere oder inspiziere Autos.

Was machst du beruflich, Kumazawa?

Automechaniker...

Zurzeit...

... bin ich Automechaniker.

Hast du kein eigenes Auto?

Aber heute kamst du doch zu Fuß nach Hause.

Jepp.

Er kriegt nur eine Dose.

Ach so.

Dann magst du also Autos.

Huch...?

Wie?

Na ja, wie viel Pech kann man haben?

Lach nicht.

Dein Freund hat dich betrogen und ohne deine Erlaubnis mit seiner Affäre 'ne Spritztour in deiner Karre gemacht...

»Arm dran« ist ja noch untertrieben!

Muaha!

... und sie dabei zu Schrott gefahren, hab ich richtig gehört?

Halt die Klappe!

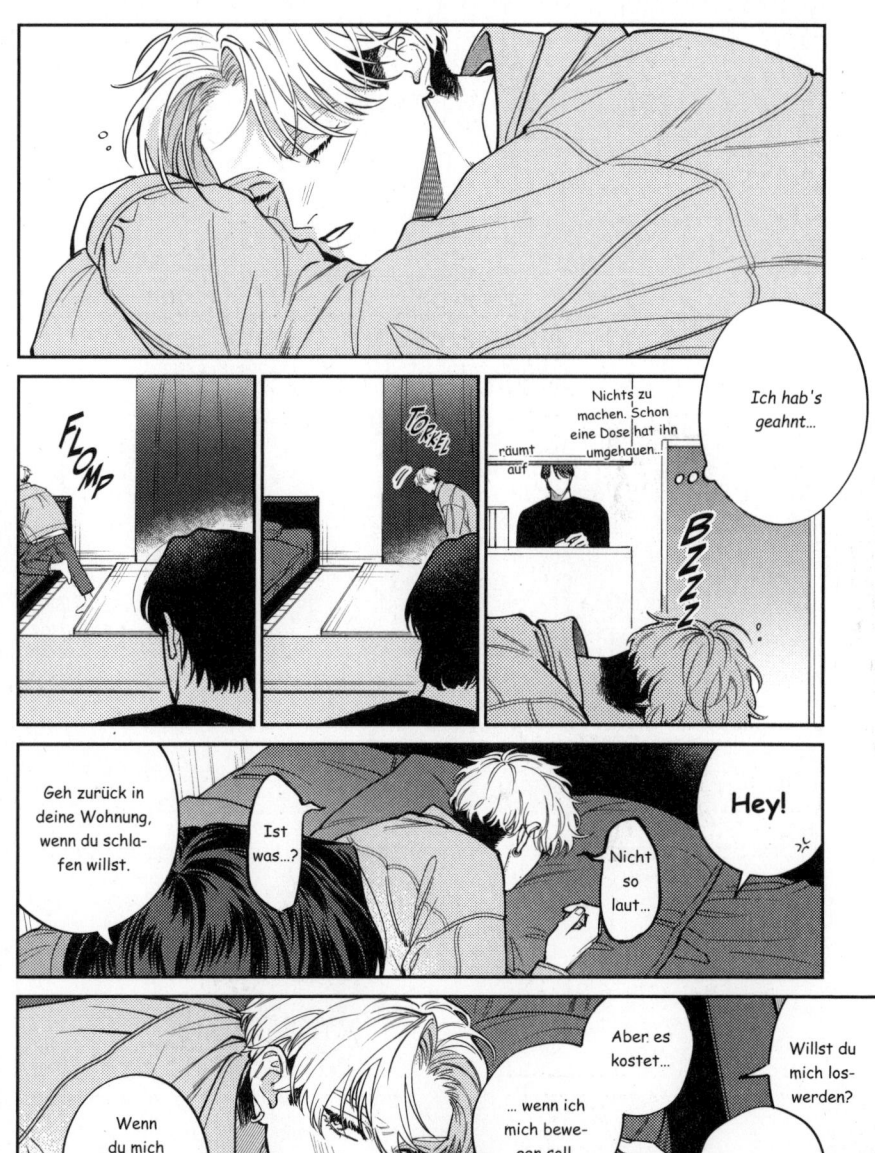

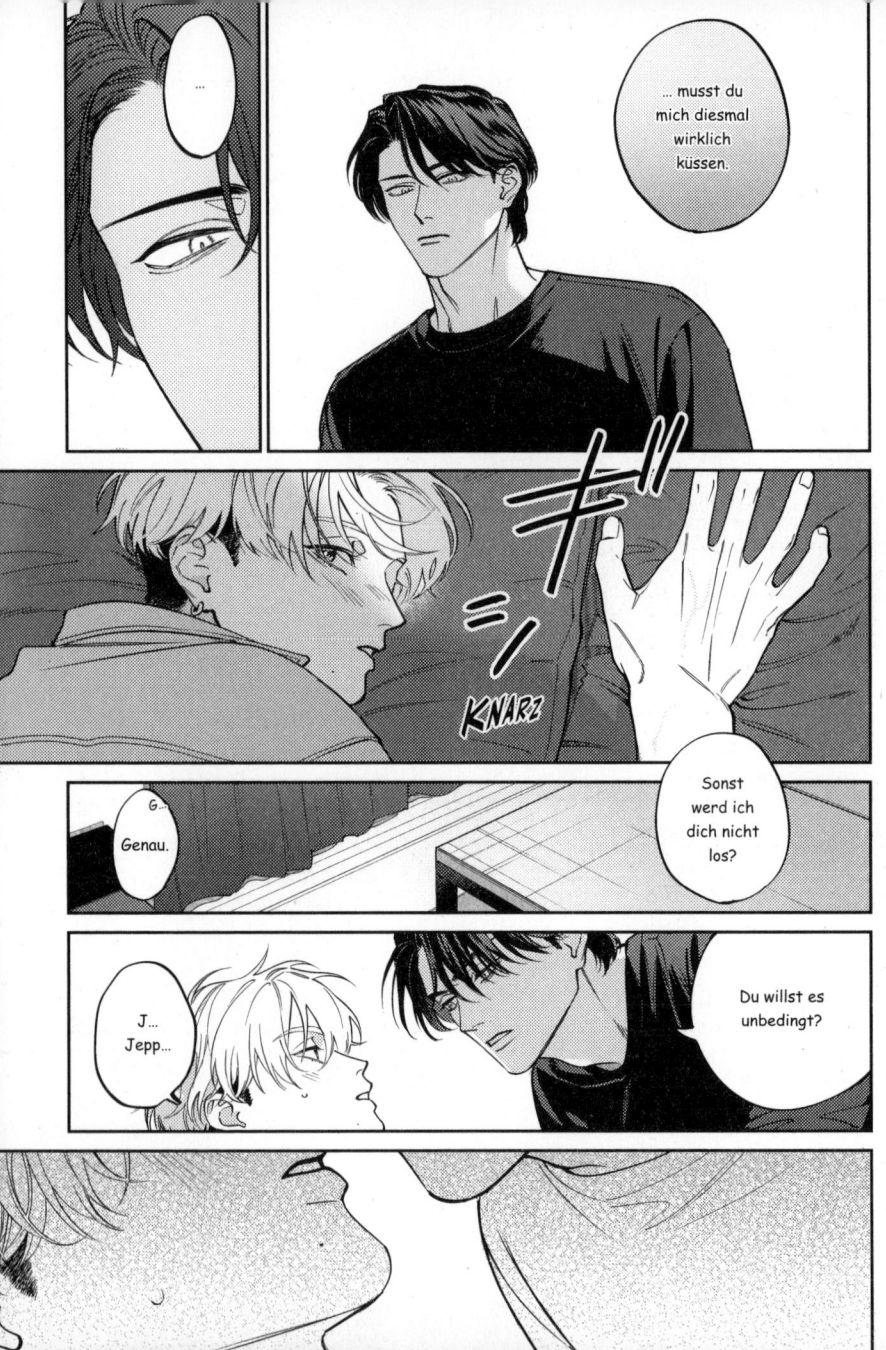

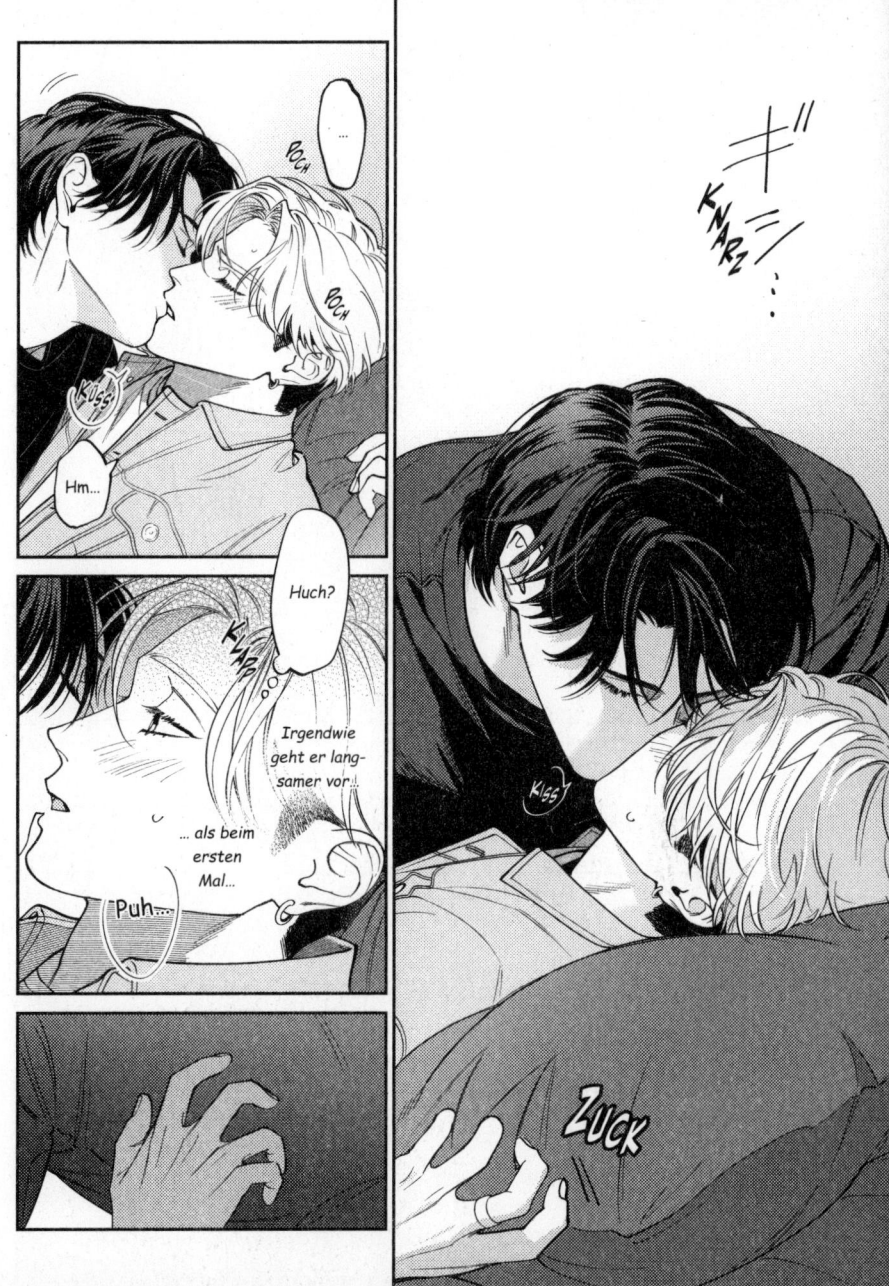

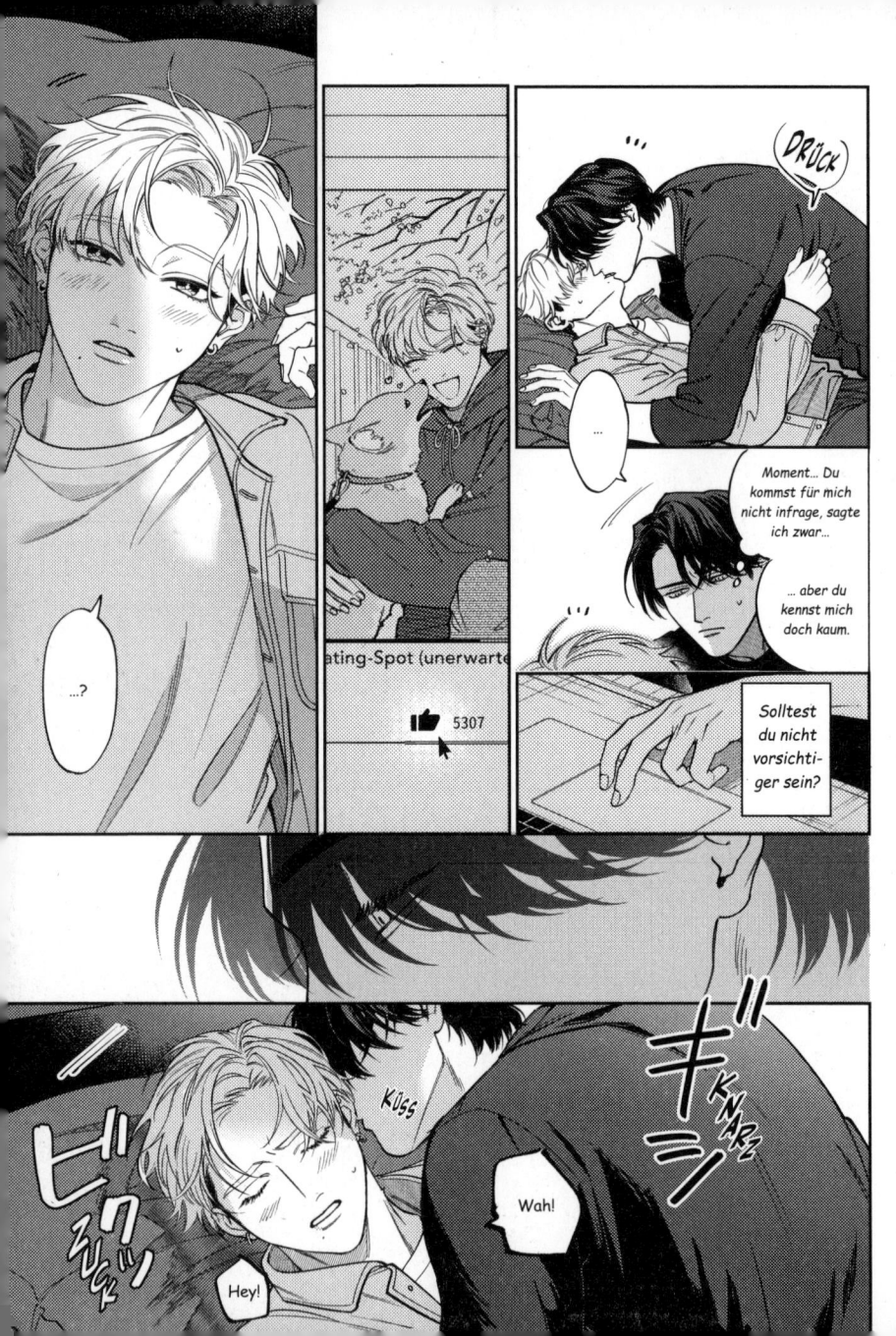

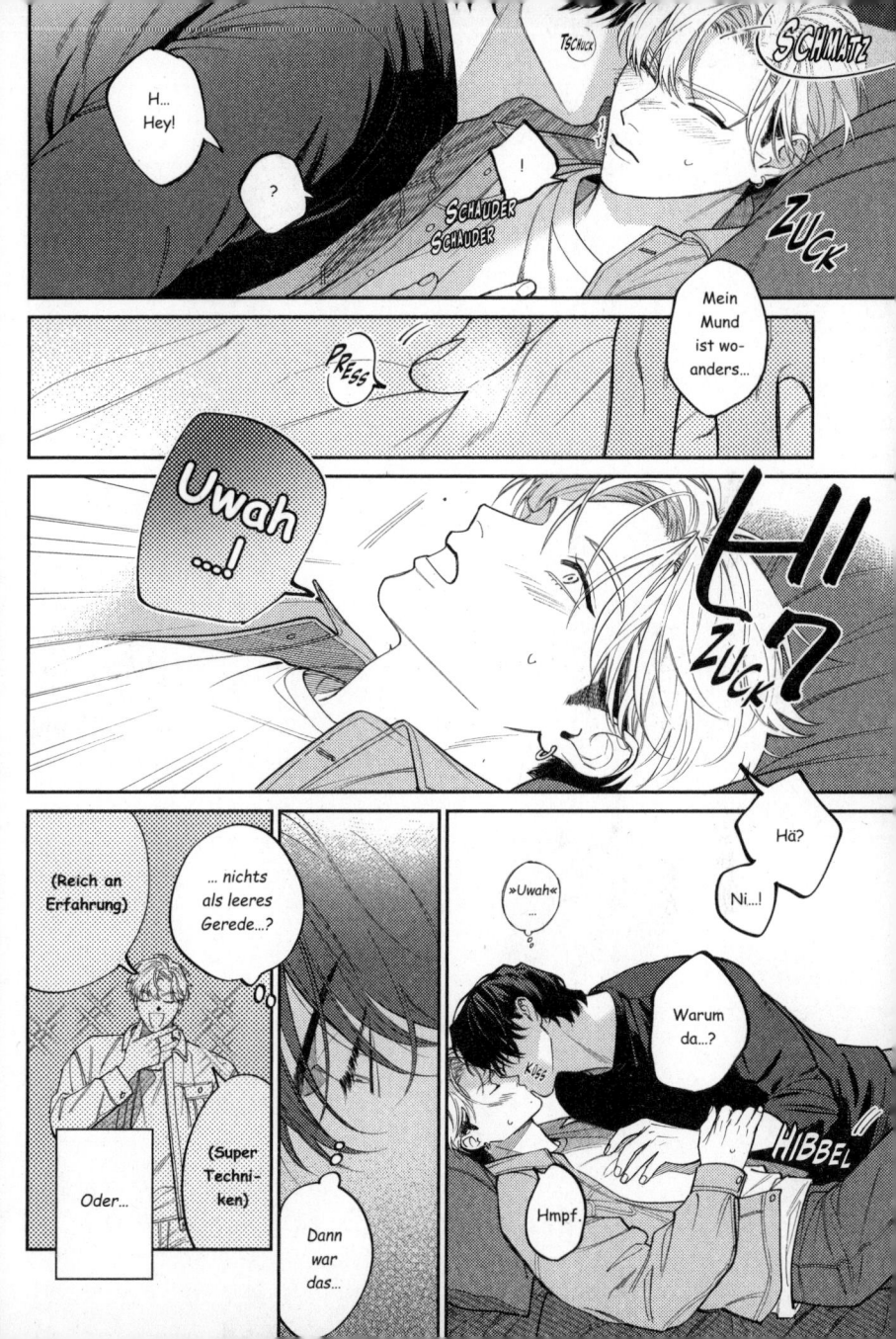

ZUCK

KNIBB

Hm.

Dann wäre ich echt besorgt...

... bildet er sich...

... wirklich ein, er wäre total erfahren?

STARR??

Hah ...

Hh ...

...

... gehen lassen...

Wo das geklärt wäre, kann ich ihn ja langsam...

SWUPP

Oh....

Gefällt dir das...?

Hah ...

Ah!

KÜSS

Hm ...

Hm!

KÜSS

Puha!

...

Hm...

NICK

PRESS

Hah...

Nicht so schnell!!

Ups!

Aber...

Moment!

Ich blick nicht so ganz durch, aber auf jeden Fall...

... und irgendwie bin nur ich ... wie soll ich sagen?

Ich hab mich die ganze Zeit mitreißen lassen...

Das geht so nicht!!

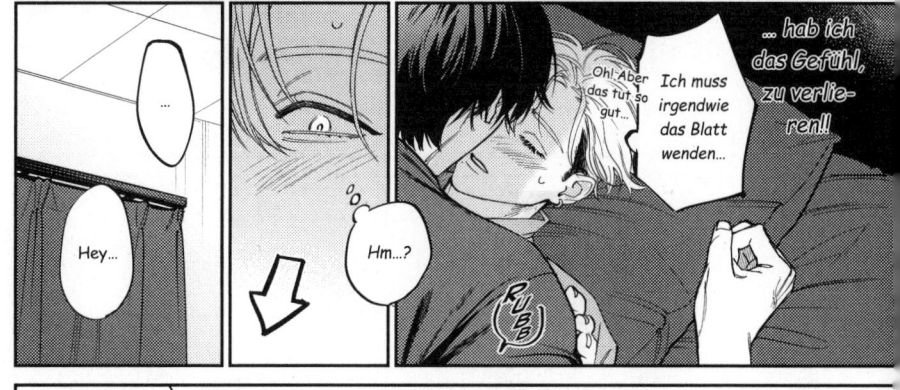

...

Hey...

Hm...?

Oh! Aber das tut so gut...

Ich muss irgendwie das Blatt wenden...

... hab ich das Gefühl, zu verlieren!!

RUBB

Du bist ja hart.

REIB

S...

Sag mir lieber...

Uh...

Also tu nicht so.

Du doch auch...

Er sagte...

Hä?
Was ich vor-hab...?

...

... was du damit vorhast.

Aber für heute hab ich genug...

Fast wäre ich schon wieder bis zum Schluss wehrlos geblie-ben...

O₀
RUBB

Pah.

... ich käme für ihn nicht infrage, aber trotzdem...

... hab ich ihn heiß gemacht.

Dann holen wir uns gegen-seitig einen runter?

Wenn wir jetzt Schluss machen...

SLIP

Hä...?

59

... ich darf mich nicht hinreißen lassen!

So krieg ich kein Auge zu!

Da hat er recht, oder...?

Na ... ja.

Wie?

... würden wir es im Anschluss sowieso tun, oder?

WIRBEL

Aller- dings ...

WIRBEL

Aber...

Damit verlange ich wohl zu viel.

Was?

...

... macht er's mir bestimmt besser...

... als ich selbst es könnte...

RUTSCH

Ah...

KNARR

Hm.

ZUCK

GUTSCH

PRESS

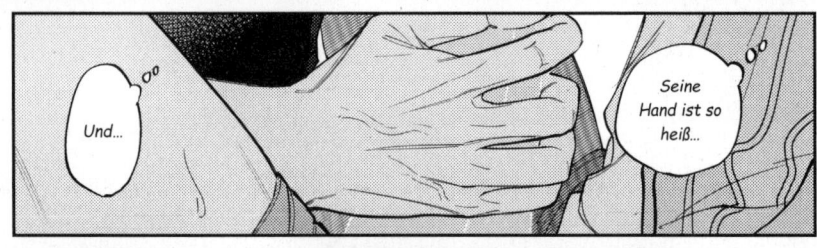

Und...

Seine Hand ist so heiß...

...

Er...

TSCHH

TSCHH

ZUCK

Irgendwie ärgerlich.

... er ist tatsächlich riesig, obwohl ich's schon geahnt hab.

STARR

Hmpf...

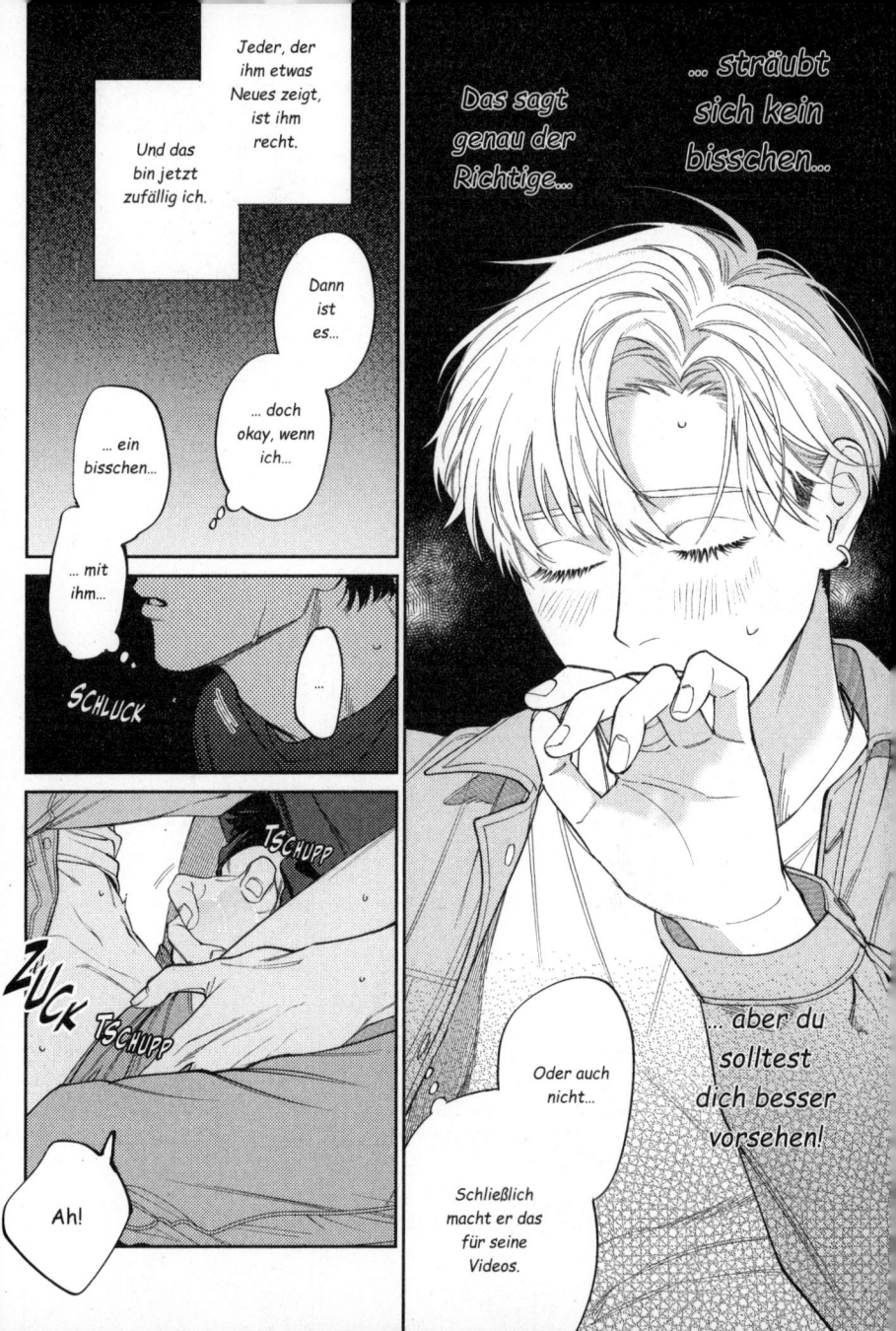

DRÜCK

...!

Hey!

Hey...
Nicht so
laut.

Uwah!

Warte.
Ich komm
gleich.

Hä?!

PRESS

Oh...!

Hah!

Was raus
muss, muss
raus!

Das sagt
sich so
leicht.

Hm...

DRÜCK

KÜSS

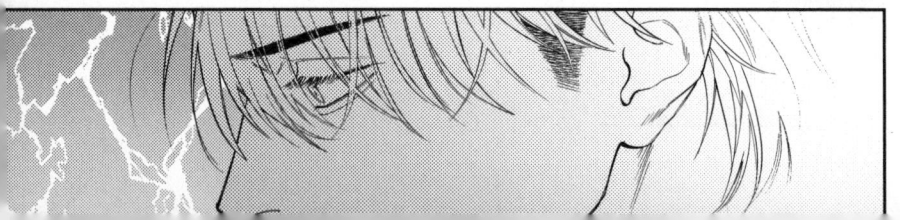

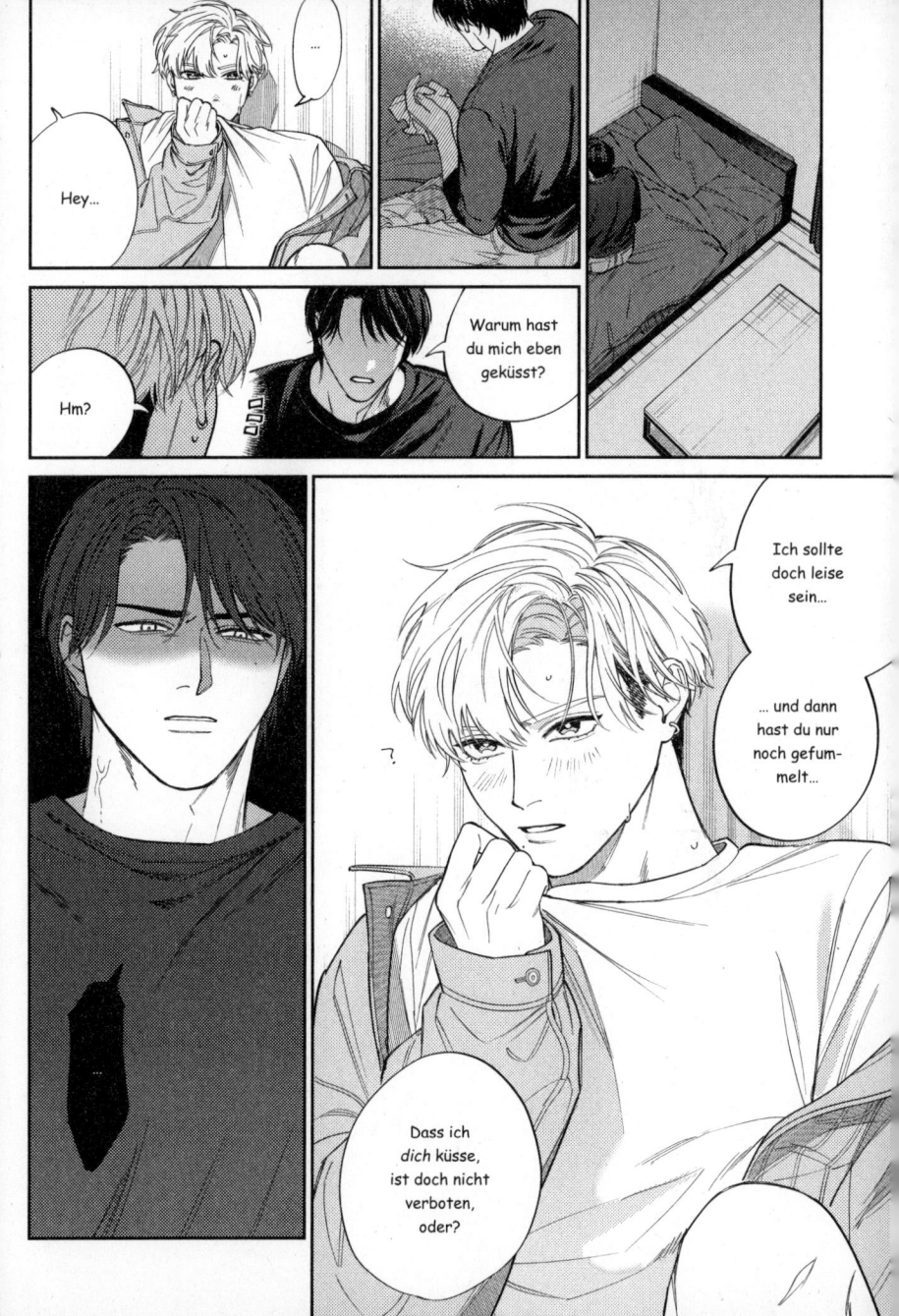

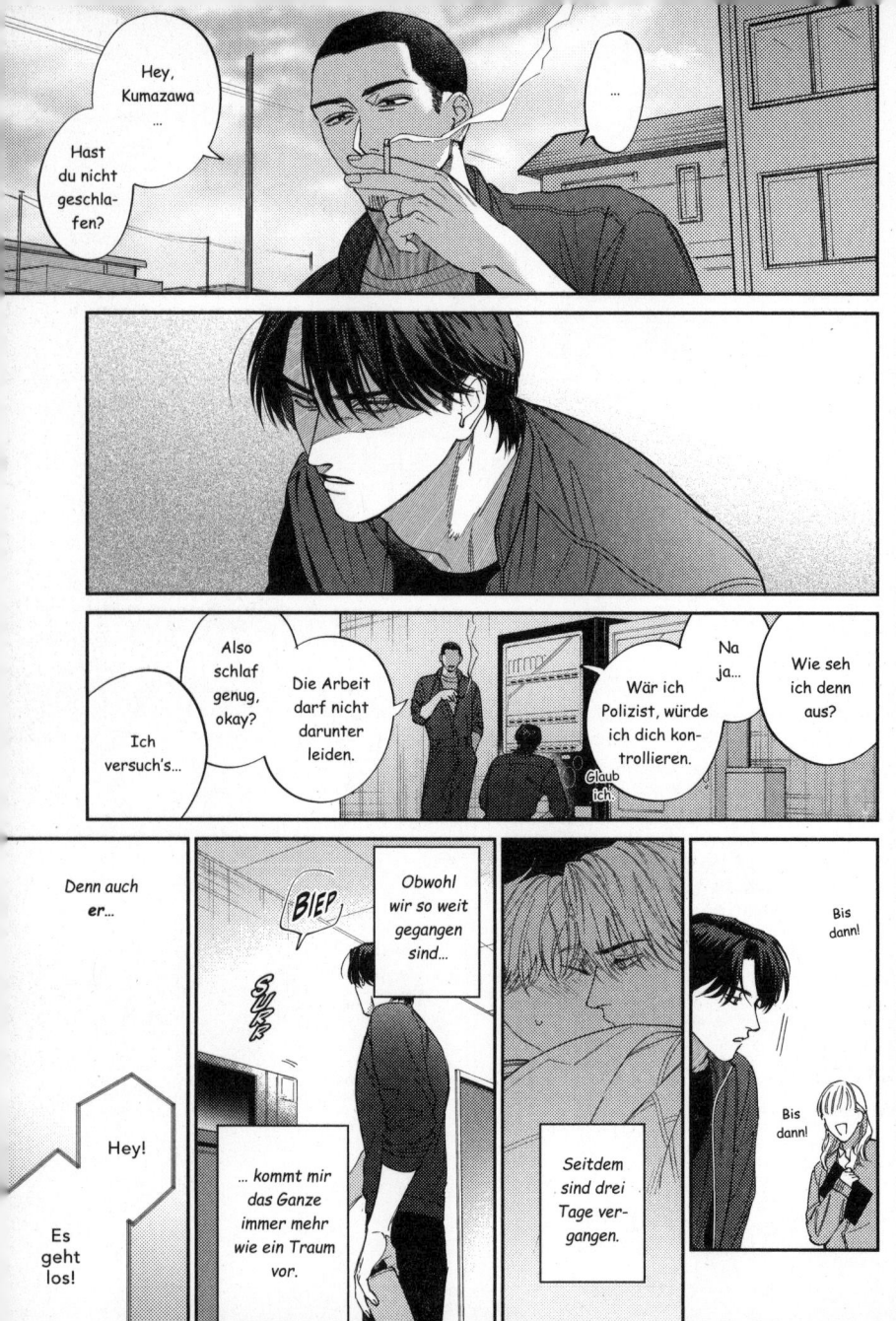

In diesem tollen Stream beantworte ich höchstpersönlich eure Fragen, die ich auf Insta gesammelt hab!

Heute hab ich...

... Lust auf eine Fragesendung!

... macht erstaunlicherweise ganz normal weiter!

Und der hier ist neu!!

Nein, noch nie.

Vor lauter Videos, die ich machen wollte, hab ich's glatt verschwitzt.

Chat
Du hast noch nie 'ne Fragesendung gemacht?

Warum schau ich mir seine Videos so aufmerksam an?

Live-stream-Archiv

Frage an KOICHI

Was hältst du von Beziehungen, die zuerst nur körperlich sind? Findest du das seltsam?

Irgendwie soll ich die Fragen auf dem Bildschirm einblenden.

Ähm, hier die Datei...

KLICK

So.

Hier die erste Frage.

SWUTSCH

Versuch's doch einfach mal.

Ich bereite alles vor.

Aber dann brachte mich der Typ, der immer meine Videos bearbeitet, darauf.

... sagte er.

66

Körper-
lich...

...

Guten Abend, Neuling!!

Macht euch nicht über mich lustig!

Na-türlich weiß ich das!!

Chat

@x@x Weißt du, was »körperlich« bedeutet?

Lecker Reis Das ist die erste Frage?!

kon Übernimm dich nicht, wenn sie zu schwer ist.

Hey! Kotaro Übernimm dich nicht.

K.K. LOL

Kana.Hast du die Frage auch verstanden?

Hana Fang ruhig mit deinem Lieblingsessen an.

syaken Guten Abend! Bin zum ersten Mal hier!

Gibt es so etwas wie eine richtige Reihenfolge in der Liebe?

Hust!

Hust!

... hab in letzter Zeit über diese Frage nachgedacht.

Hmm...

Auch ich...

Also hat man einfach nur an diesem Punkt angefangen, oder?

Außerdem bekommt man doch sowieso Lust darauf, wenn man sich liebt.

Aber wenn das Körperliche die Liebe erst auslöst, ist es eben so...

Normalerweise ist man wohl erst mal zu-sammen, bevor man loslegt.

Chat

Curry Dein Rat ist gar nicht mal so schlecht.

Lecker Reis Alle Achtung!

Tokorotennosuke Du antwortest ja ernsthaft.

Haru Stimmt.

K.K. Ist irgendetwas vorgefallen?

Yukimi Bestimmt.

lemon Verstehe.

Micchie In letzter Zeit redest du anders.

Bei mir seid ihr genau richtig.

Hihi!

STRENG ☆

Das heißt, kein Grund, sich deswegen Gedanken zu machen!

... darfst du ihn auf keinen Fall loslassen!!

Wenn du schon jemanden gefunden hast...

So! Nächste Frage...

PIIIIE

PIIIE PIIIE

...

Zwei Monate sind seitdem vergangen.

#3

KÖCHEL KÖCHEL

TRAMPEL TRAMPEL

Ich komme!

KLACK

TRAMPEL TRAMPEL

TOK

KLACK

DONK KABONK

GATONG

...

Einmal hier unter- schreiben bitte.

Schon wieder irgendeine Lieferung ...

SWOSH

Nebenan läutet es ständig.

DING DONG

Und in letzter Zeit...

... läutet es auch ständig bei mir.

DING DONG

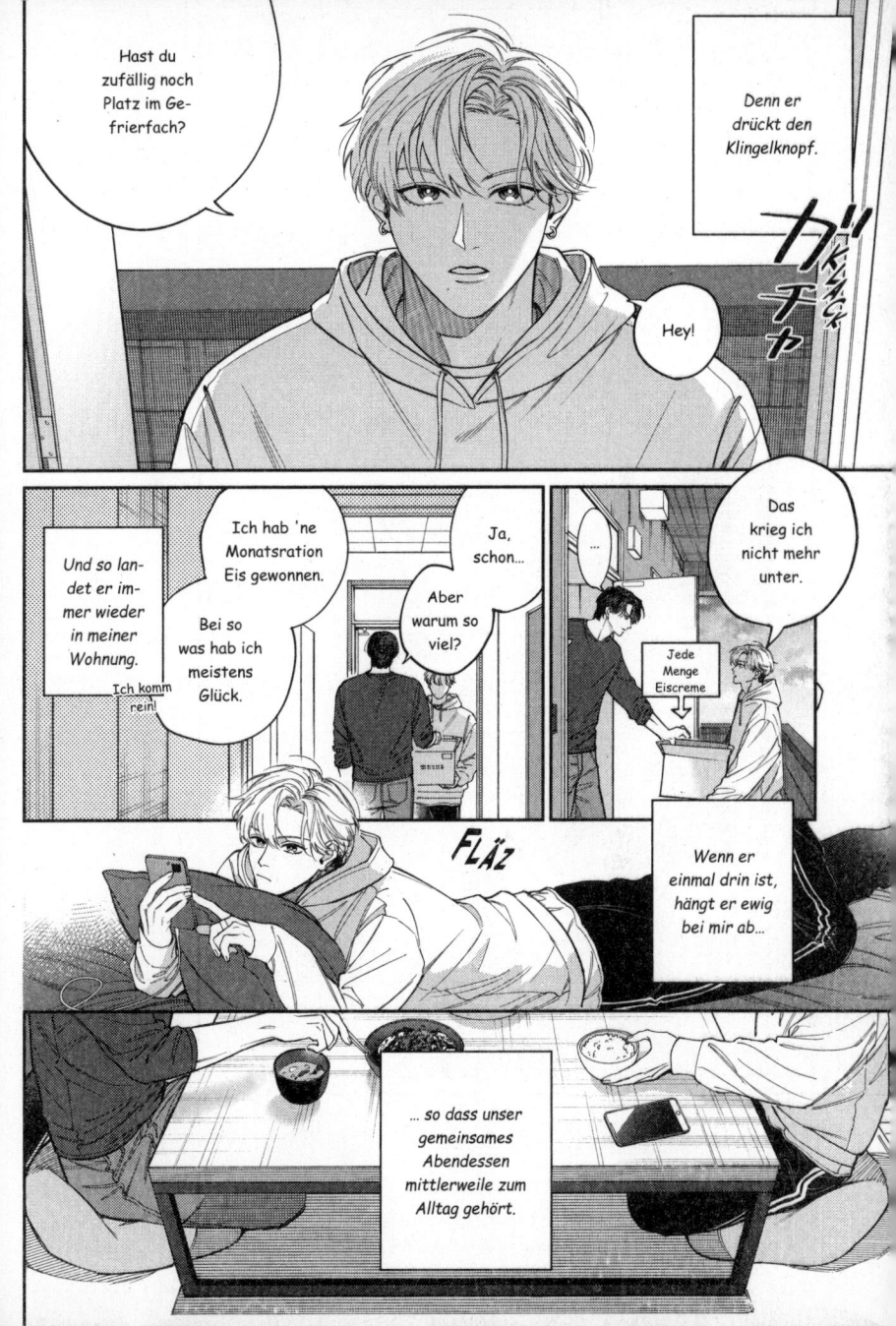

Ach so, du magst nichts Süßes.

Runter krieg ich's schon.

Ach so.

Nimm dir auch eins, wenn du magst, Kumazawa!

Eis!

Schon gut.

Süßes ist nicht so mein Ding.

RITSCH

HAPS

← Nachtisch

KRSCH

... auf dem Karamell.

... diese supersüßen Bröckchen...

Ich mag vor allem...

Ach ja...?

GLUCKER

Warum »erstaunlich«...?

Du hast's gut. Erstaunlicherweise ist das nichts für mich.

Ja.

Du trinkst doch ständig Kaffee, oder?

Nein, eigentlich nicht.

Genau. Eine Originalsorte.

Von Suzuki-Kaffee hinterm Bahnhof, oder?

Verlierst du nicht die Lust daran?

Du trinkst ja immer dieselbe Sorte...

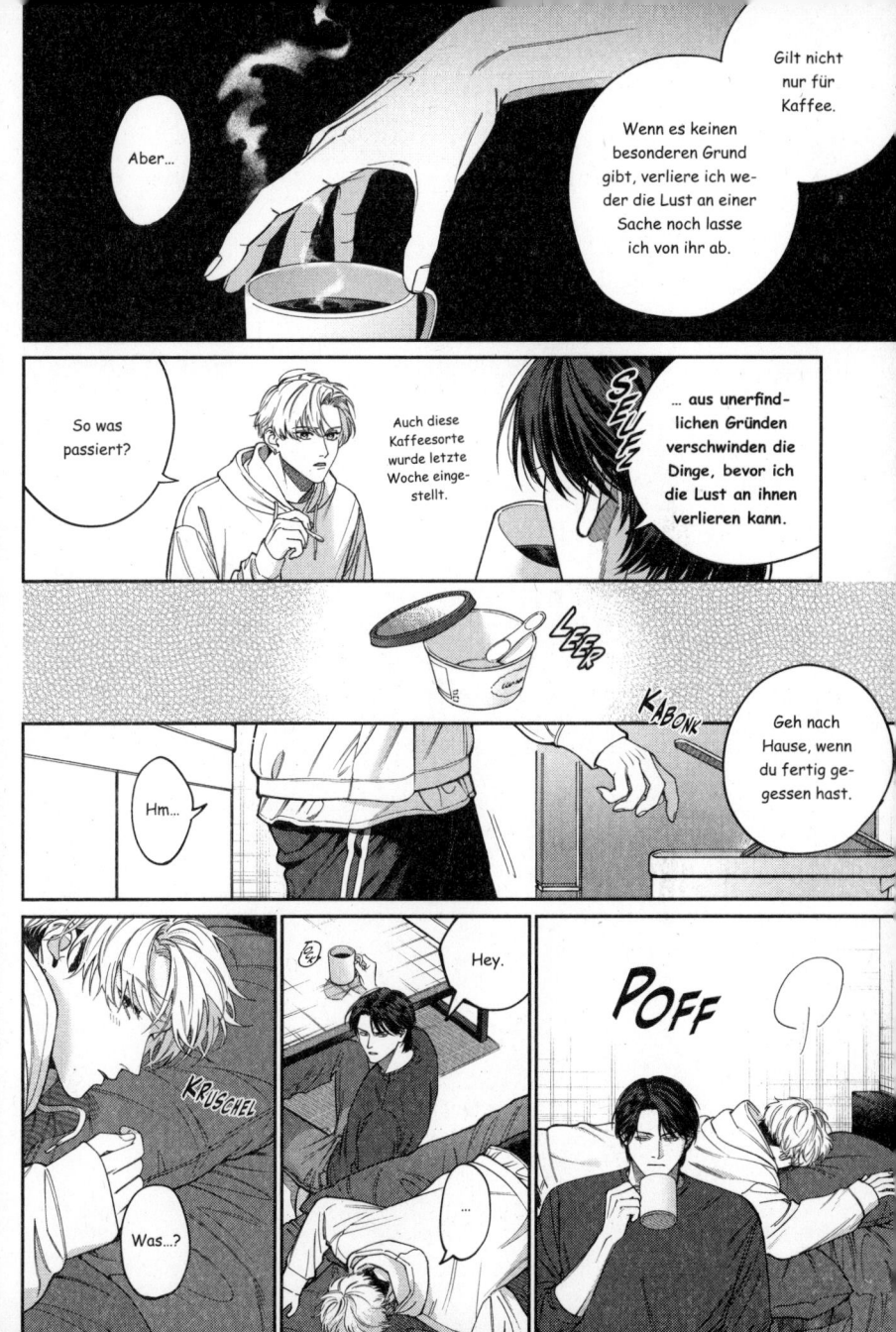

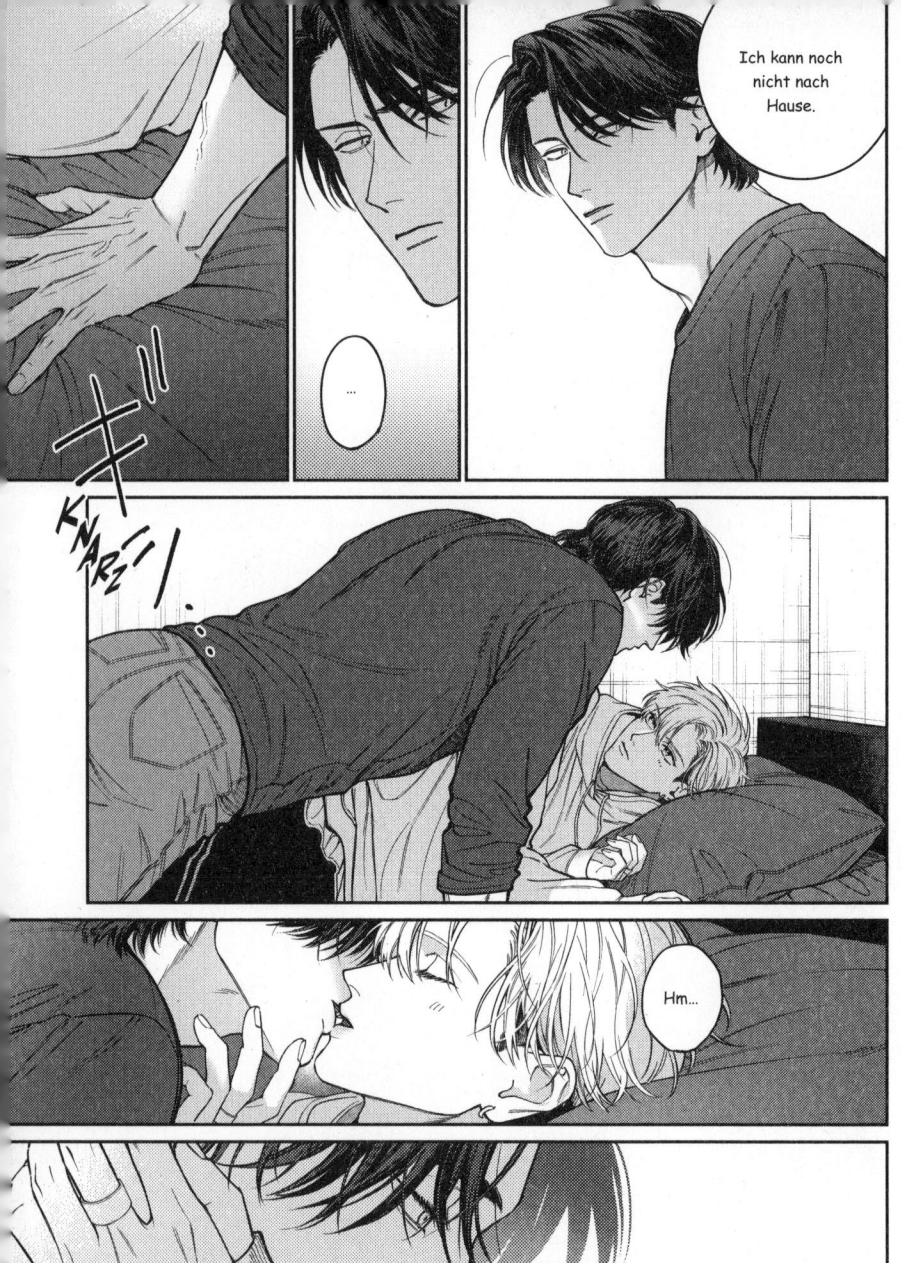

Ich kann noch nicht nach Hause.

...

Hm...

Und ich möchte, dass er geht.

Sonst nichts.

Aber sind ja...

... schon zwei Monate.

Das hier passiert nur...

... weil er auf der Suche nach anregenden Erfahrungen für seine Videos ist.

Wir sind kein Liebespaar.

Schmeckt süß...

So langsam verliert er bestimmt die Lust...

Ah...

Hah...

KUSS

Hm.

KUSS

GRABB

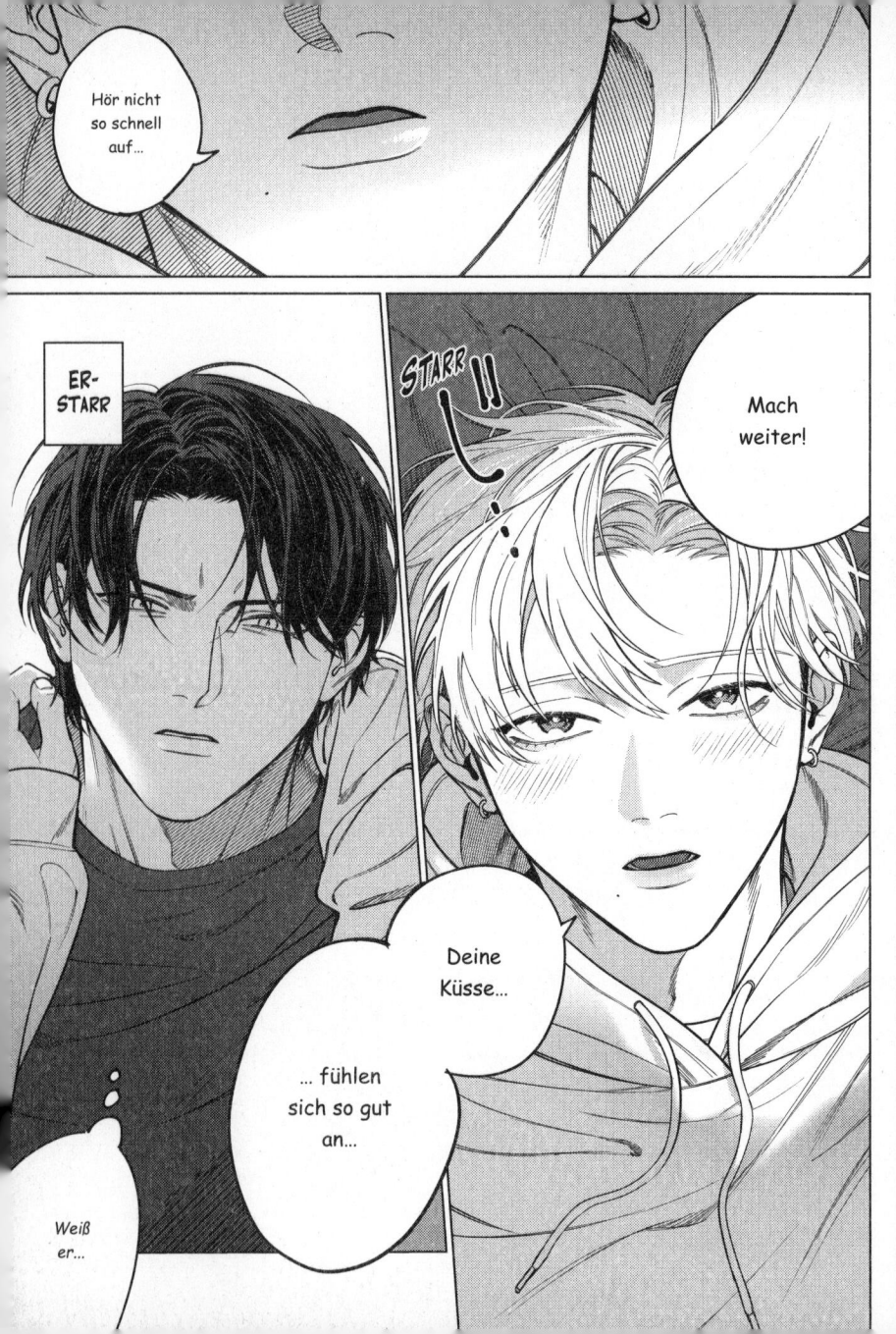

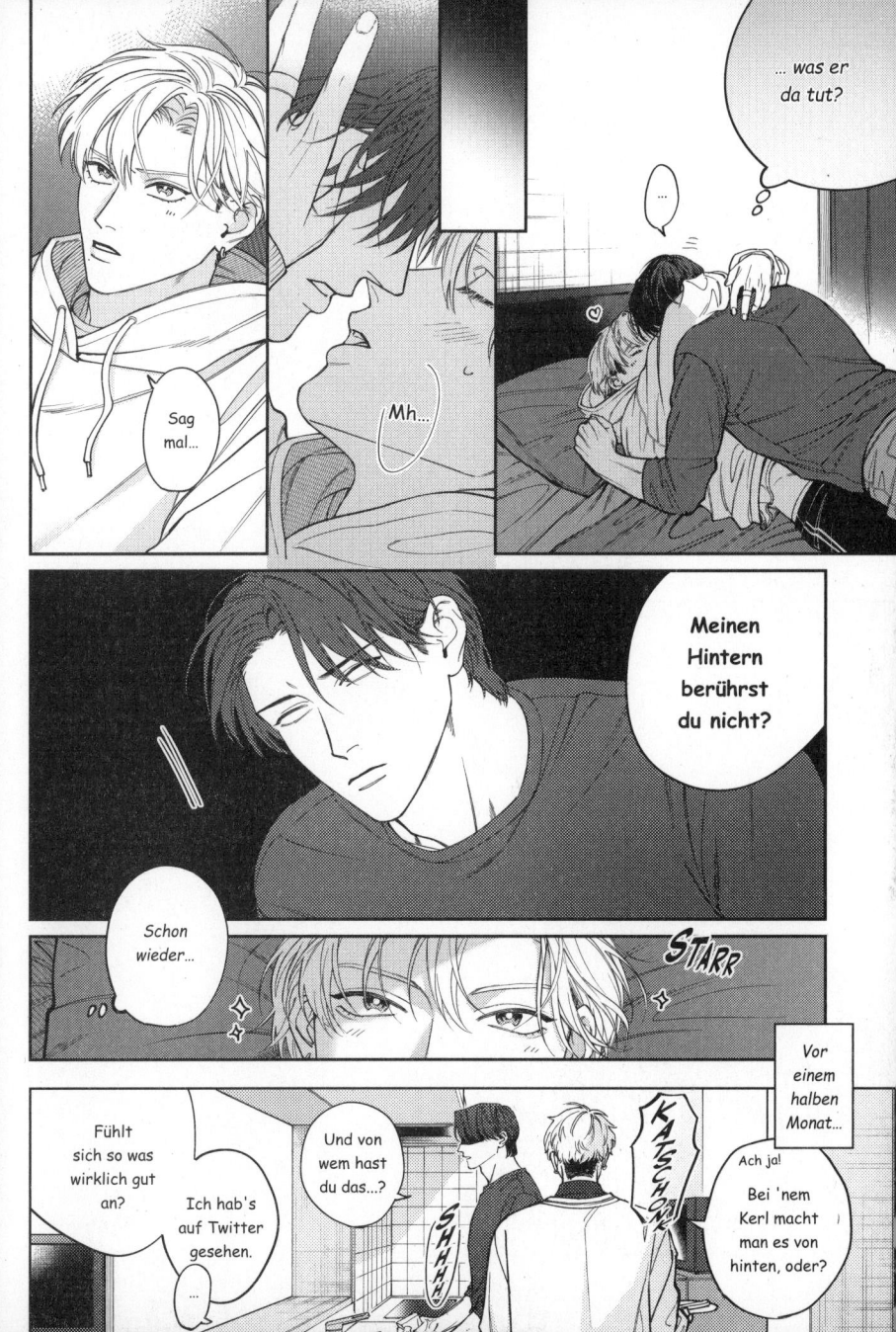

Was...

Uh!

ROLL

...

Grumpf!

Hey! Ignorier mich nicht...

KNARZ

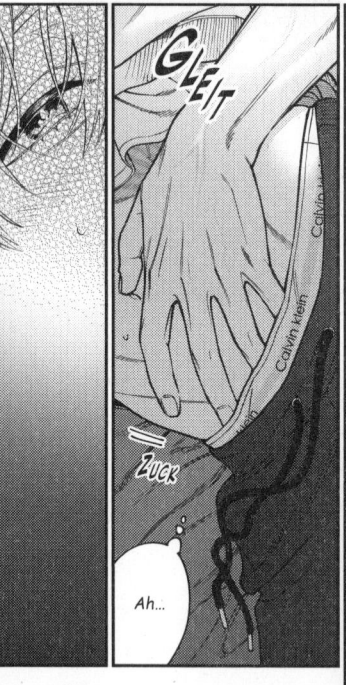

GLEIT

Calvin klein

ZUCK

Ah...

Hm.

SLIP

Jaja
...

Hey! Nicht hinlegen, sonst pennst du wieder ein.

SST

FLÄTZ

JACK

Huch... Da fällt mir ein...

Hm...?

...

SWUPP

Du bist doch noch gar nicht gekommen...

Na ja...

Wie?

SCHNAPP

Hey, was soll das?

...

Na ja... Du willst nicht? Was denn?

DÖSCH

HÄNG

Hach... ... Aha. Hä? Wieso nicht? Ich brauch das nicht.

... Ist doch völlig egal!

Zieh dir endlich die Hose an!

79

Hmpf...

...

Ich wollte nur zuvorkommend sein...

... und dann reagiert er so.

Außerdem...

... hat er meinen Hintern immer noch nicht angefasst.

Zwar sagte er...

... Heteros kämen für ihn nicht infrage.

Aber...

Aber trotzdem...

Nein, bestimmt nicht.

So... So kommt er mir irgendwie nicht vor.

Oder ist er notgeil, dass er mit jedem rummacht, wenn er darum gebeten wird...?

Käme ich wirklich nicht infrage, würde er mich doch auch nicht küssen wollen.

GRÜBEL

Warum geht er nicht weiter, obwohl wir schon so weit gekommen sind?!

... um das Eis aufzuessen.«

»Komm gefälligst wieder...

Ähm, Mari?

Hm?

GRÜBEL

Er hatte doch auch 'nen Ständer...

Ach, verdammt!

GRÜBEL

* Spiegel

...

Das ist so erfrischend, dass ich nicht mal sauer werd.

Willkommen!

Sch...

Schon wieder! LOL

So ein Spruch ist normalerweise tödlich.

Pfft!

Ich bin doch ein cooler Typ, nicht wahr?

BATSCH

Ach...

... fehlt es dir an »Intensität«.

Intensität? In welcher Hinsicht?

Hm...

Du siehst unglaublich gut aus...

... aber für meinen Geschmack...

Na ja...

Du sagst es!

Maris Mann hat echt Stil!

Während du noch ein Kind bist!

...

Bei den Gesichtszügen und der Körperbehaarung.

Bart ist ein Muss.

Ein älterer Typ mit herabhängenden Augenwinkeln...

... zu dem Zigaretten passen.

Ja richtig...

82

Darüber hab ich noch nie nachgedacht.

Auf was für Männer steht er überhaupt?

...

Vielleicht ist die Hetero-Sache nur ein Vorwand...

... und ich bin gar nicht sein Typ...?

Ich bin kurz mal in der drei (dem Klo)!

... aber das Aussehen ist schon ein wichtiger Punkt, oder?

Natürlich legt man bei der Partnersuche Wert darauf, ob jemand hetero oder schwul ist...

... *sein Typ?!*

Ich bin nicht...

* Blinder Fleck

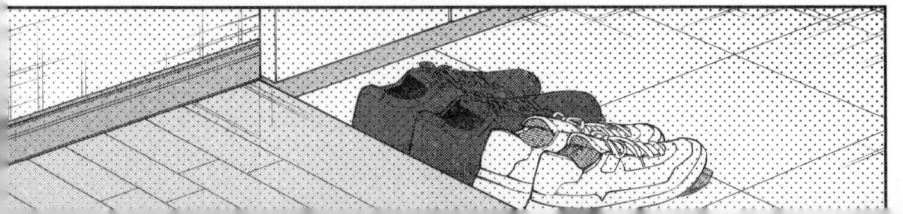

...

ZiSSSSCH

ZiiSSSSCH

Na ja.

Ich schau dich einfach nur an.

Einfach nur so.

...

STARR

Du starrst mich schon die ganze Zeit an.

Hm?

Stimmt was nicht?

Das hab ich dich noch nie gefragt, dachte ich bloß.

Das kommt etwas plötzlich ...

Sag mal...

Dein Ex, der dich betrogen hat... Wie war er so?

Auf den ersten Blick wirkt er völlig normal...

...

Er ist...

... auch nicht sonderlich ich-bezogen...

... sondern lässt sich eher von anderen mitreißen...

... sodass man sich unwillkürlich um ihn kümmern will...

Als ich von seiner Affäre erfuhr, war ich völlig baff.

Vor etwa einem halben Jahr.

Ich.

Frage: Wer hat wann die Initiative ergriffen?

...

...

...

Ich fand ihn schon länger attraktiv...

PRESS

Es tut mir so leid...

... Kumazawa.

... sag das nicht!

Aber...

Es ist alles meine Schuld!

Ich war auch derjenige, der einmal mit deinem Auto fahren wollte!

Was wird hier gespielt?

...

Decke

Hach...

Es ist meine Schuld, Kumazawa!

Nein, meine!!

Es ging doch los, weil ich...

Aber...

86

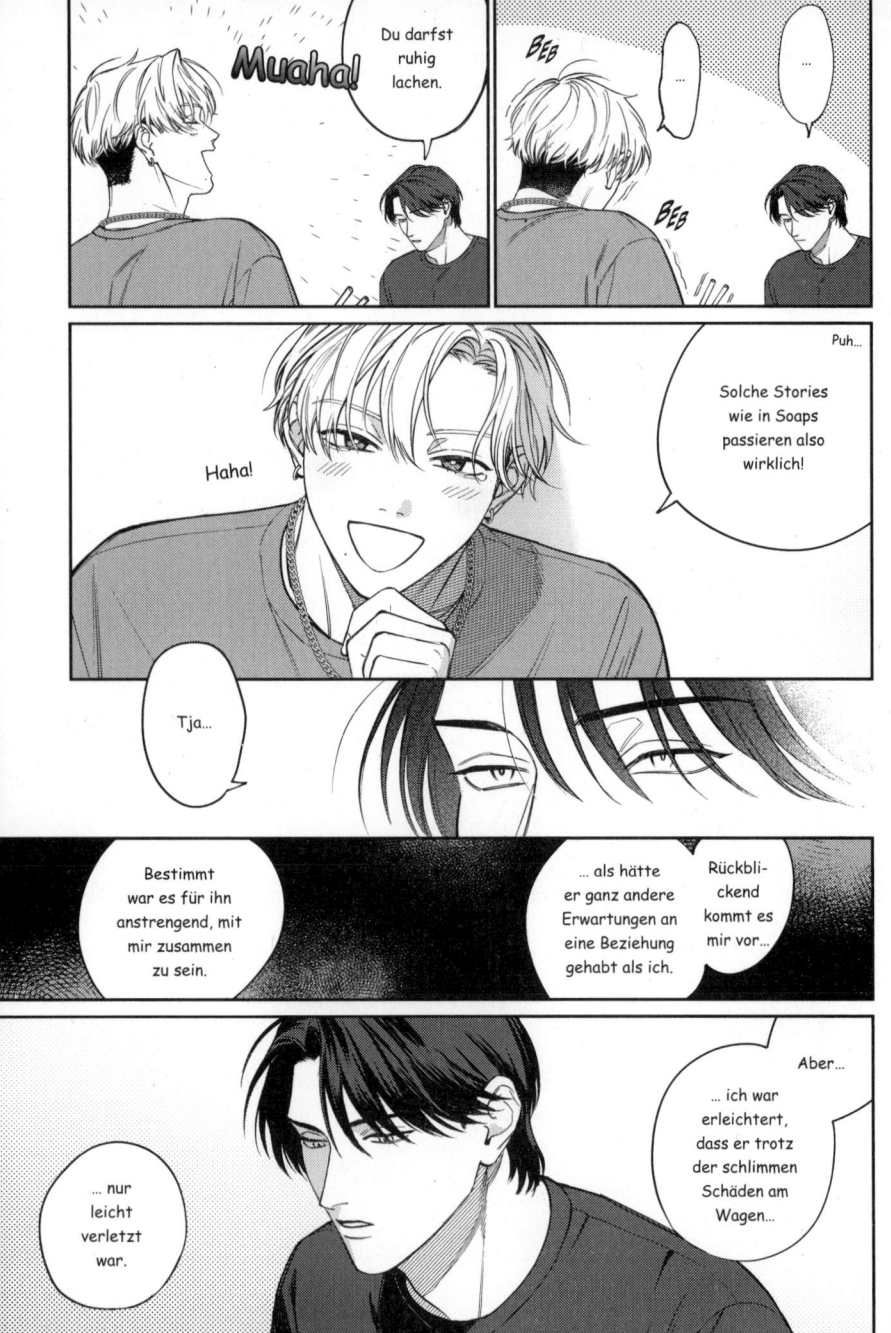

Obwohl sein Ex ihn betrogen...

... und seine Karre zu Schrott gefahren hat...

... kann Kumazawa so über ihn sprechen.

Ach so...

Das heißt, er hat ihm wirklich viel bedeutet.

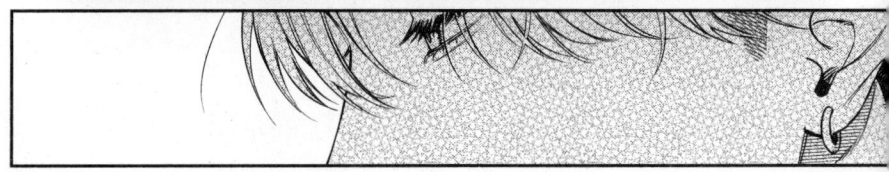

Du hast es doch selbst gekauft...

Na schön.

Du kannst gern den Rest essen.

Ich bin schon satt.

SST

Hey...

TOCK

Dann bleib du hier...

... und ich geh rüber...

Nichts da!

DOMM

Dort kann ich mich nicht anlehnen.

Nö, kein Bock.

NIPP

NIPP

Geh wieder auf die andere Seite.

Hmm...

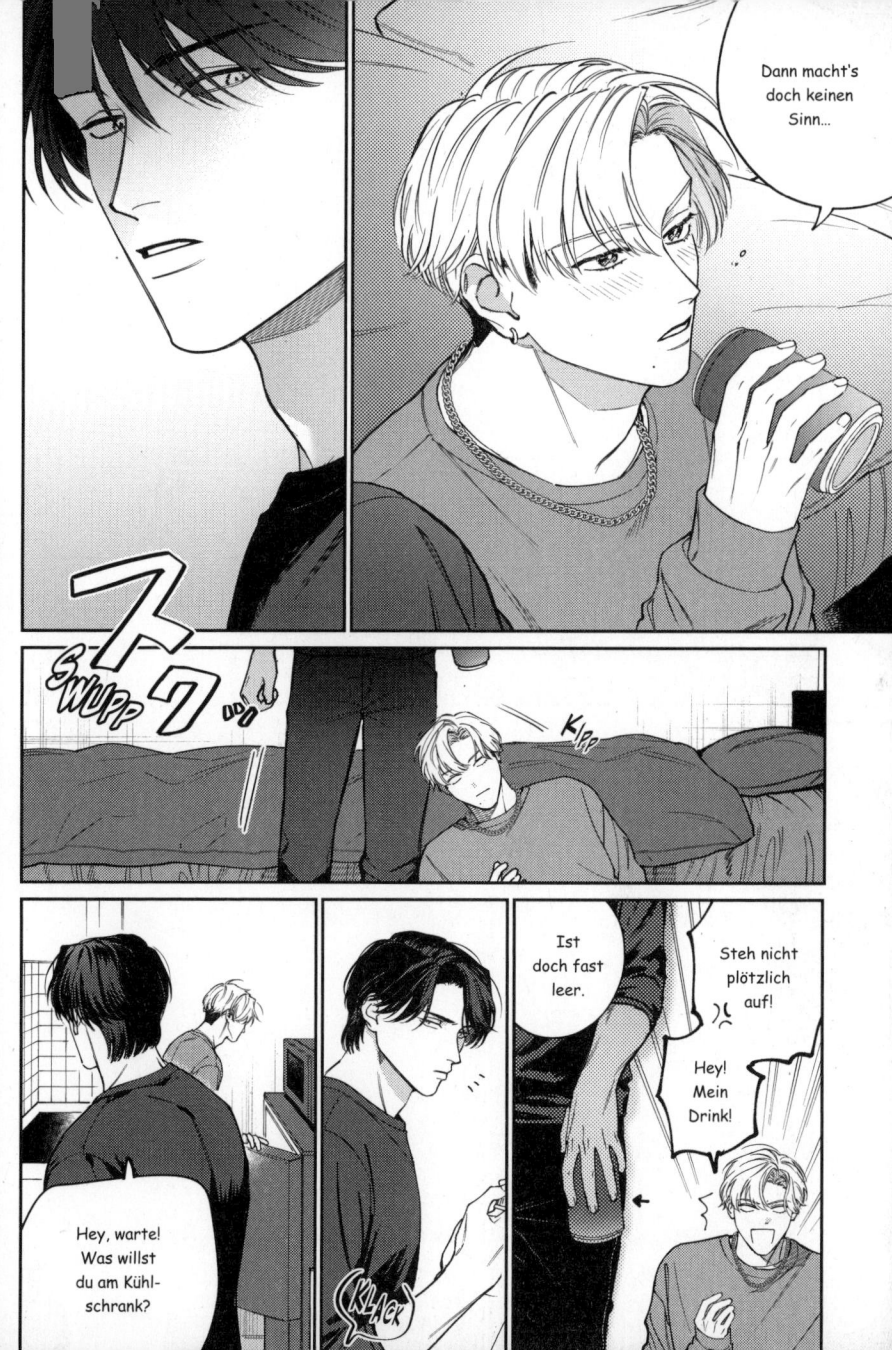

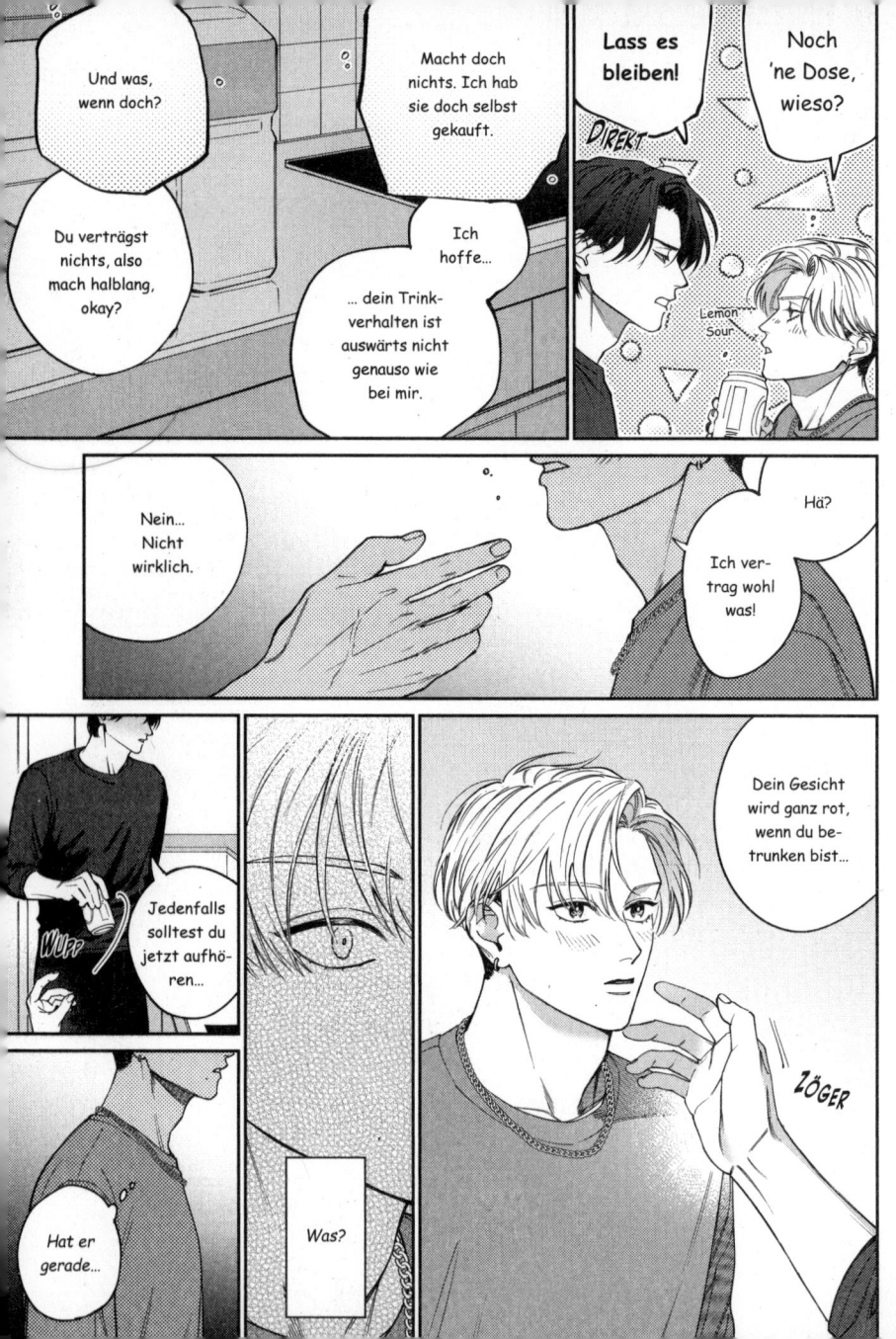

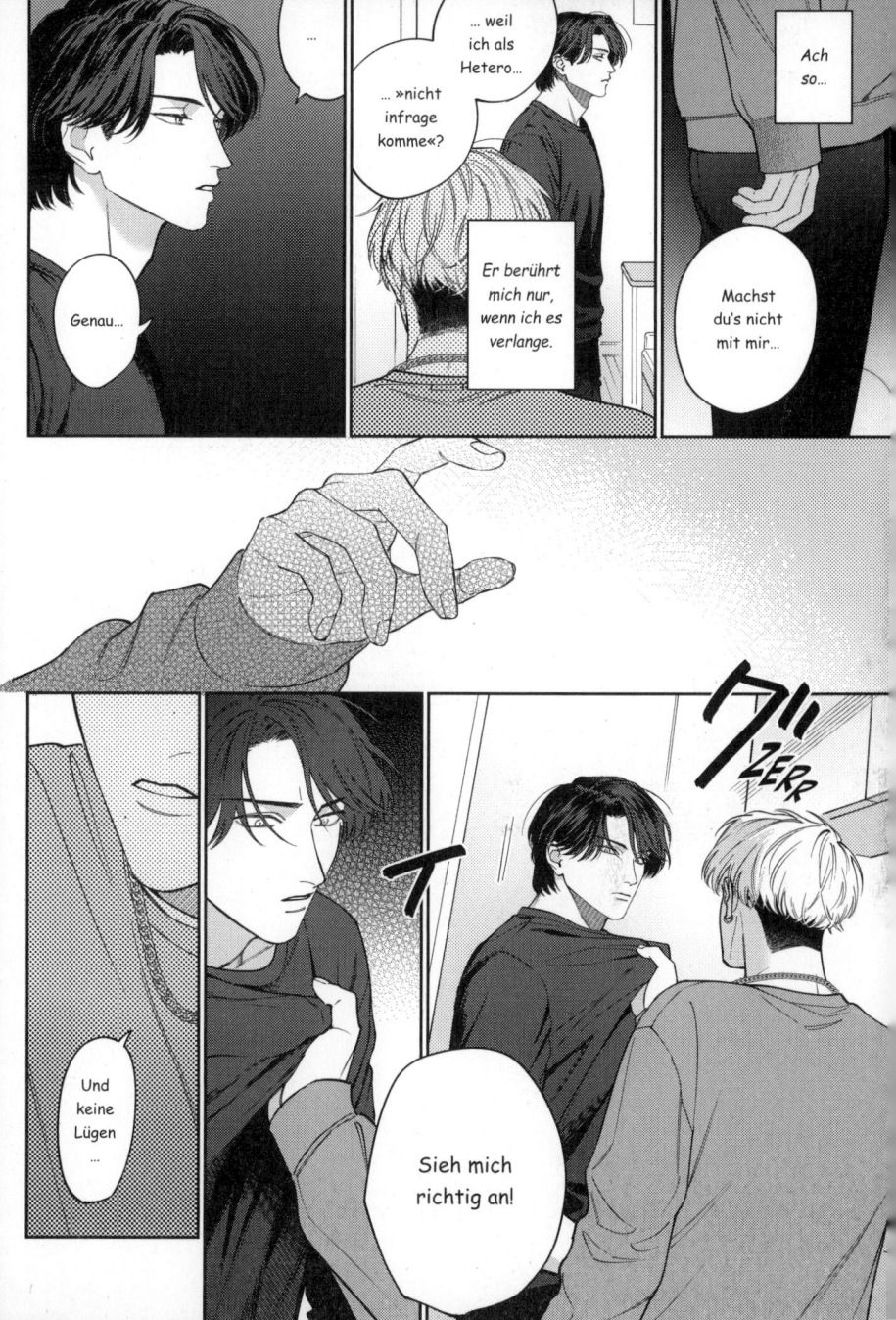

TRÄN

... endlich die
Wahrheit!

PRESS

!

Sag
mir...

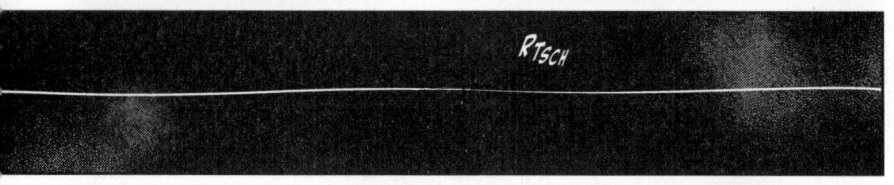

RTSCH

TAPP

Sag
mal...

Bin ich
dir völlig
egal?

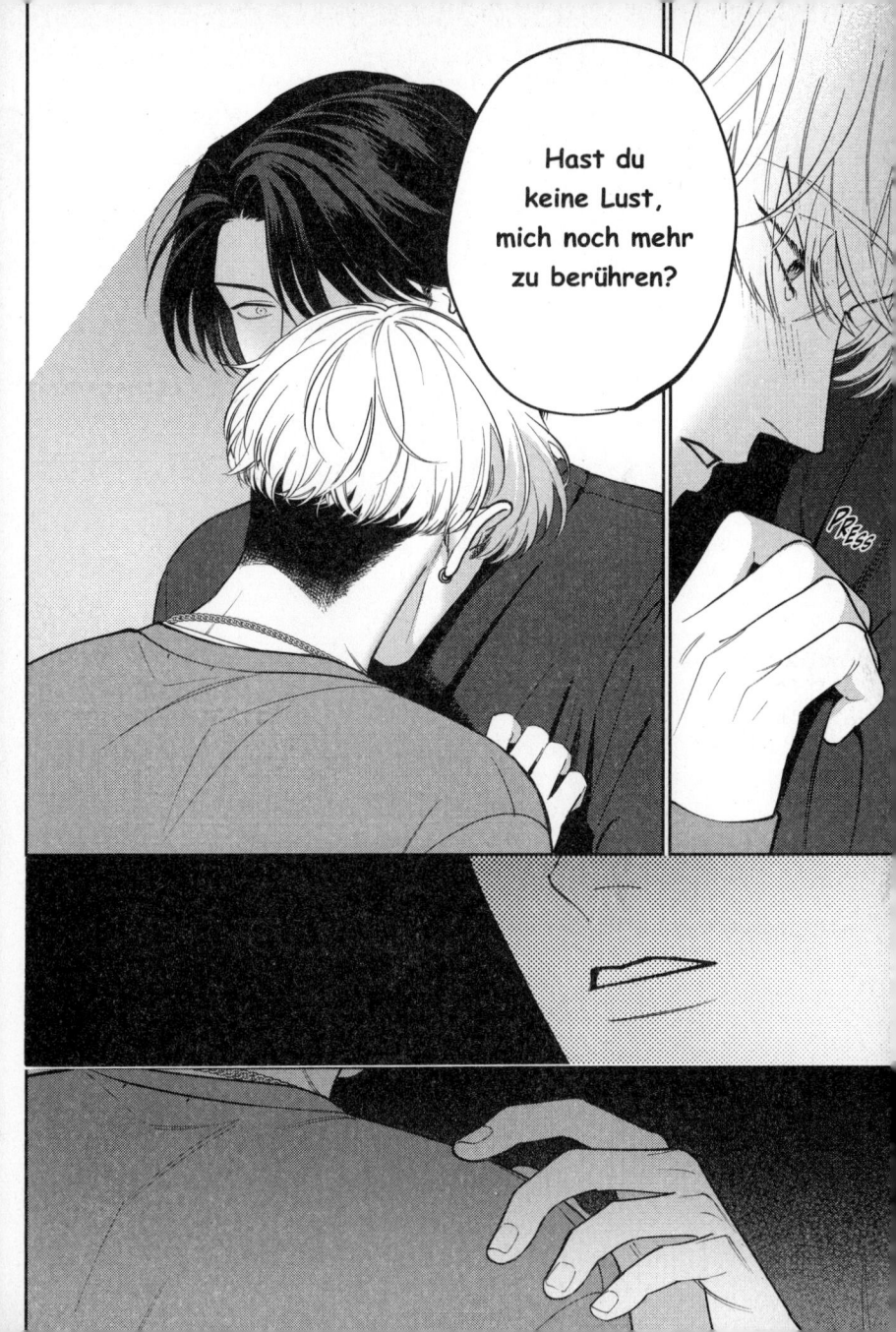

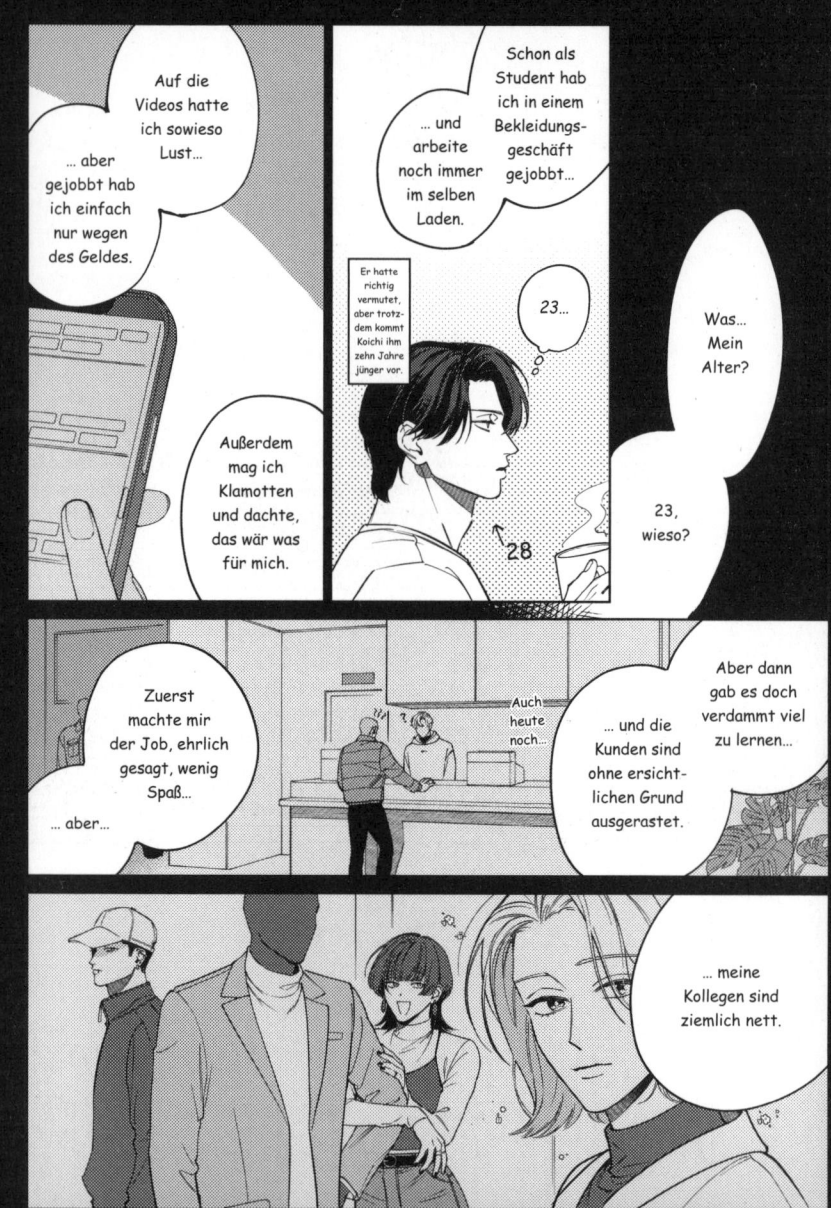

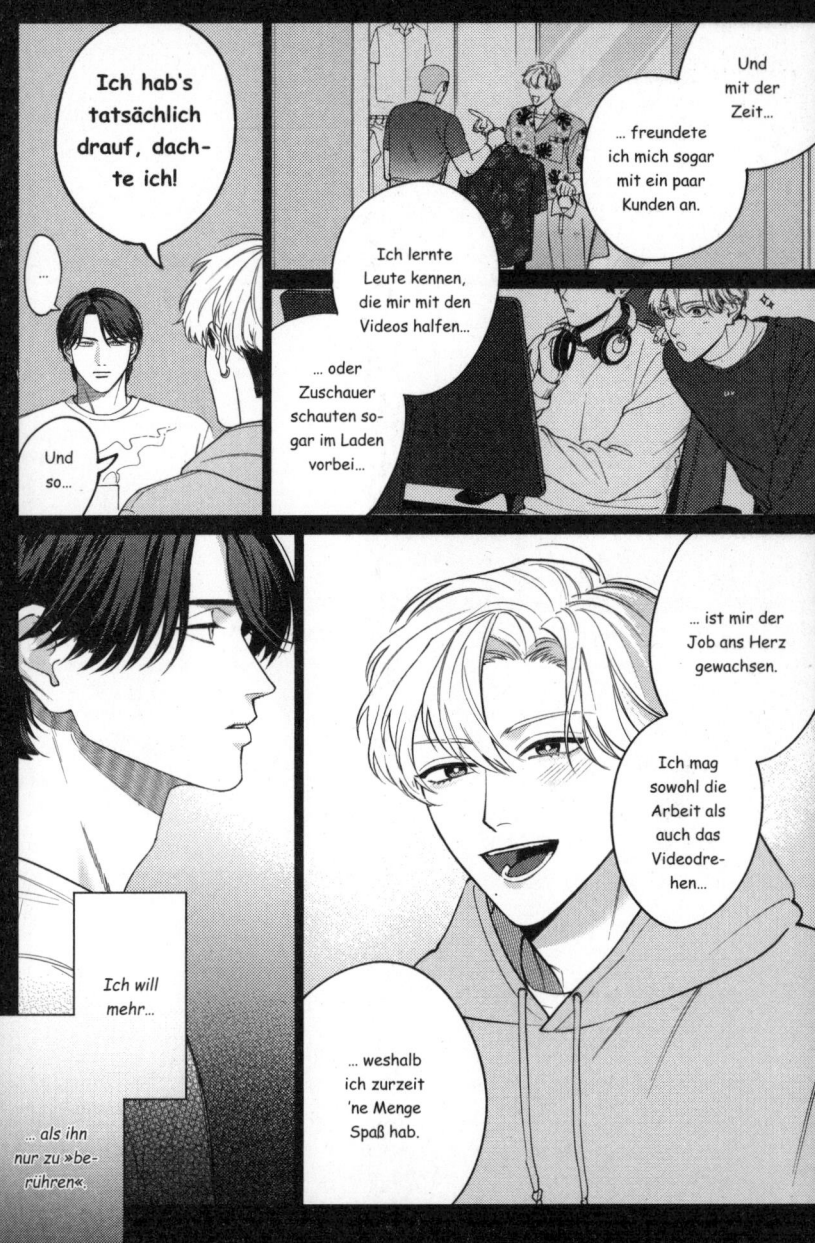

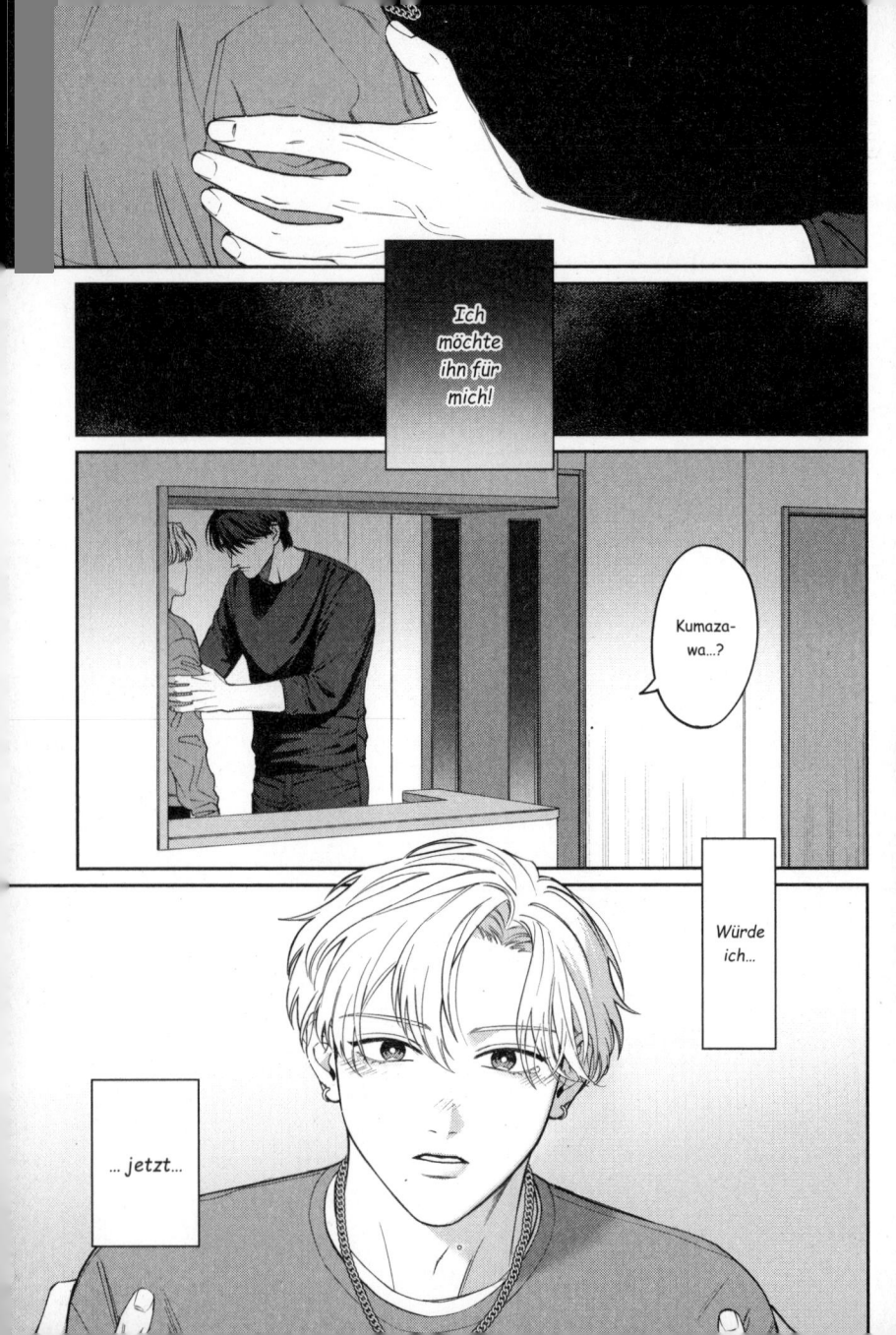

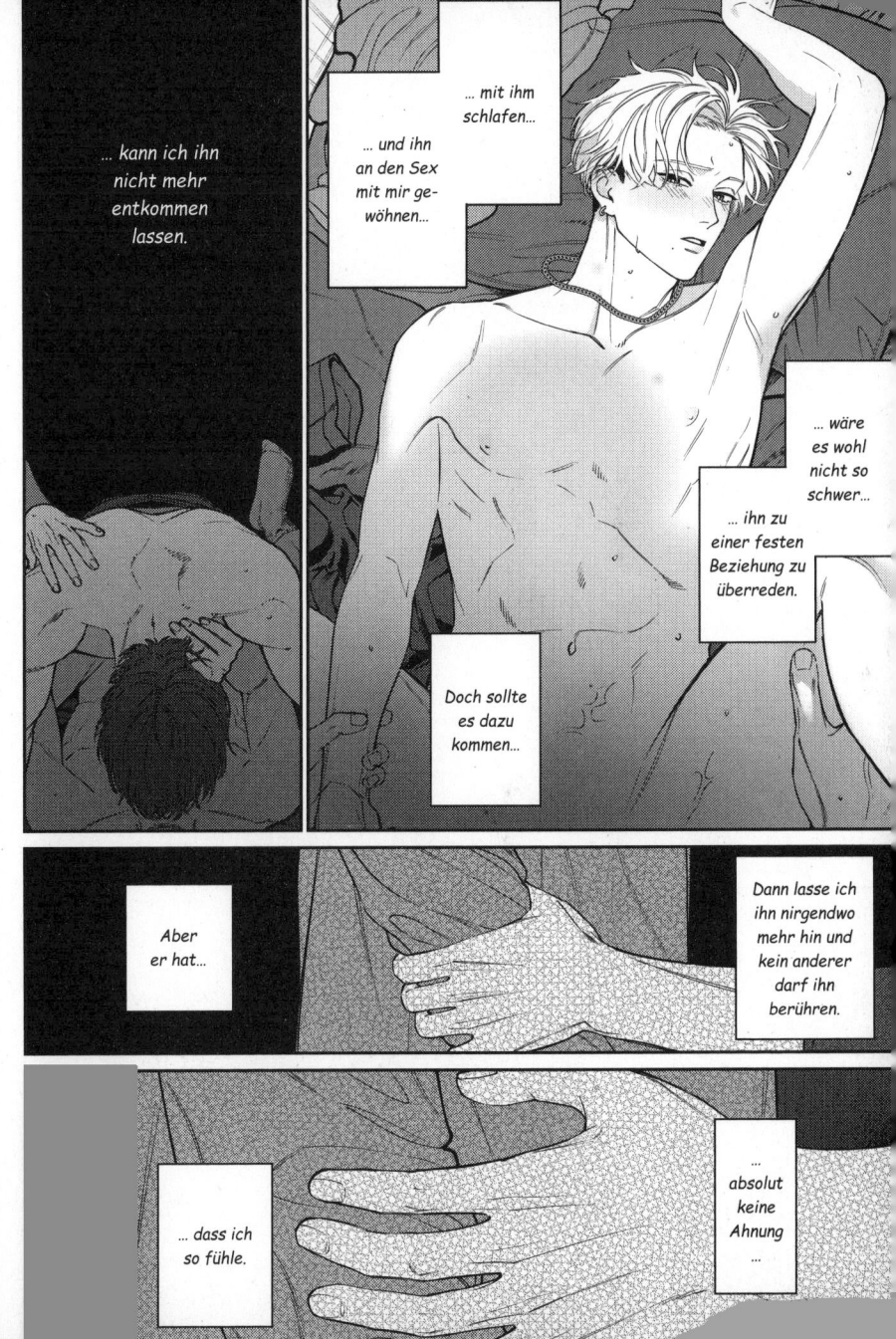

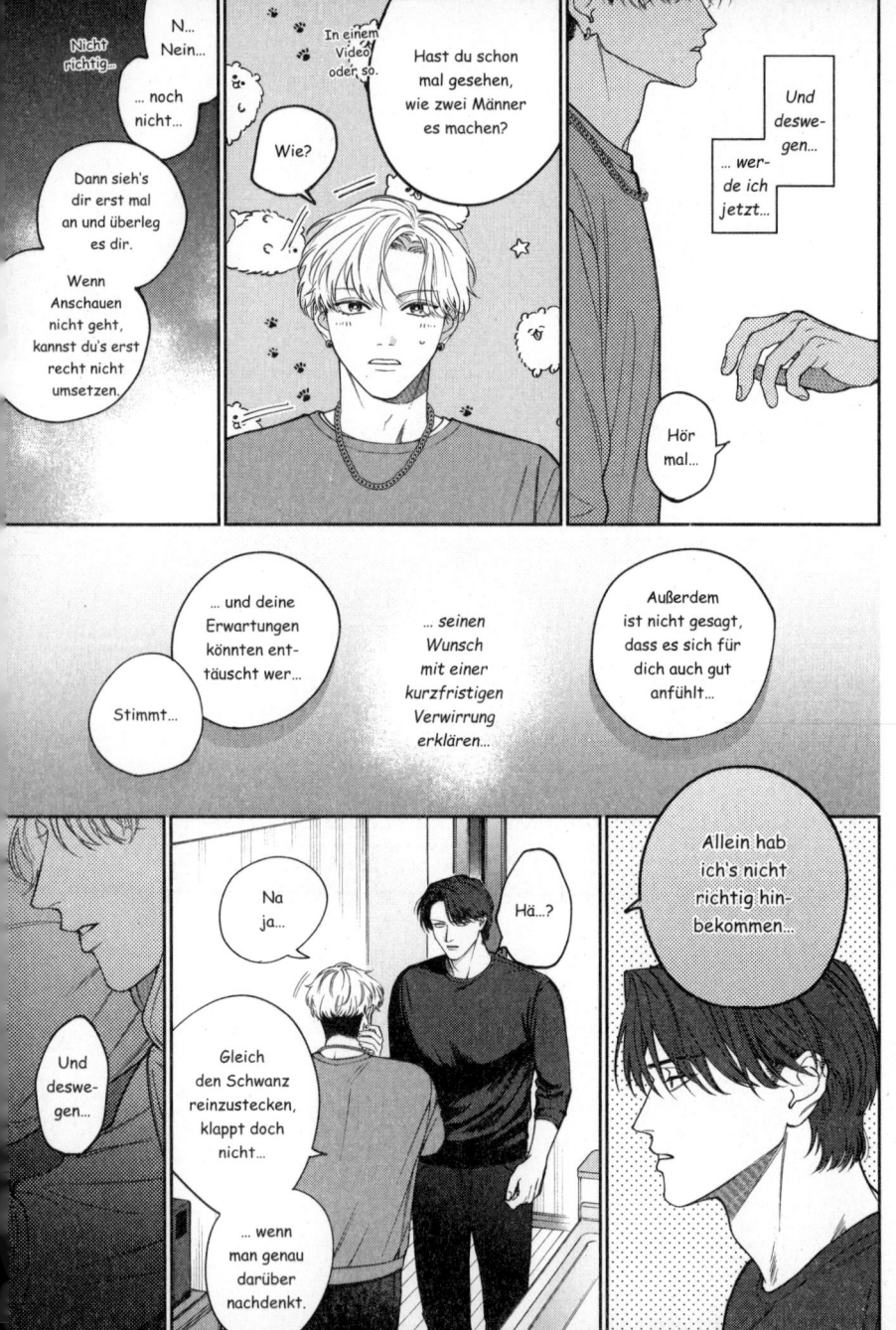

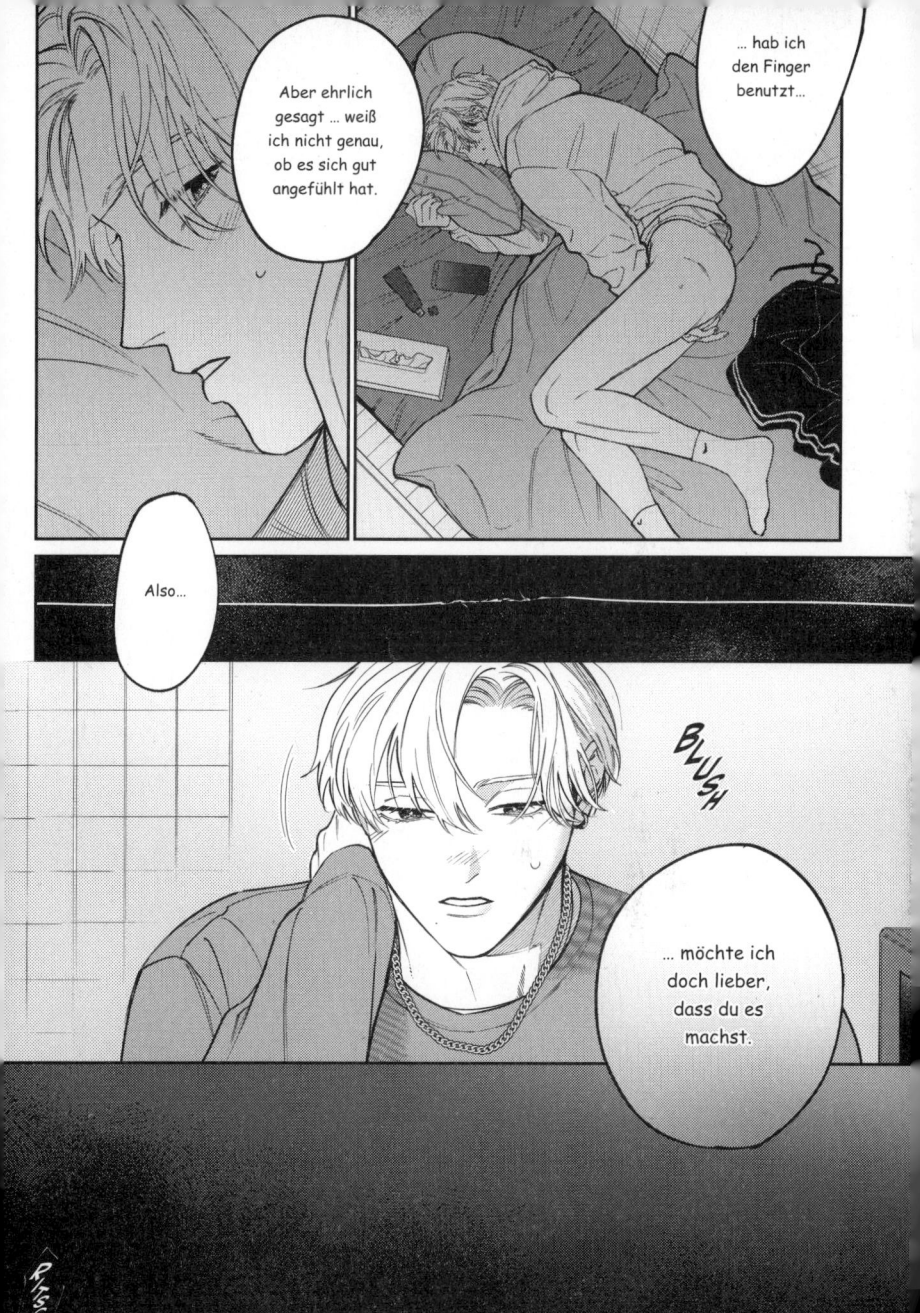

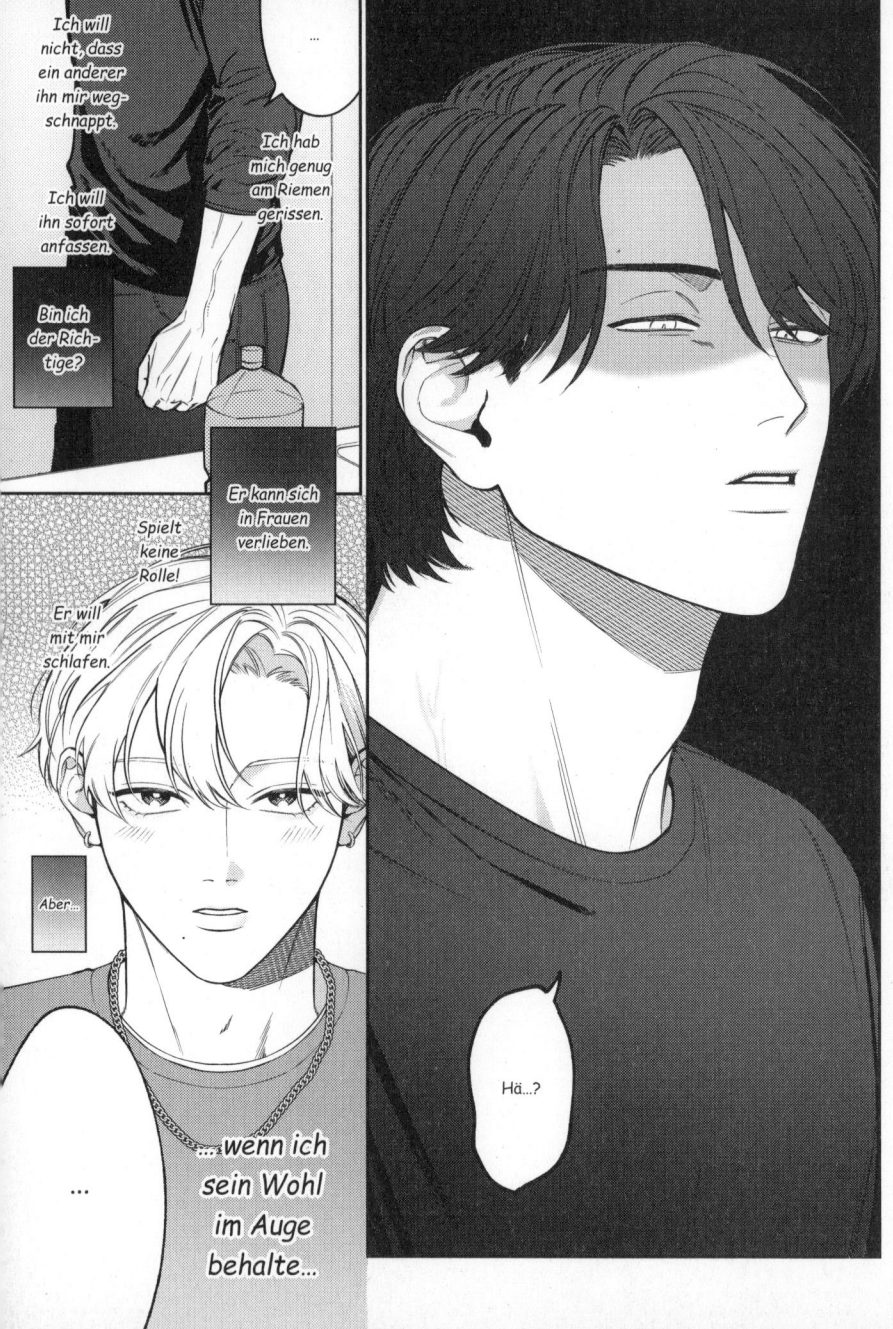

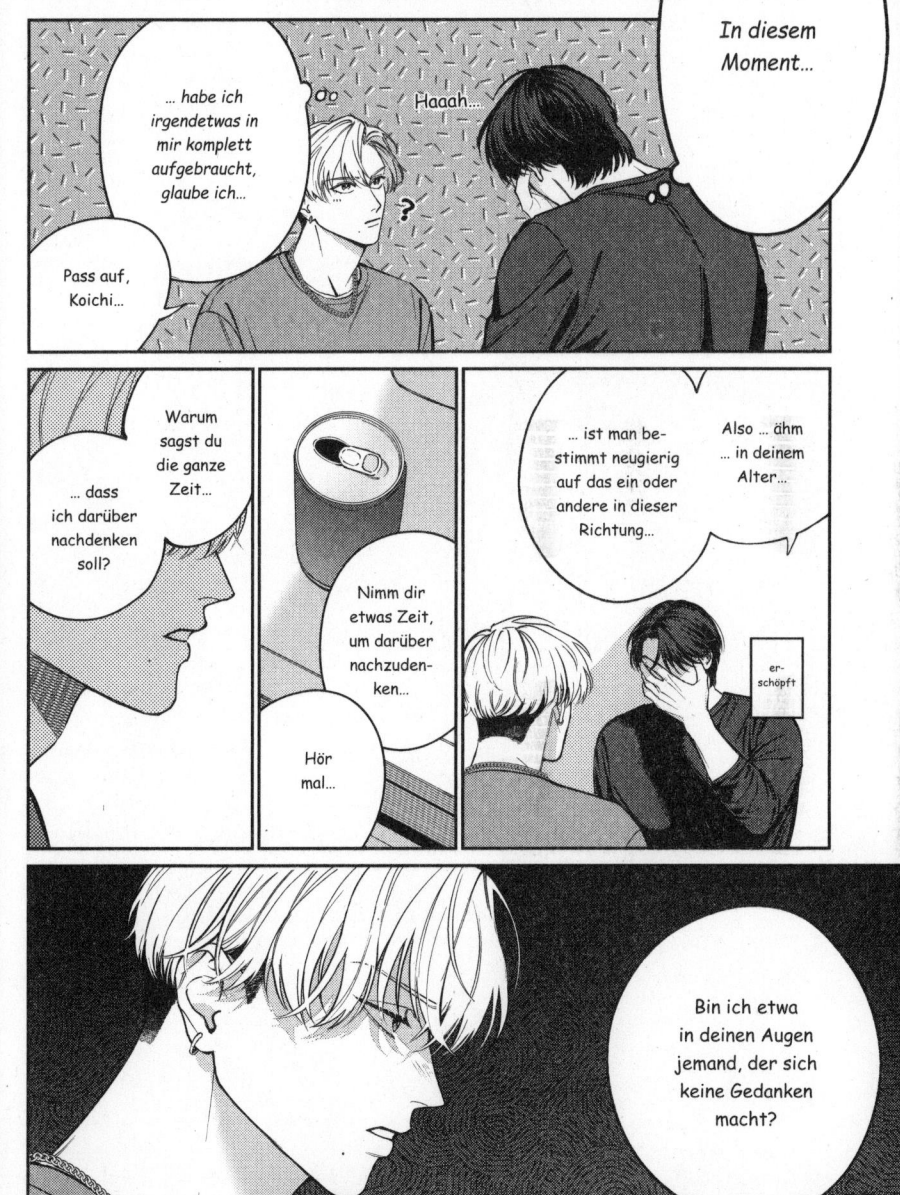

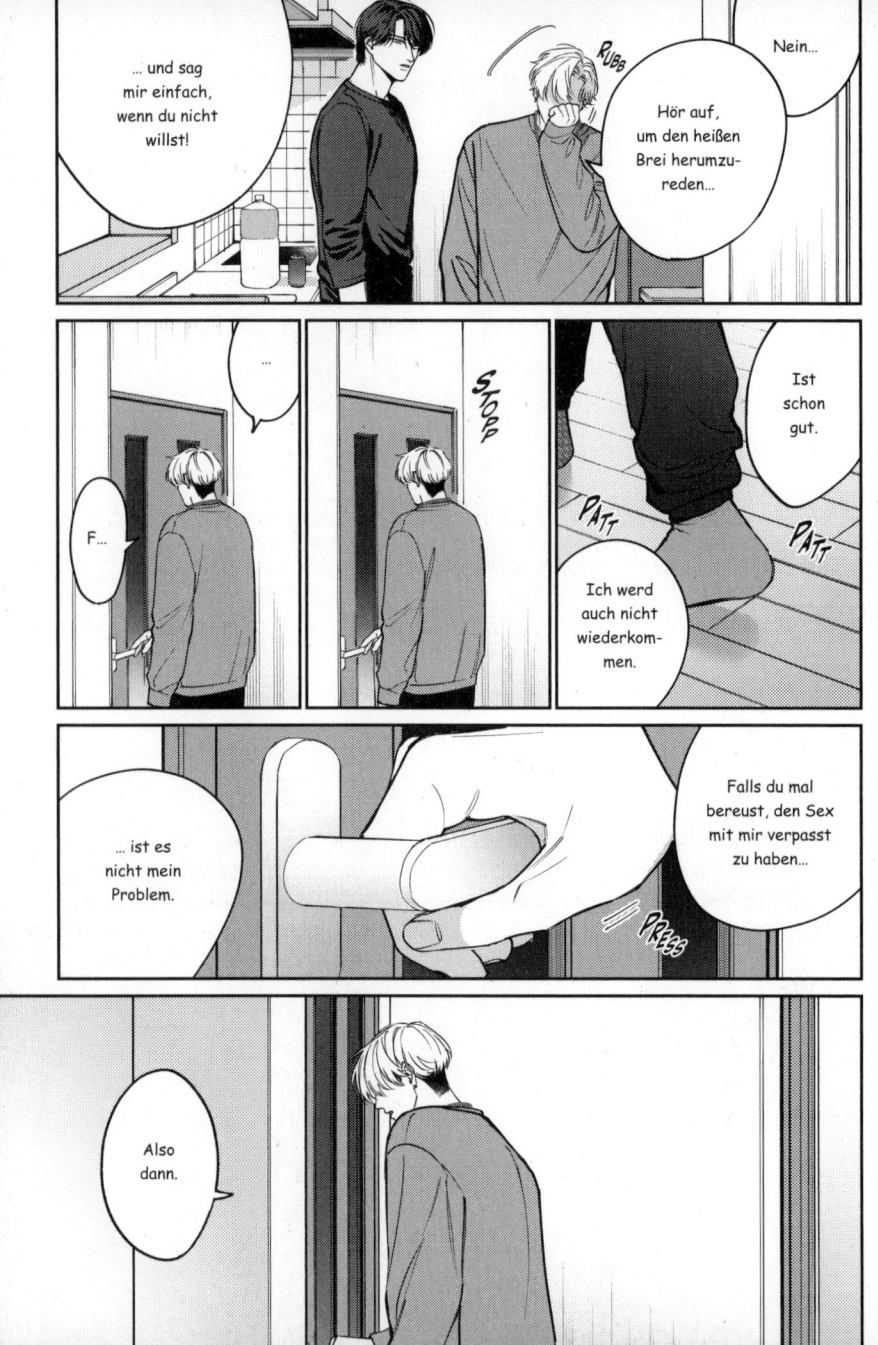

Halt dich für immer von mir fern...
... du verkappter, notgeiler Bock!!
BAMM
STECH
STAPF STAPF STAPF
KLACK
PATAM
STAPF STAPF
KLACK
PATAM
RUMS
Aua!
...
Uuh...
Wir wohnen doch Tür an Tür...
Mich fernhalten ist so 'ne Sache...
Aber...
... nun ja...

#4

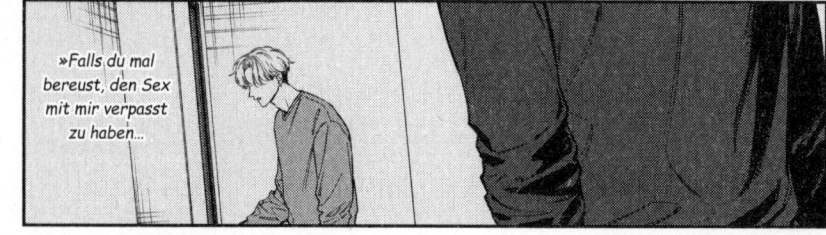

»Falls du mal bereust, den Sex mit mir verpasst zu haben...

... ist es nicht mein Problem.«

So ist
es gut.

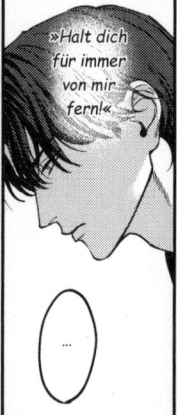

»Halt dich
für immer
von mir
fern!«

...

KLAPP

Den
»Sex«...

Puuh...

Es gibt keine
Nachteile, wenn
wir uns nicht
mehr sehen.

Wir sind
weder Kollegen
noch haben
wir dieselben
Freunde.

Schließlich
sind wir bloß
Nachbarn.

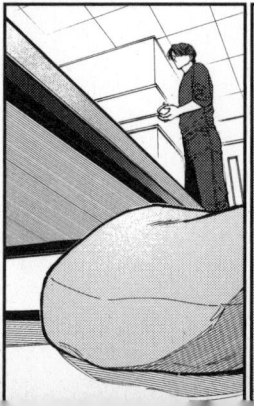

Es ist
einfach nur
alles wieder
wie vorher.

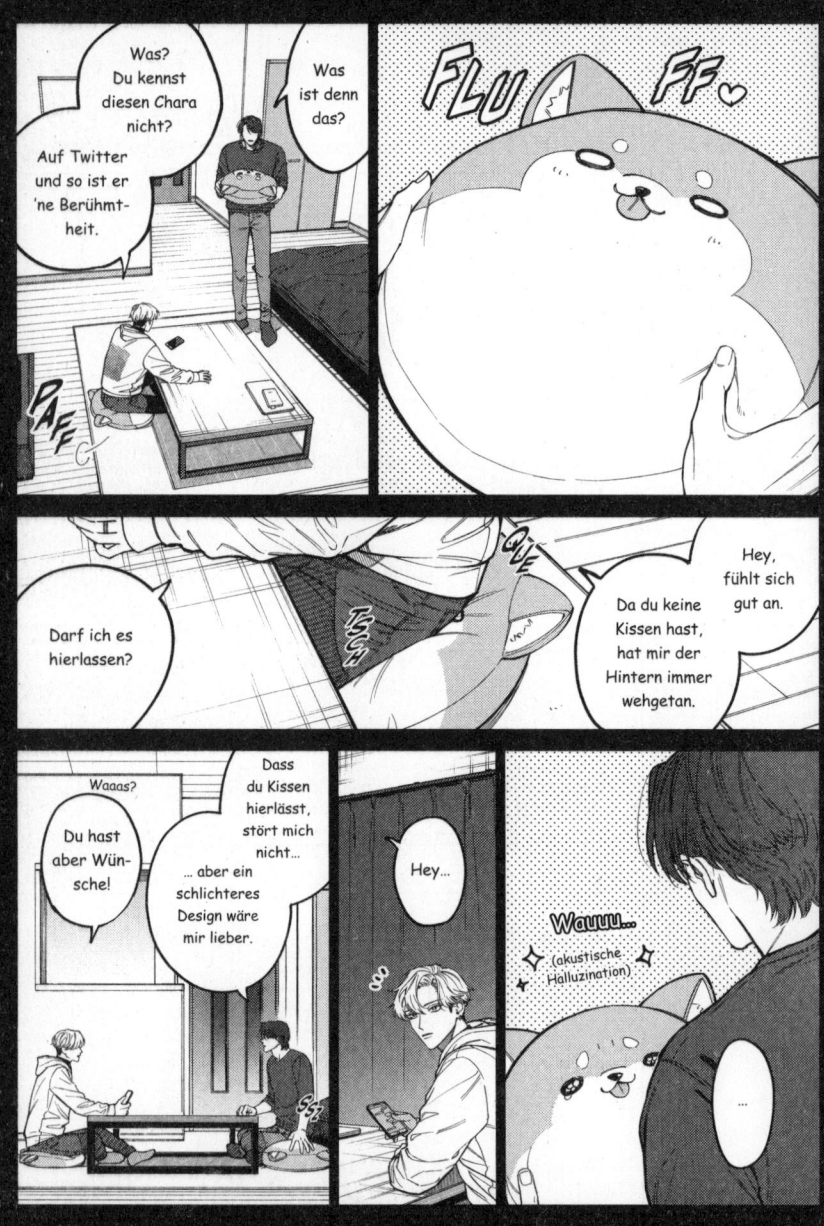

Demnächst geb ich ihm die Sachen gesammelt zu...

Moment, ich weiß nicht so recht.

Ich sollte mich doch für immer von ihm fernhalten.

Jede Menge Eis

Alkohol

Ladegerät

... bei mir deponiert.

Aber er hat ja noch mehr Sachen...

Stimmt. Das ist eigentlich seins...

Aber damit ich nicht wieder in eine so brenzlige Lage wie eben gerate...

Nein!

... sollte **ich** in Zukunft Abstand halten.

IT UNCER 3

Hey, kann ich heute zu dir kommen?

Dann ist es absolut denkbar, dass er mich zuerst anspricht.

Morgen.

Bei-spiel: An den Müll-tonnen

Aber solange ich hier wohne, könnten wir uns unabsicht-lich über den Weg laufen.

Oh!

FLIZ

Kannst du Fische auseinander-nehmen?

Ich hab 'ne Meerbrasse bekommen!! Der Hammer, oder?

Ich muss von mir aus Abstand halten...

Kann ich hier über-nachten?

...

Lecker!

Krass, Kumazawa! Du kannst ja kochen!

Genau! Ich muss...

Schau! Ein fremder Hund, dem ich neulich begegnet bin.

Jetzt sind wir dicke Freunde! (*lach*)

Die Erinne-rungen ha-ben ihm die Zuversicht geraubt.

...

Sollte ich besser gleich umzie-hen?

Weil ich ihn einfach nicht loslassen wollte, habe ich alles Mögliche über-sehen.

... mein Fehler, dass ich ihn so lange nicht abweisen konnte...

Im Grunde war es...

... und dieses zweideutige Verhältnis immer weiter-geführt habe.

Genau. Selbst...

Seine Videos...

... dass er mich für seine Videos benutzt hat, war für mich okay...

...

KLAPP

... rausge- nommen...

...

Moment, er hat's doch...

Hm...?

Lieber mal über- prüfen.

PATAMM

Er sendet gerade 'nen Livestream.

Von jetzt auf gleich...?

Bis ich müde werde
Koichi
1997 Personen schauen gerade zu
[Livestream]

Der hat vielleicht Nerven...

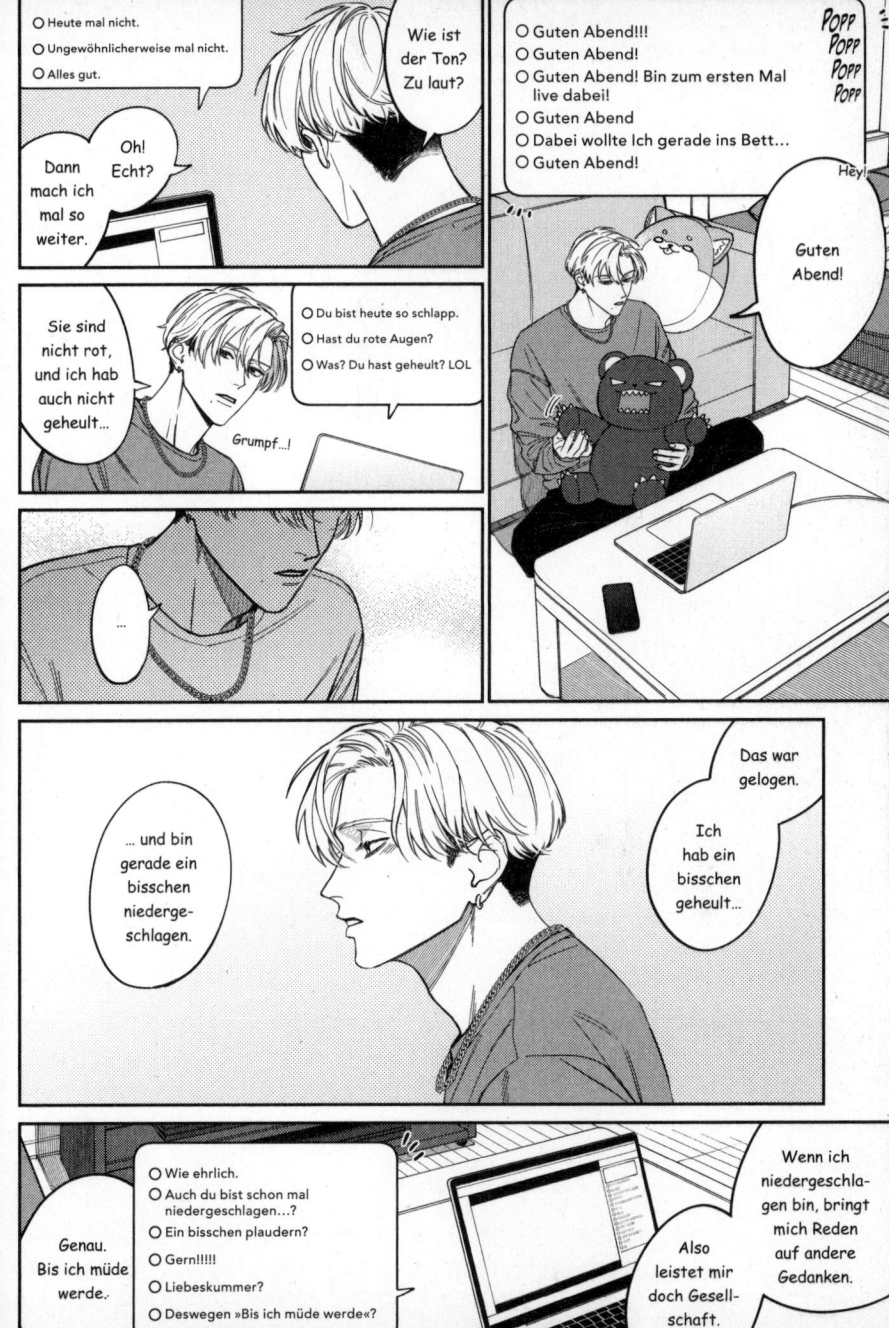

Den Super-Chat hab ich selbst ausgestellt.

»Welche Serien hast du in letzter Zeit geschaut?«... Hmm, mal überlegen...

Hahaha!

Das schreibst du jedes Mal!

»Hey, der Super-Chat ist aus!«...

POPP

○ NK_ Du hast ein Video gelöscht, oder?

Eines meiner Älteren.

Ach so. Ja, hab ich.

POPP
POPP
POPP
POPP
POPP

○ Was? Gelöscht?! Welches denn?
○ Ging es um ein heikles Thema?
○ Du wurdest doch noch nie gesperrt!

Es fühlte sich irgendwie falsch an.

Mhm...

Hm, wieso, fragt ihr?

Und ich hab das Video aufgenommen, ohne ihr vorher Bescheid zu sagen.

Deswegen...

... von einer anderen Person.

... waren die Infos in diesem Video...

Wie soll ich sagen? Eigentlich...

... hatte ich ein schlechtes Gewissen.

○ Hast du auf Social Media von der Heirat einer Ex erfahren oder so? LOL

Popp

Hä? Quatsch.

Und selbst wenn, ist das doch keine große Sache...

Nein!

Das geht aber fix mit den Kommentaren.

Huch!

Das ist alles.

Einen tieferen Grund gibt es nicht...

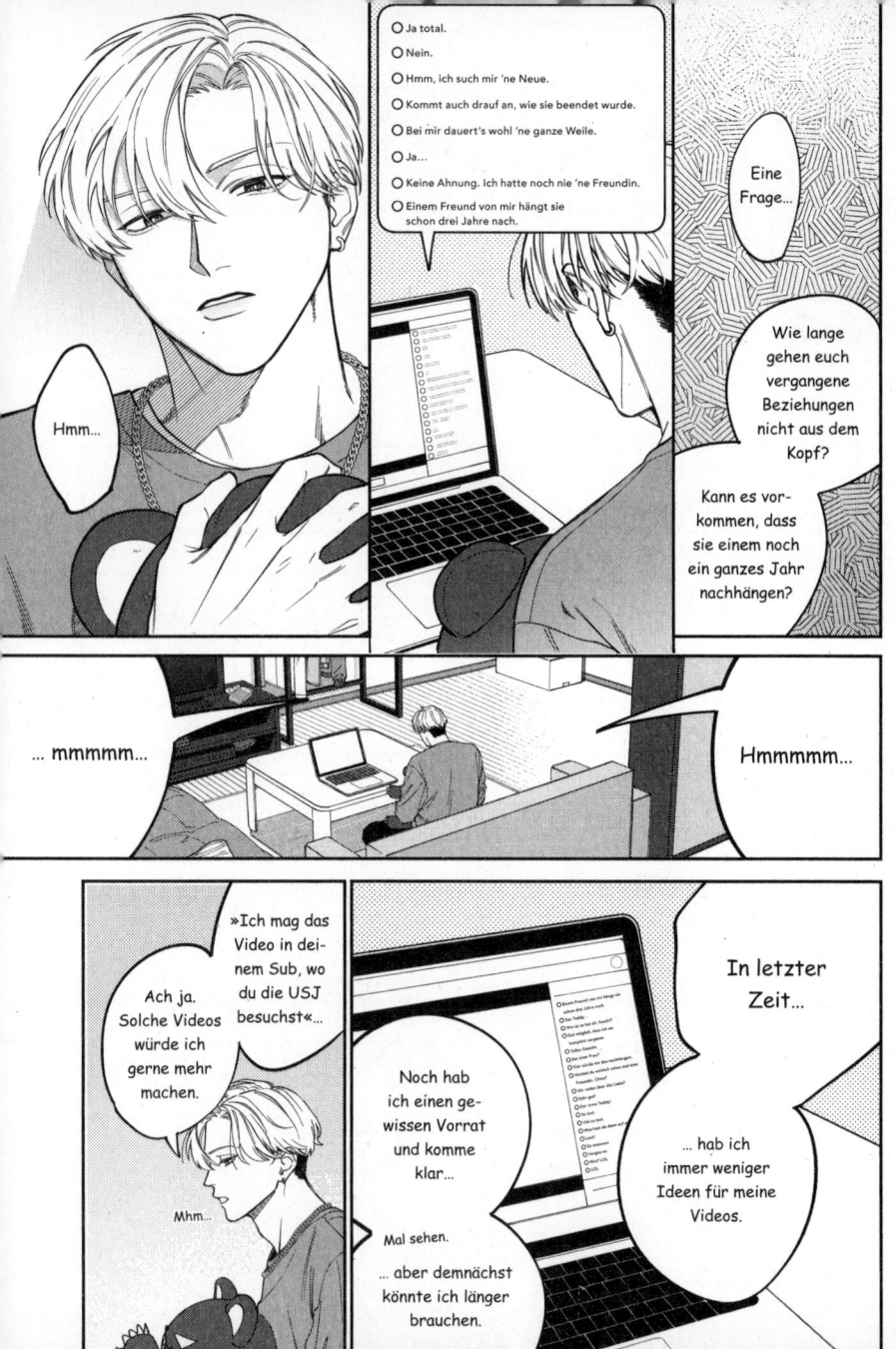

Aber warum nicht? Vielleicht nehm ich demnächst was an.

Was würdet ihr empfehlen?

...

◯ Bekommst du keine Projektvorschläge?

Projekte: Projekte von Unternehmen oder Werbeaufträge.

Ach so.

Die hab ich immer abgelehnt, da er wohl immer so viel zu tun hat.

Mein Videobearbeiter.

Hm?

...r etwas anderes, aber du könntest Läden vorstellen.

◯ Was für Projekte wurden dir bis jetzt vorgeschlagen?

◯ Wie wär's mit Tinder? LOL●

◯ Videos, in denen du nur spazieren geh...

TAPP

Was ist das?

»Tinder«...

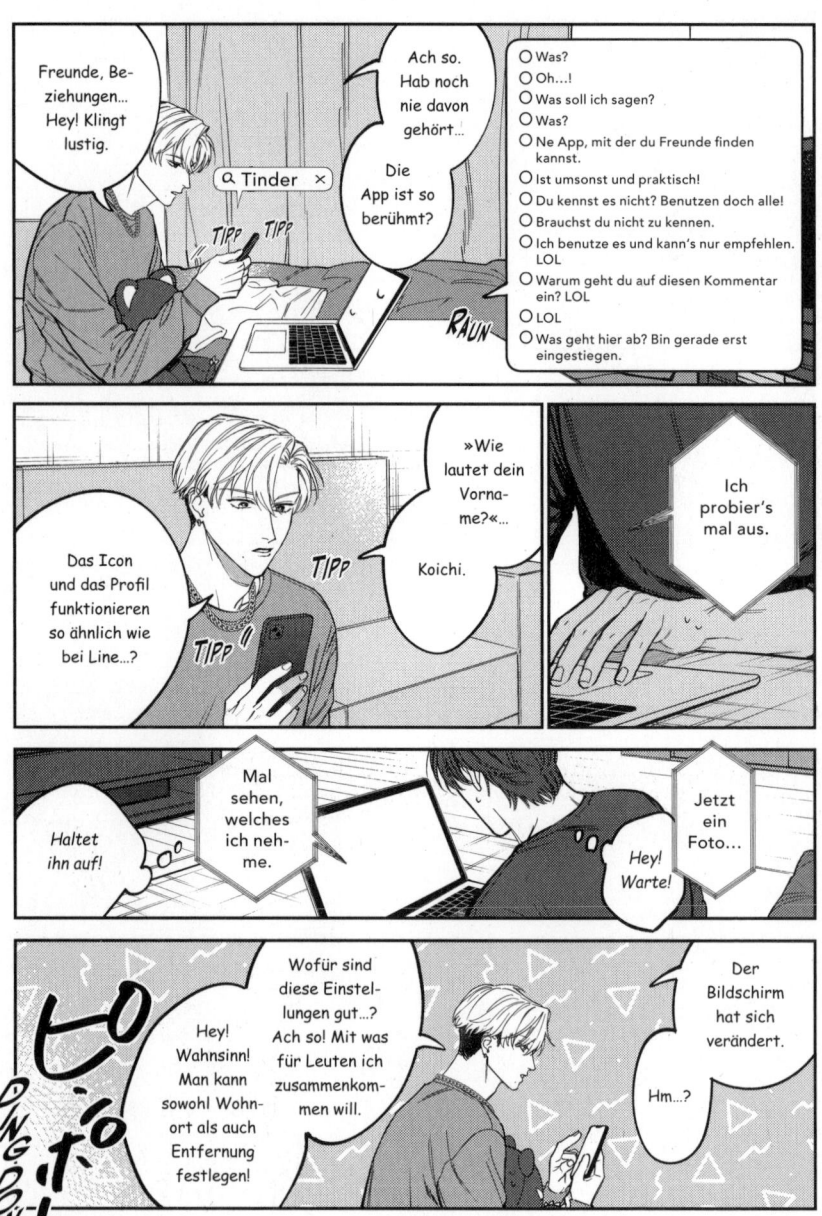

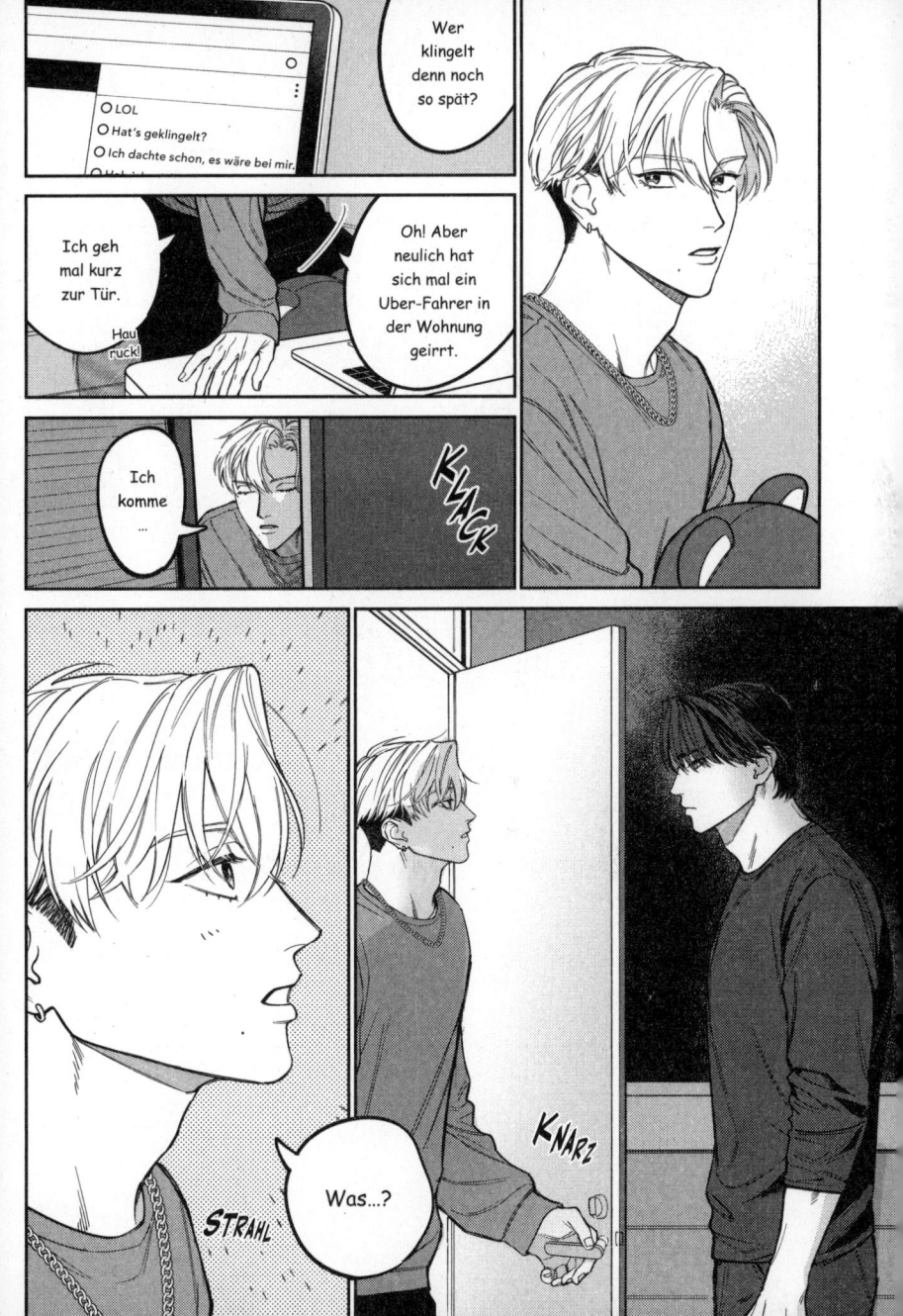

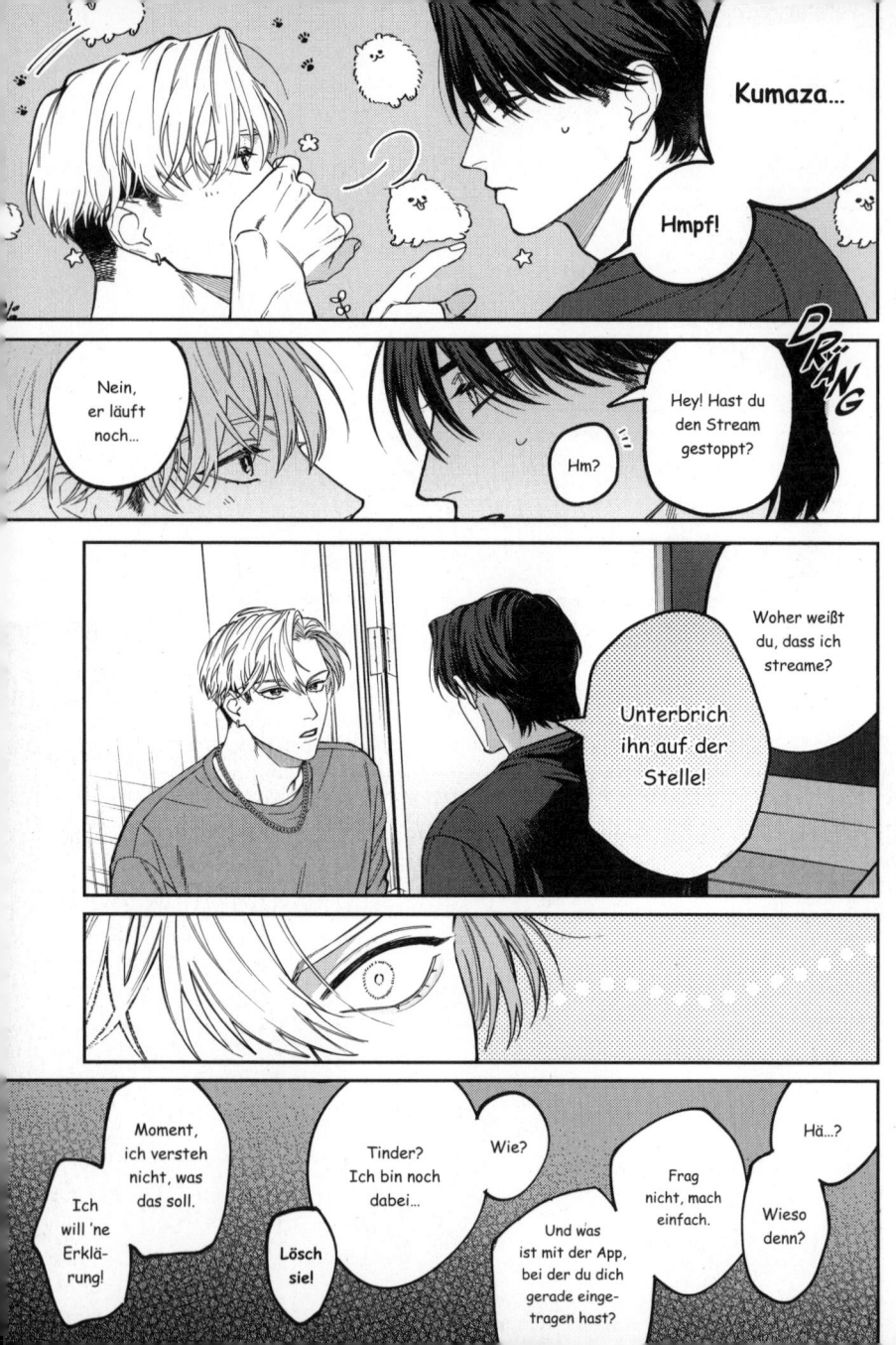

GRABB

BOMM

POCH

Damit ich nicht im Stream zu hören bin...

Kapier's doch!

Erklär ich später.

Warum nicht jetzt gleich?!

Aber...

... wenn wir Pech haben, ist er zu hören.

Was?

Hey...

Sie sind zu hören.

○ Scheint kein Uber-Fahrer zu sein.
○ Ich höre sie ein bisschen.
○ Spricht er mit jemanden?
○ Wie? Was?
○ Was ist los?
○ Ein Streit...?

RAUN

PRESS

STAPF

Ah!

Hey!

Hm...?

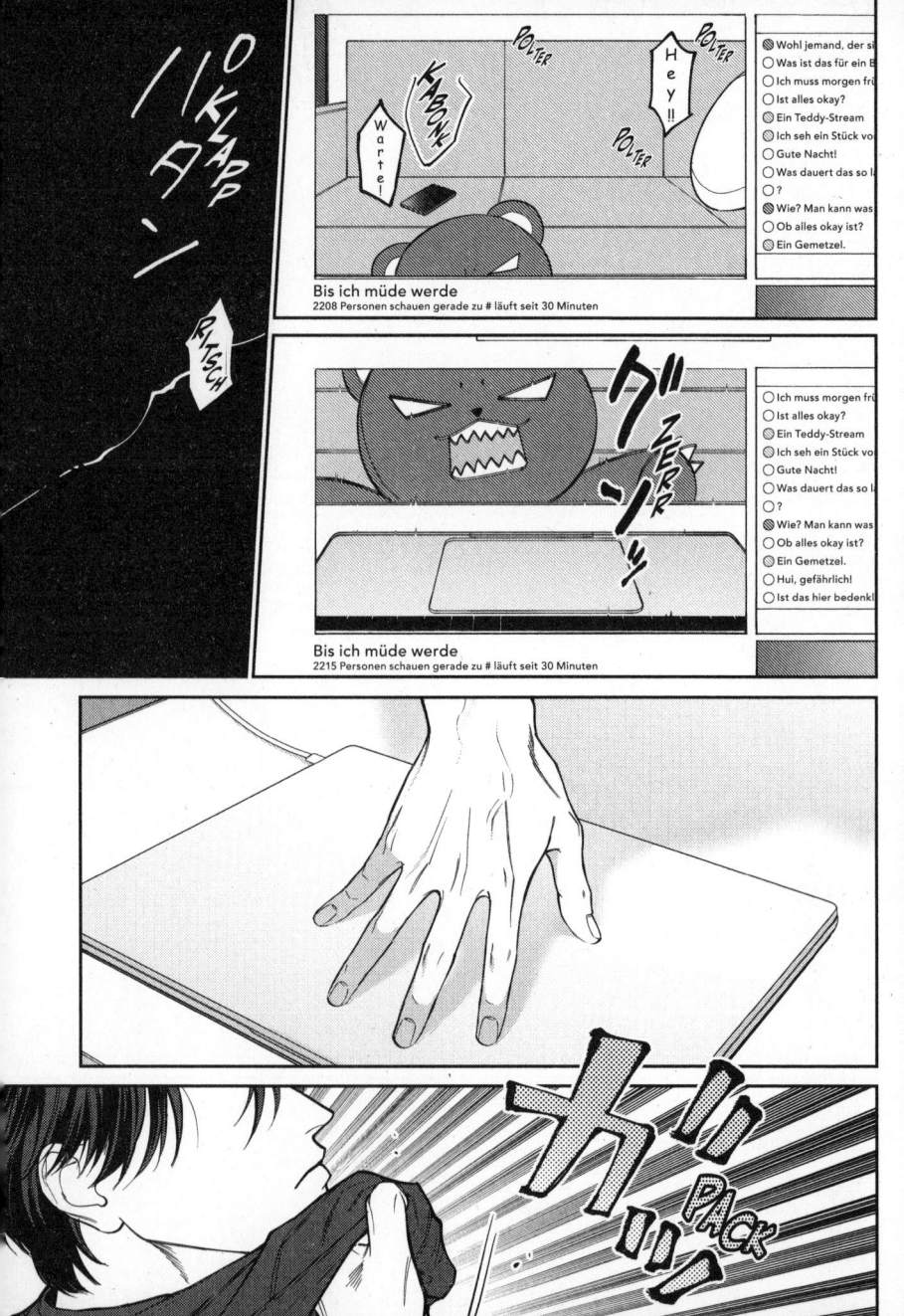

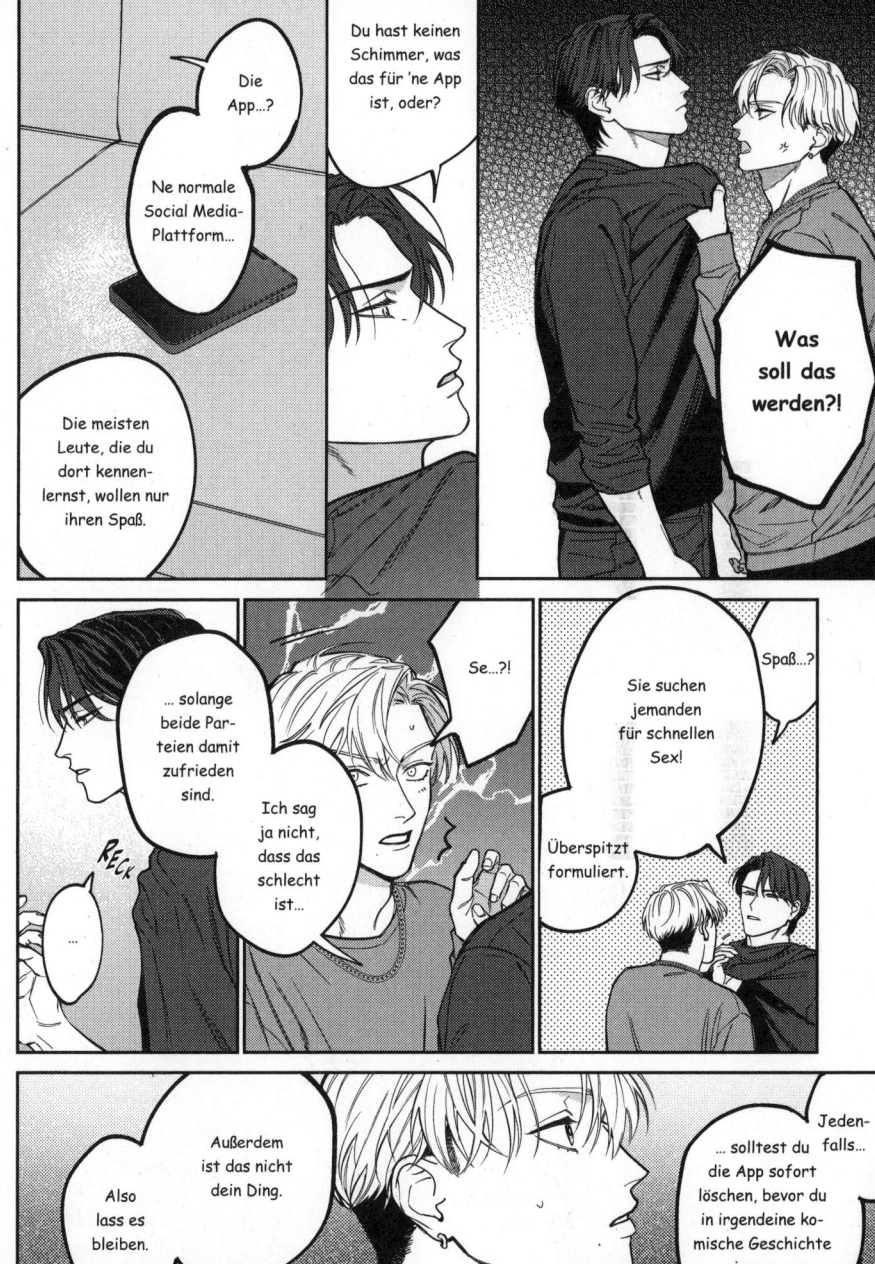

Das ist alles, was ich dir sagen wollte.

Das ist alles?

Ja.

BLA

Wenn du Pech hast, klaut dir jemand persönliche Informationen und erfährt sogar deine Adresse!

Was, wenn du bei 'ner gefährlichen App oder 'nem Virus landest?

BLA

Du darfst nicht alle Kommentare ernst nehmen.

Oder warte... Da ist noch was.

Hä?

... zu sagen?

... aber du siehst nur ihre Nicks. Alles für bare Münze zu nehmen, ist...

Du sollst ja niemanden verdächtigen...

Ah!

Sonst hast du mir nichts zu sagen?

...

Außerdem...

... hast du nicht zu bestimmen, ob etwas mein Ding ist oder nicht.

Warum bist du dir da so sicher?

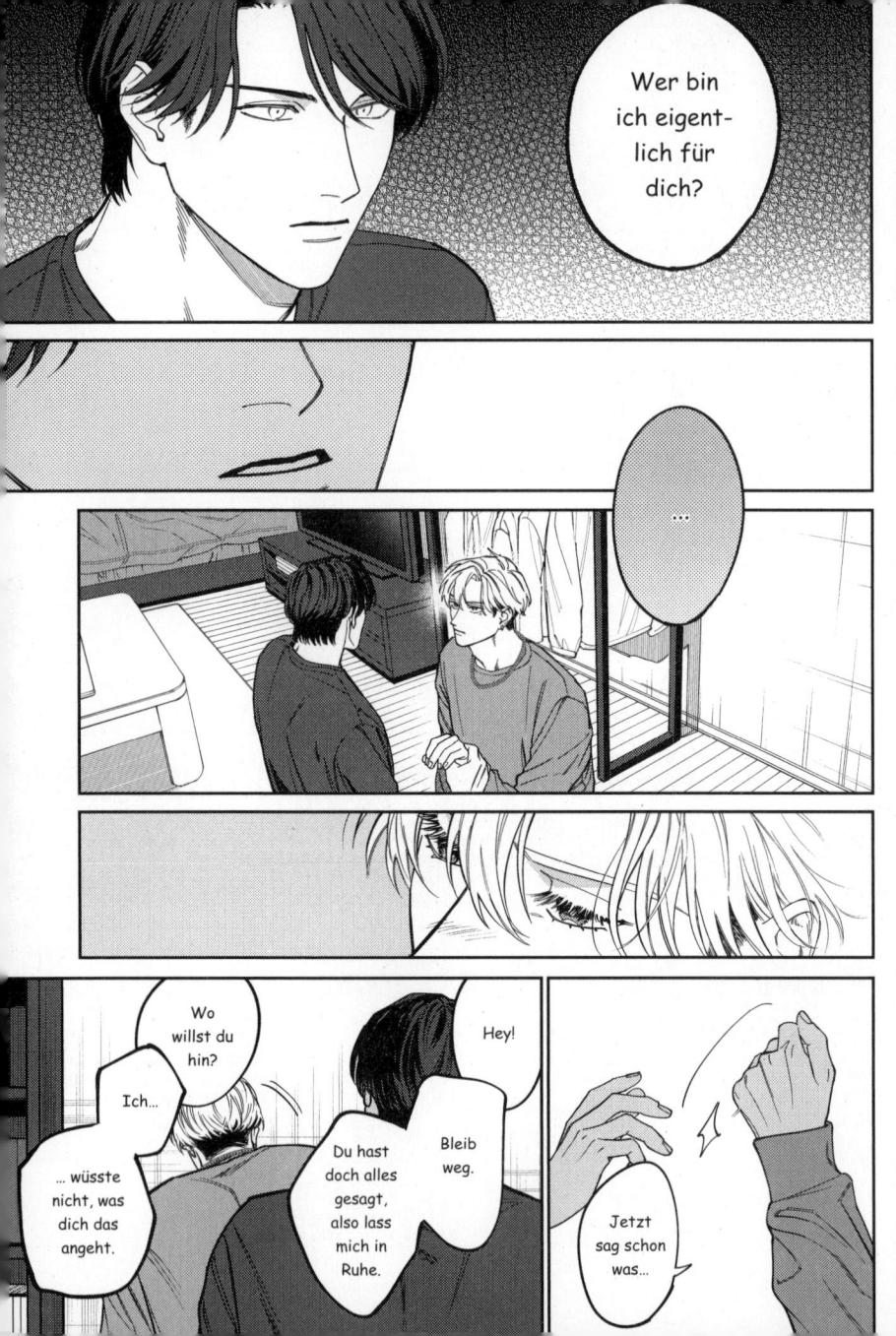

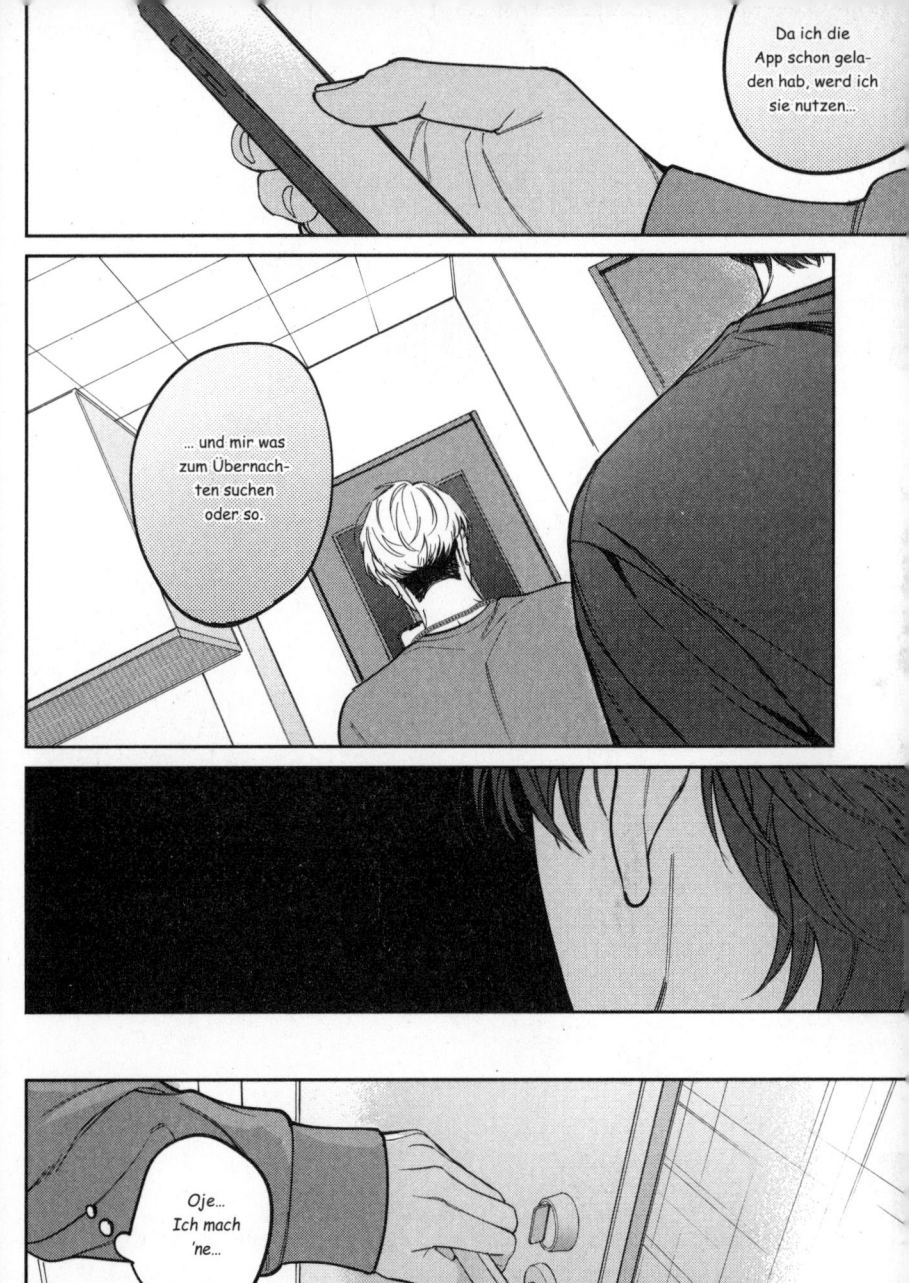

Schließlich ist er ein netter Kerl.

... dass Kumazawa wahrscheinlich recht hat.

... verdammt schlechte Figur.

PRESS

KLACK

Und bestimmt...

Das ist so kindisch.

d bearbeiten

pp löschen

Bei dem Gedanken kommt mir mein Verhalten erst recht peinlich vor.

... ist er nur hier, weil er sich um mich sorgt.

TIPPP

Ich weiß selbst...

Aber...

... ist doch kein Wunder, wenn ich ihn falsch verstehe. Schließlich stand er...

... seit jenem Abend nicht mehr vor meiner Tür.

MURMEL

Oh Mann...

Dabei...

KALT

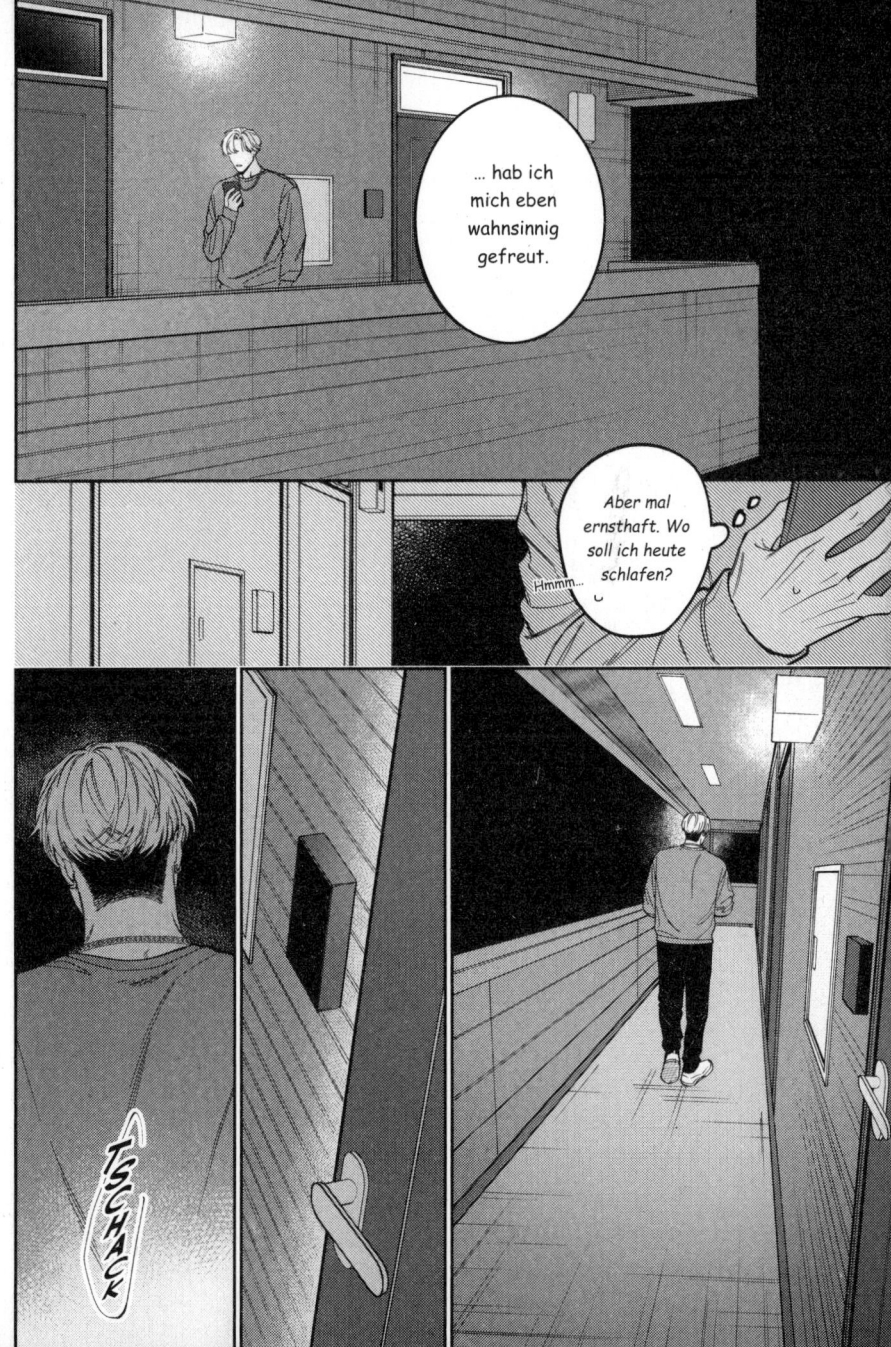

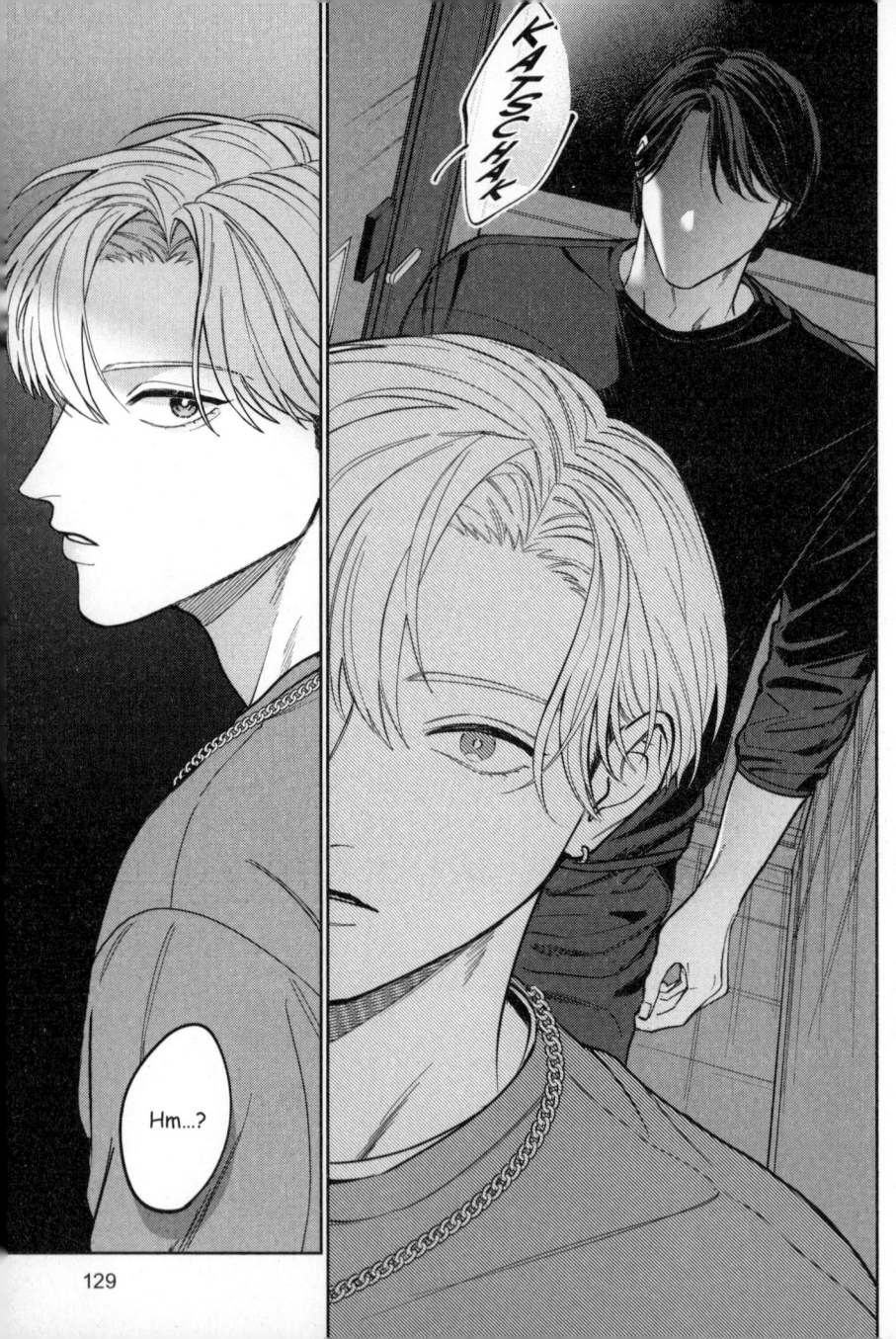

129

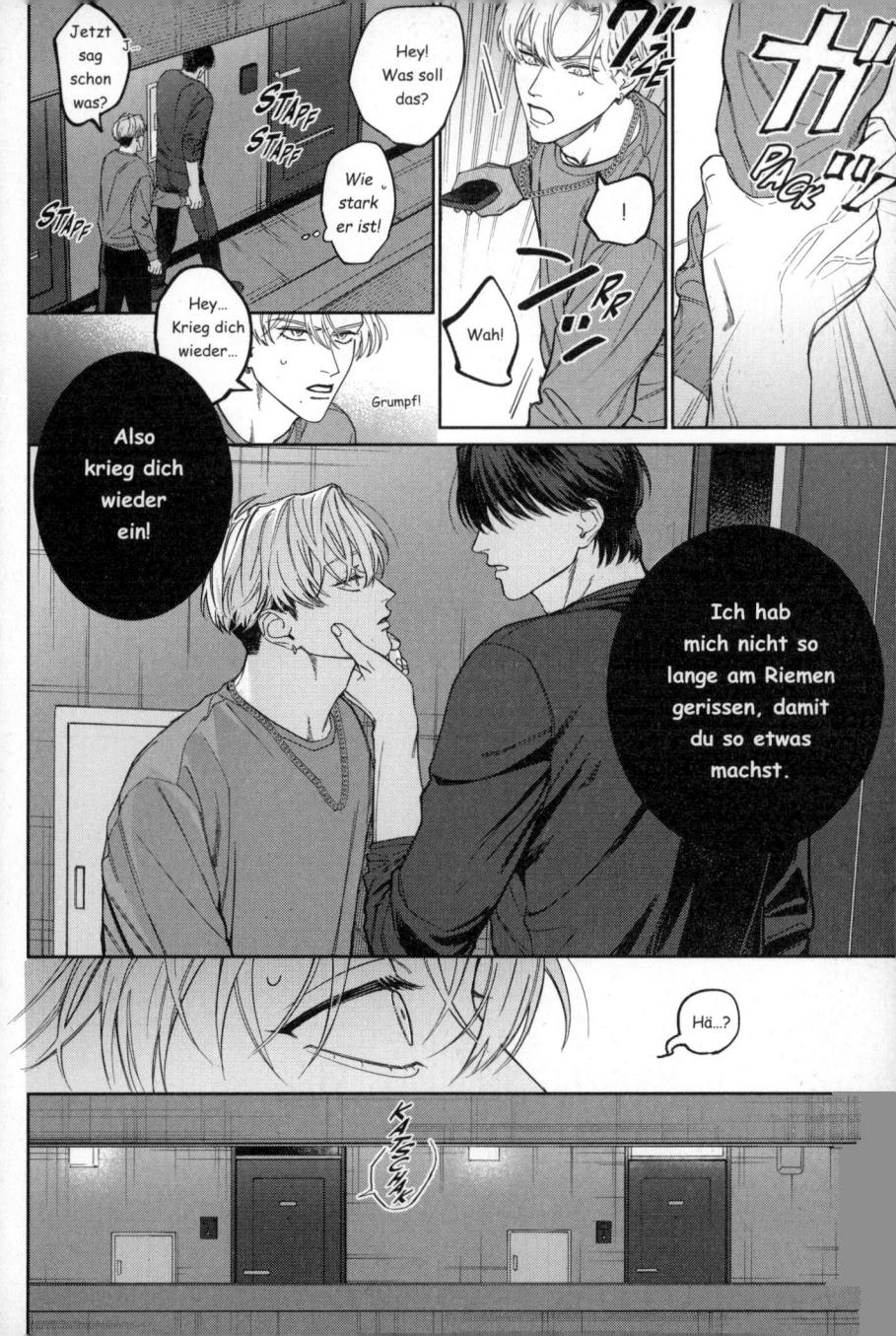

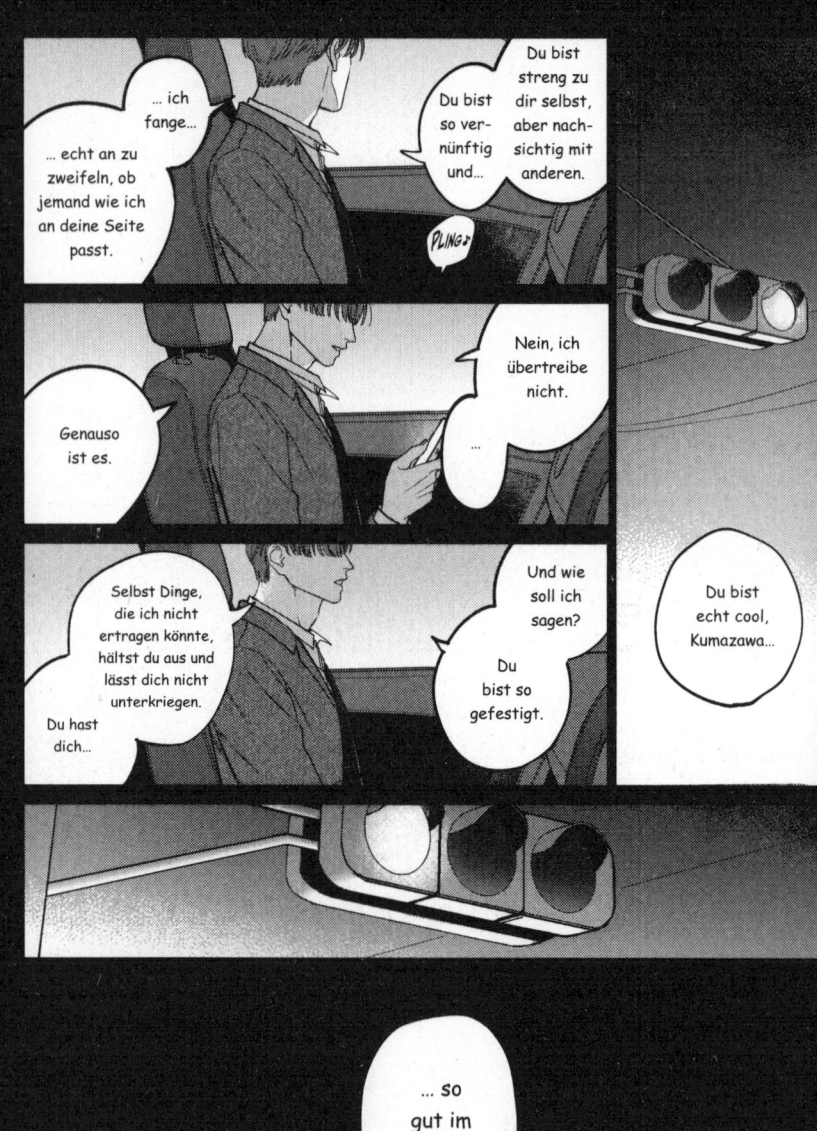

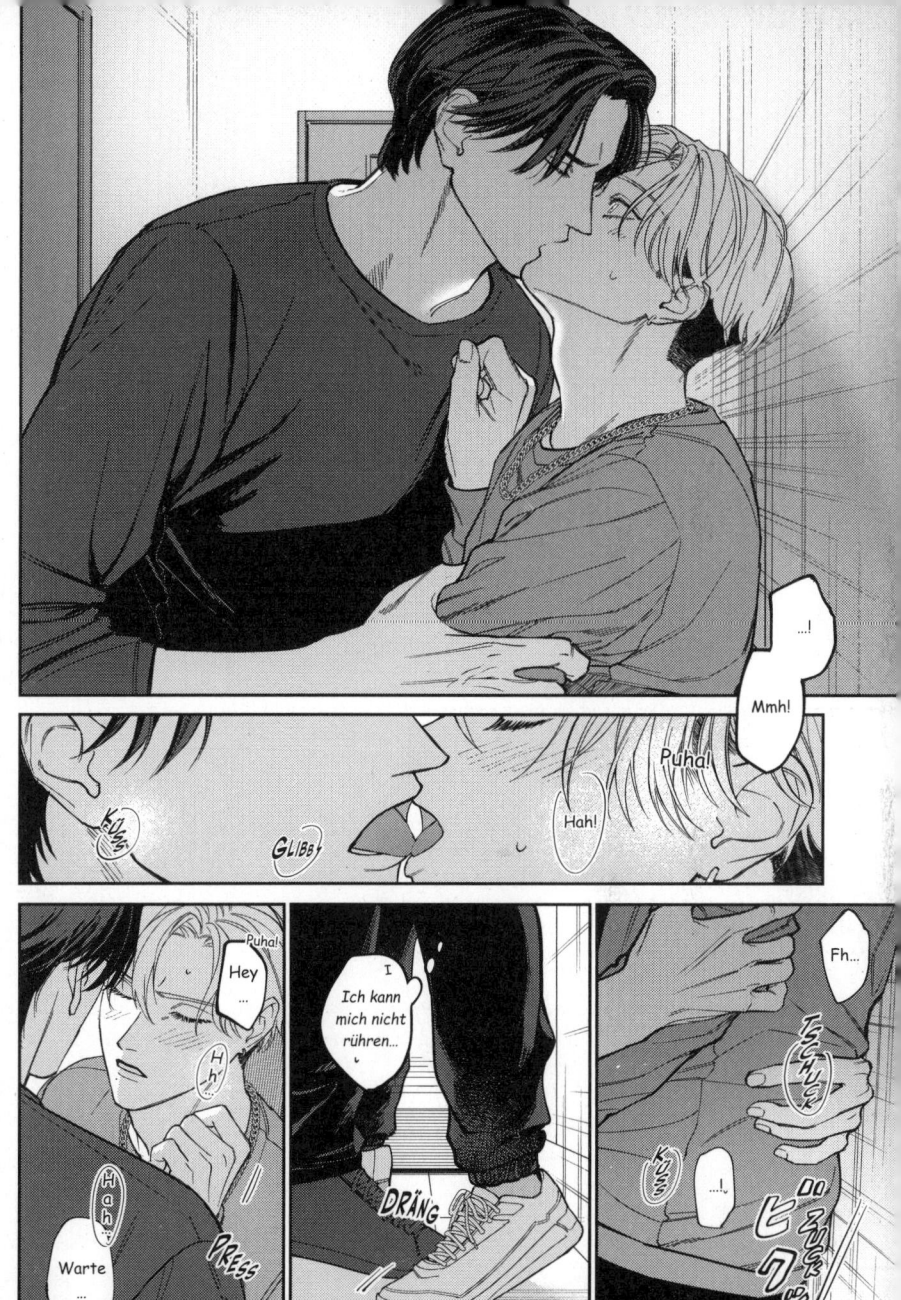

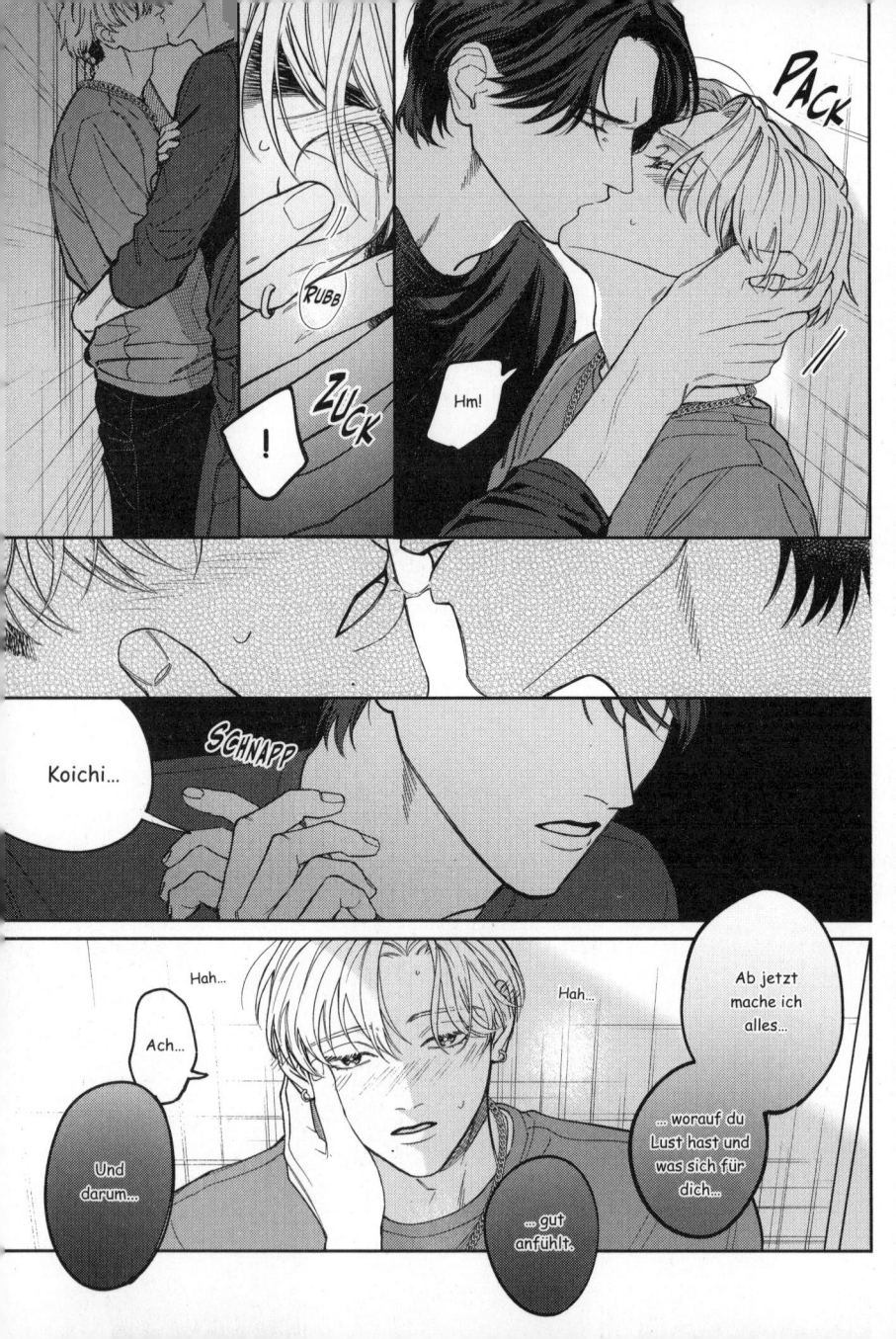

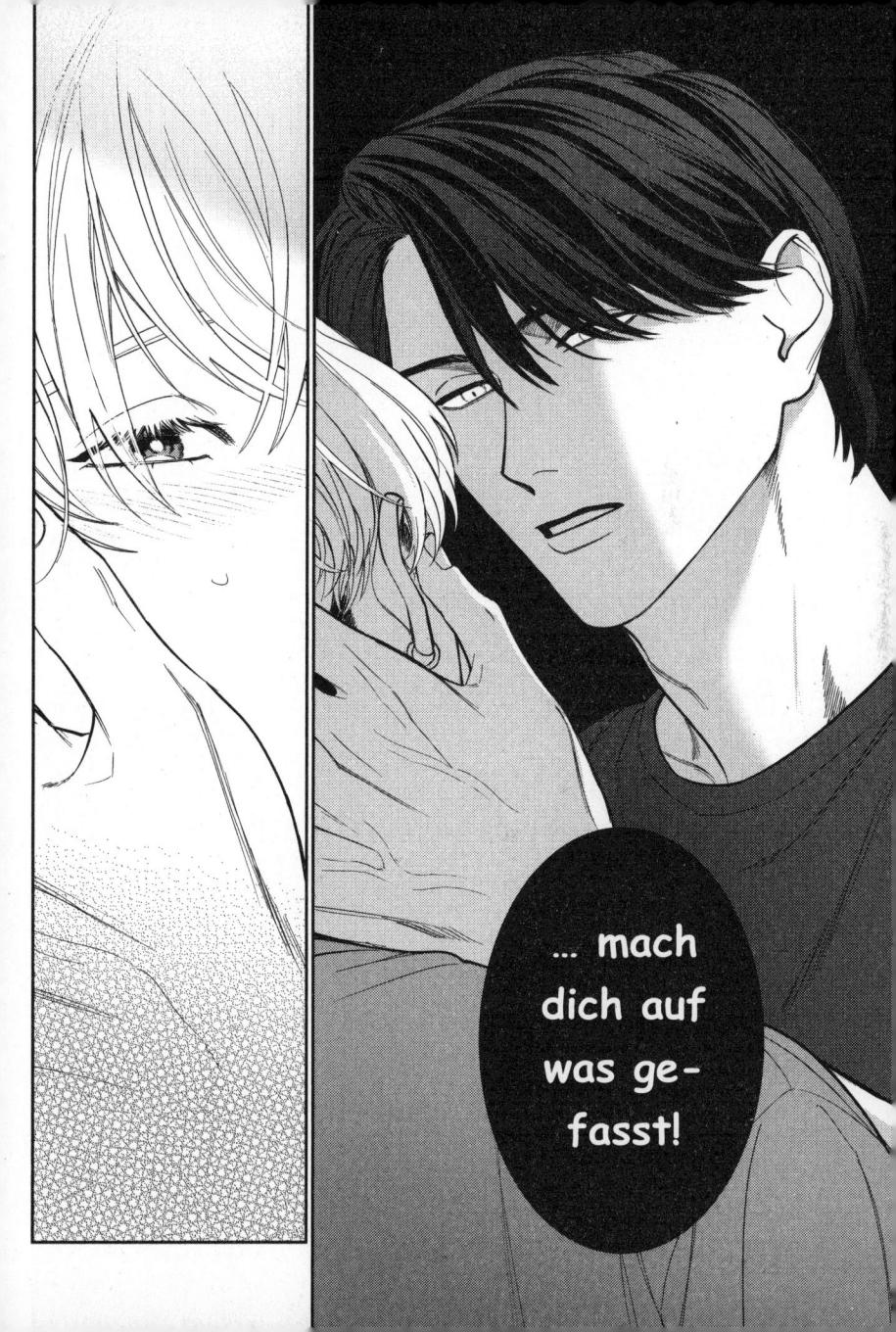

... mach
dich auf
was ge-
fasst!

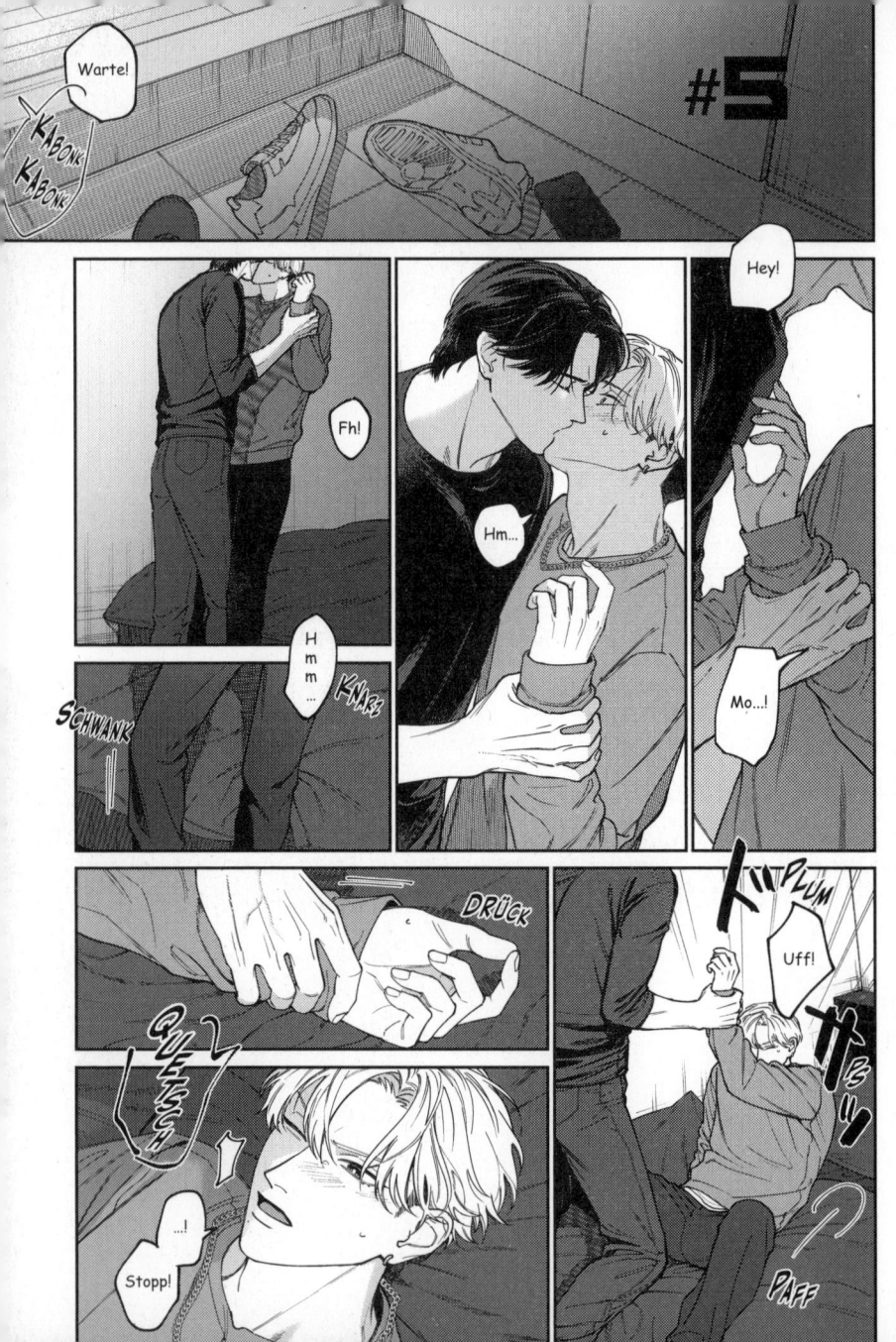

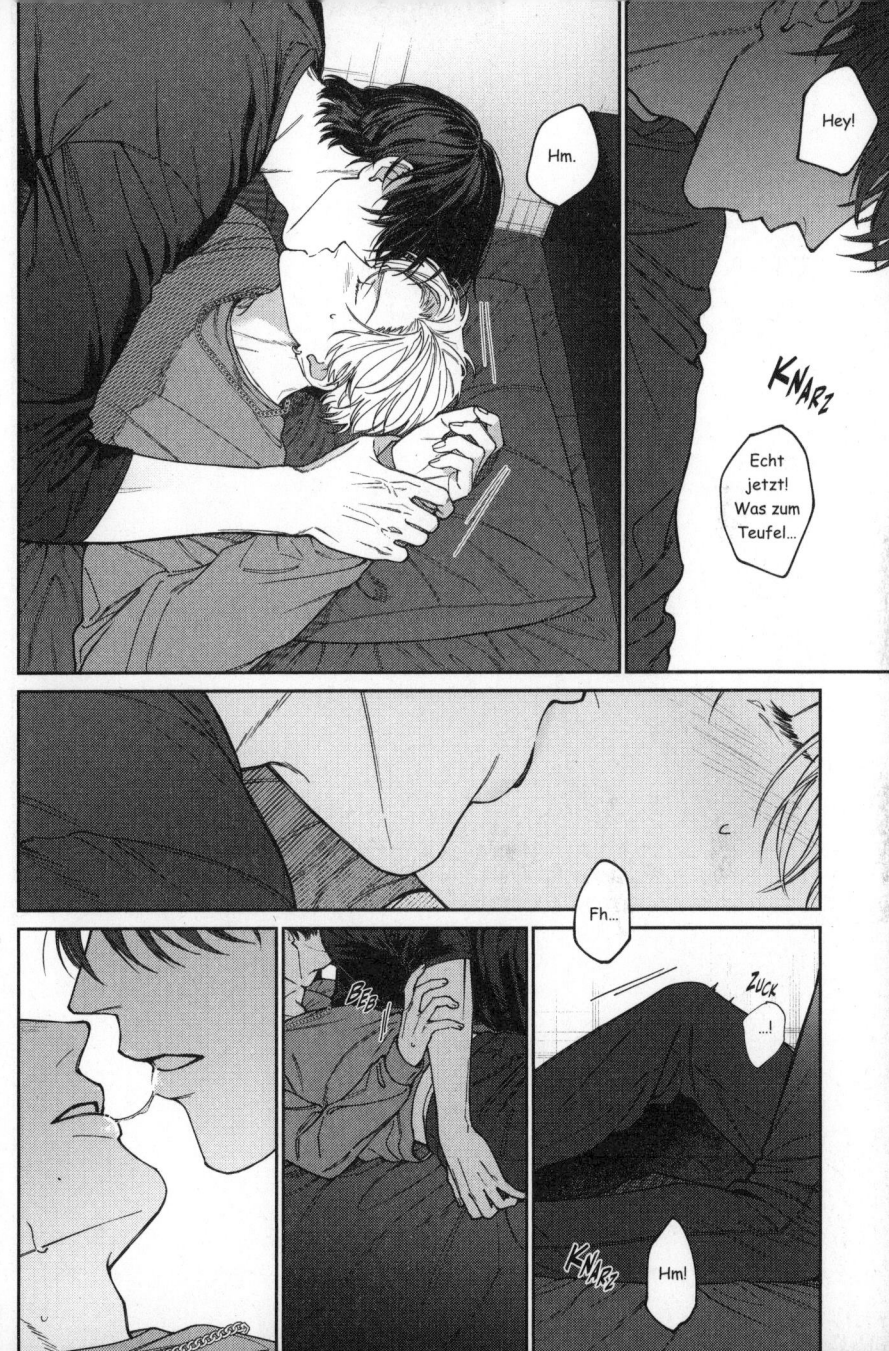

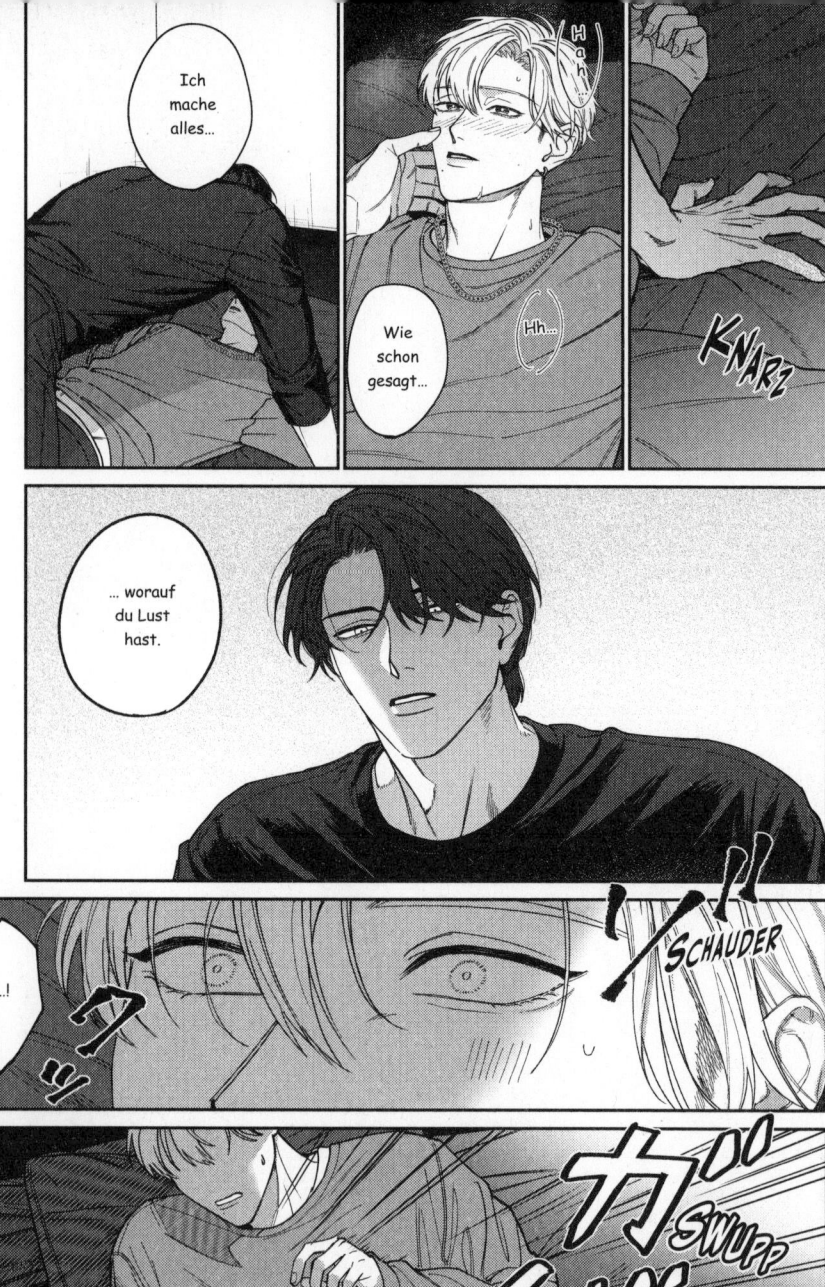

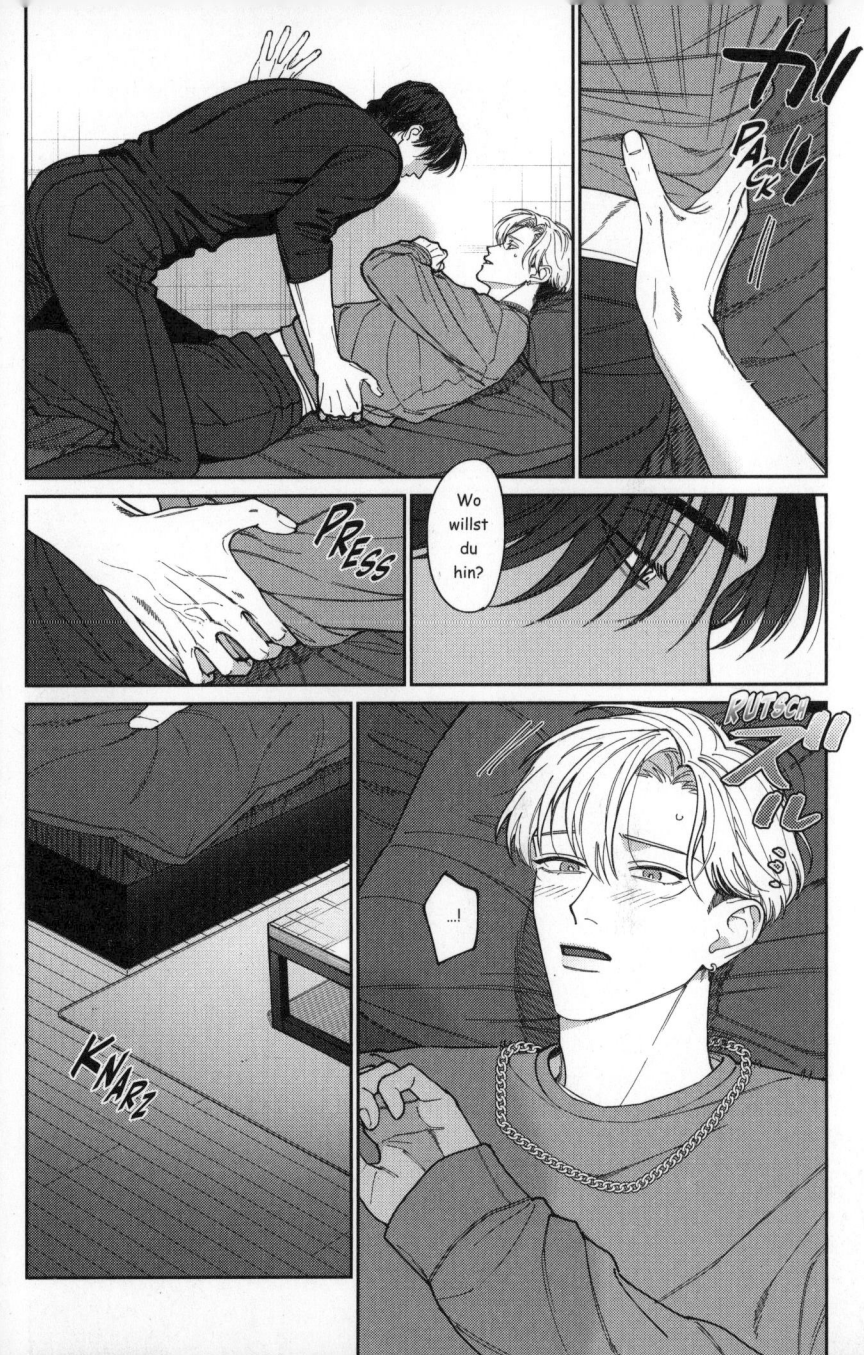

W... Warte, Kumazawa.

Ni...

Ah!

SLIP

ZUCK

GLIBB

Uh!

ZUCK

Ah!

KNARR

KRISCHEL

EEB Warte...

SLIP

ZUCK Uh!

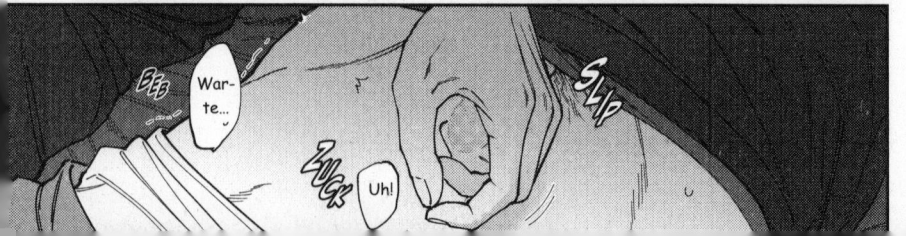

Hm!

PRESS

Hey...

Er ist...

Warte
kurz...

So stür-
misch.

... ganz
anders als
sonst.

Aber...

WUSCH

... das
fühlt sich
gut an...

... glaub
ich...

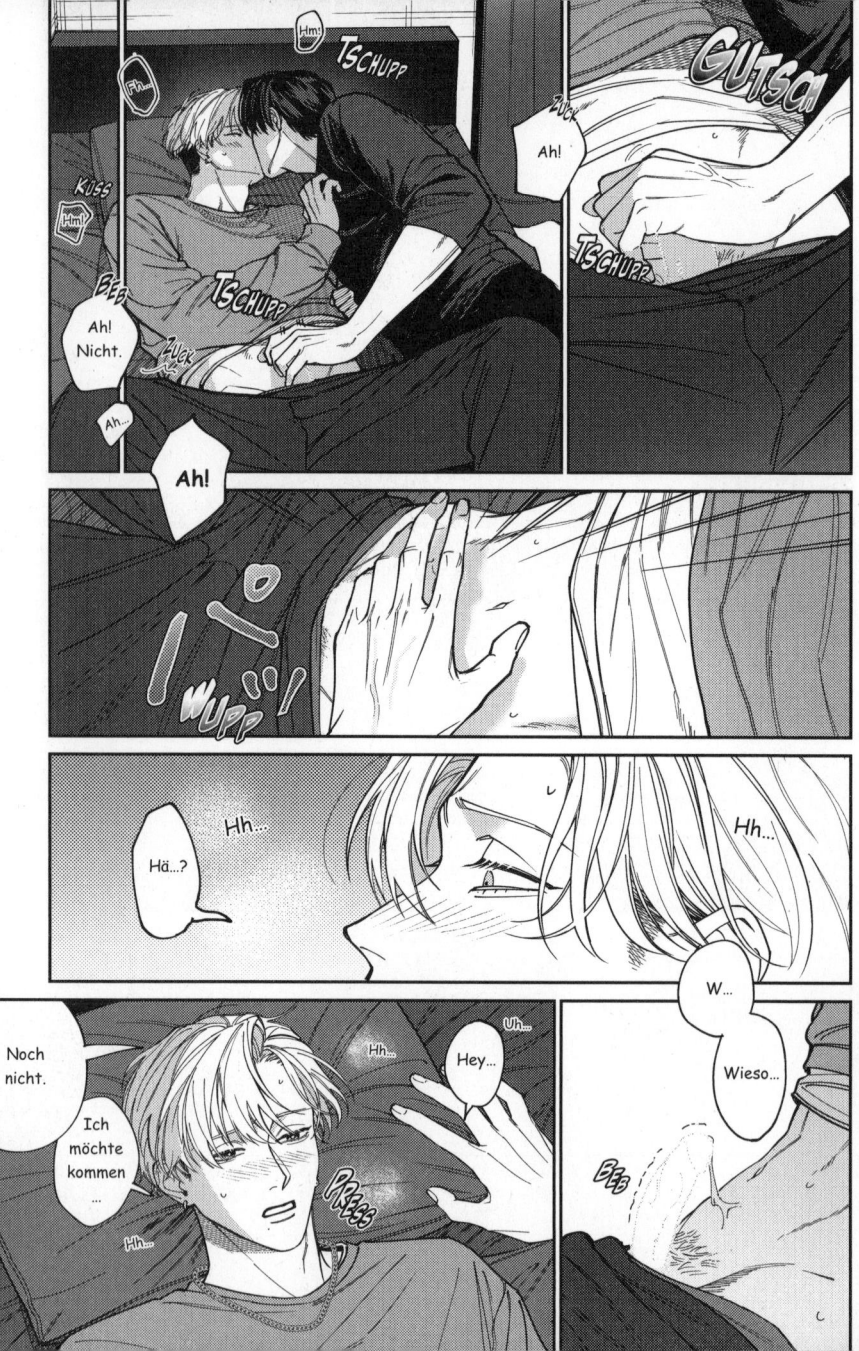

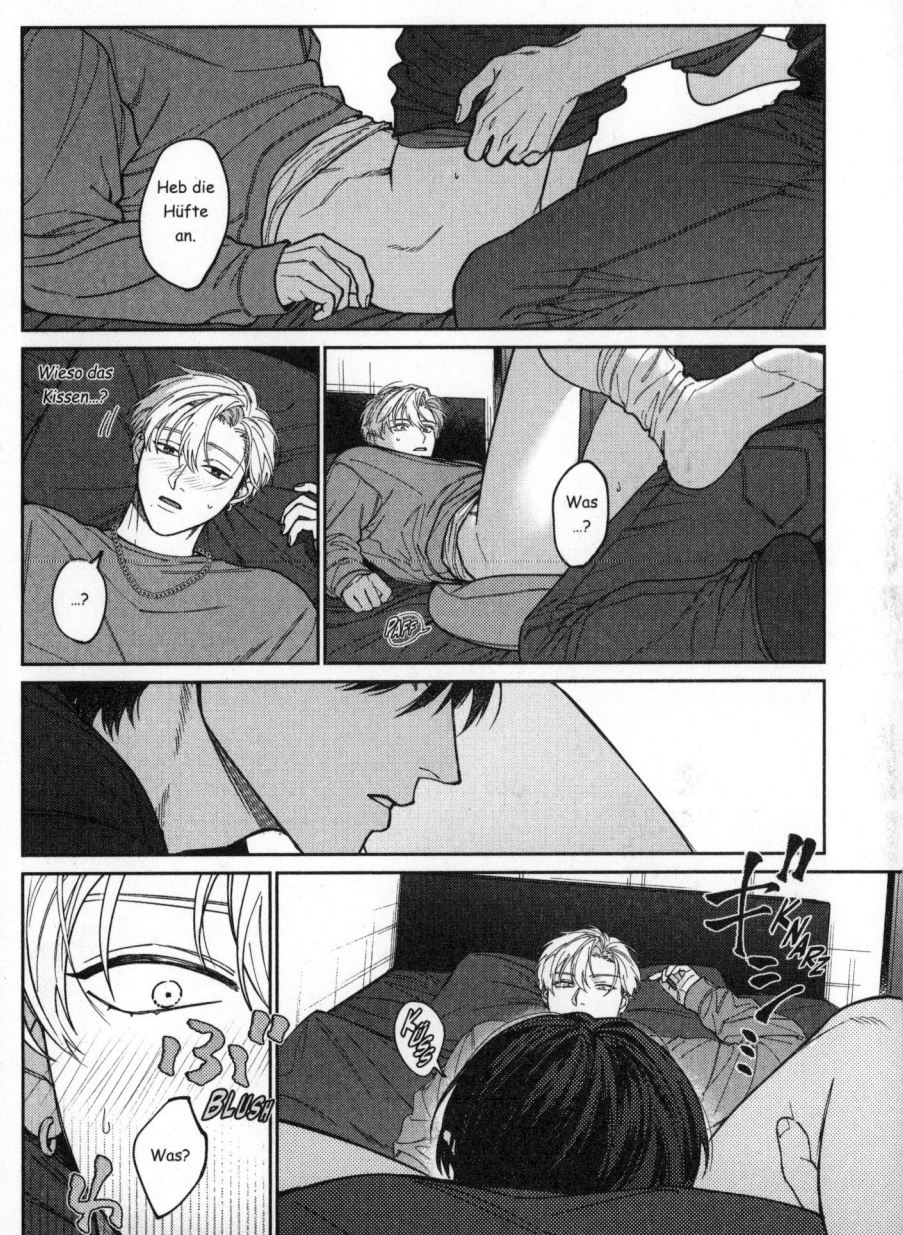

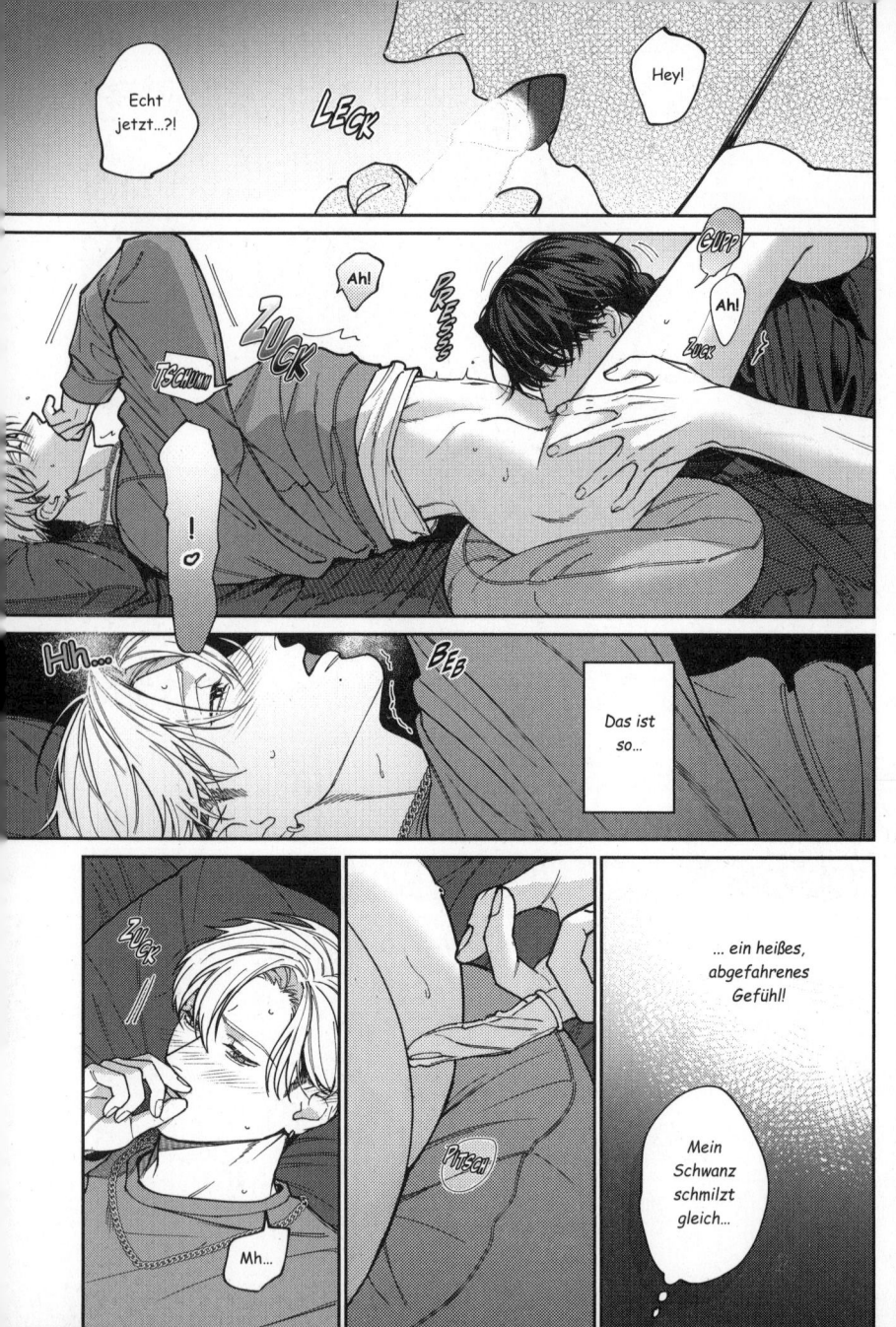

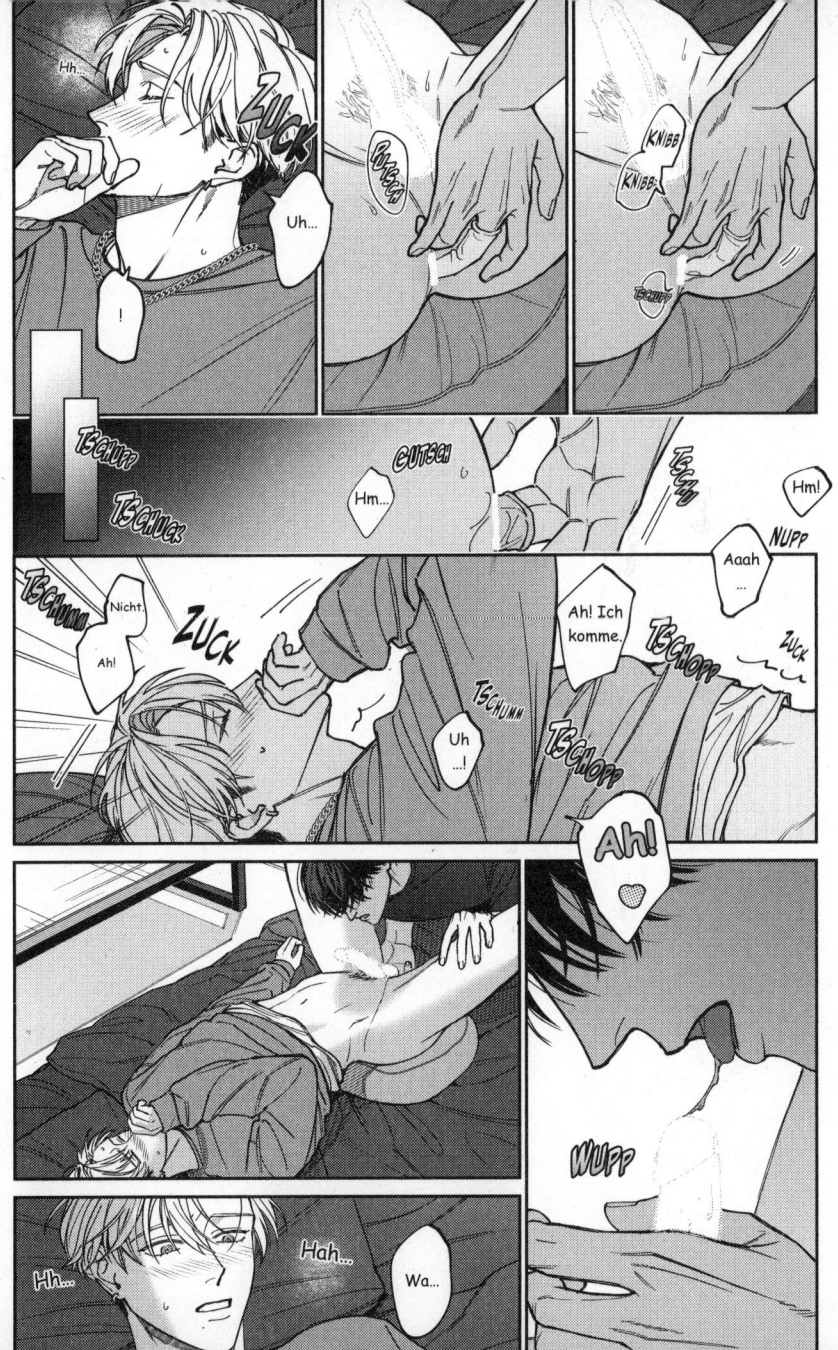

KNA

RZ

War es wirklich so gut?

Uuh...

W... Hh...

Grade...

Warum...?

ZITTER

Hah...

HIBBEL

ZUG

Hh...

... wäre ich fast gekommen...

Hh...

Stimmt.

KISS

ZUCK

Hm.

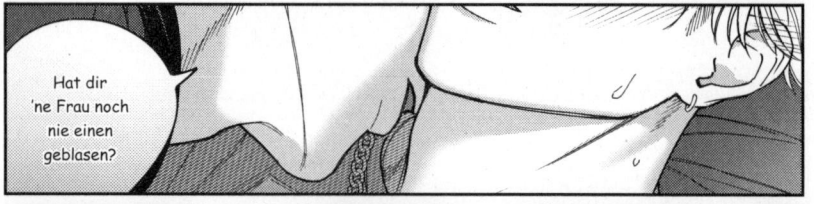

Hat dir 'ne Frau noch nie einen geblasen?

TSCHUPP

ZUG

GUTSCH

So viel müsstest du doch erlebt haben.

TSCHUPP

Wie...?

Hm!

GUTSCH

ZUCK

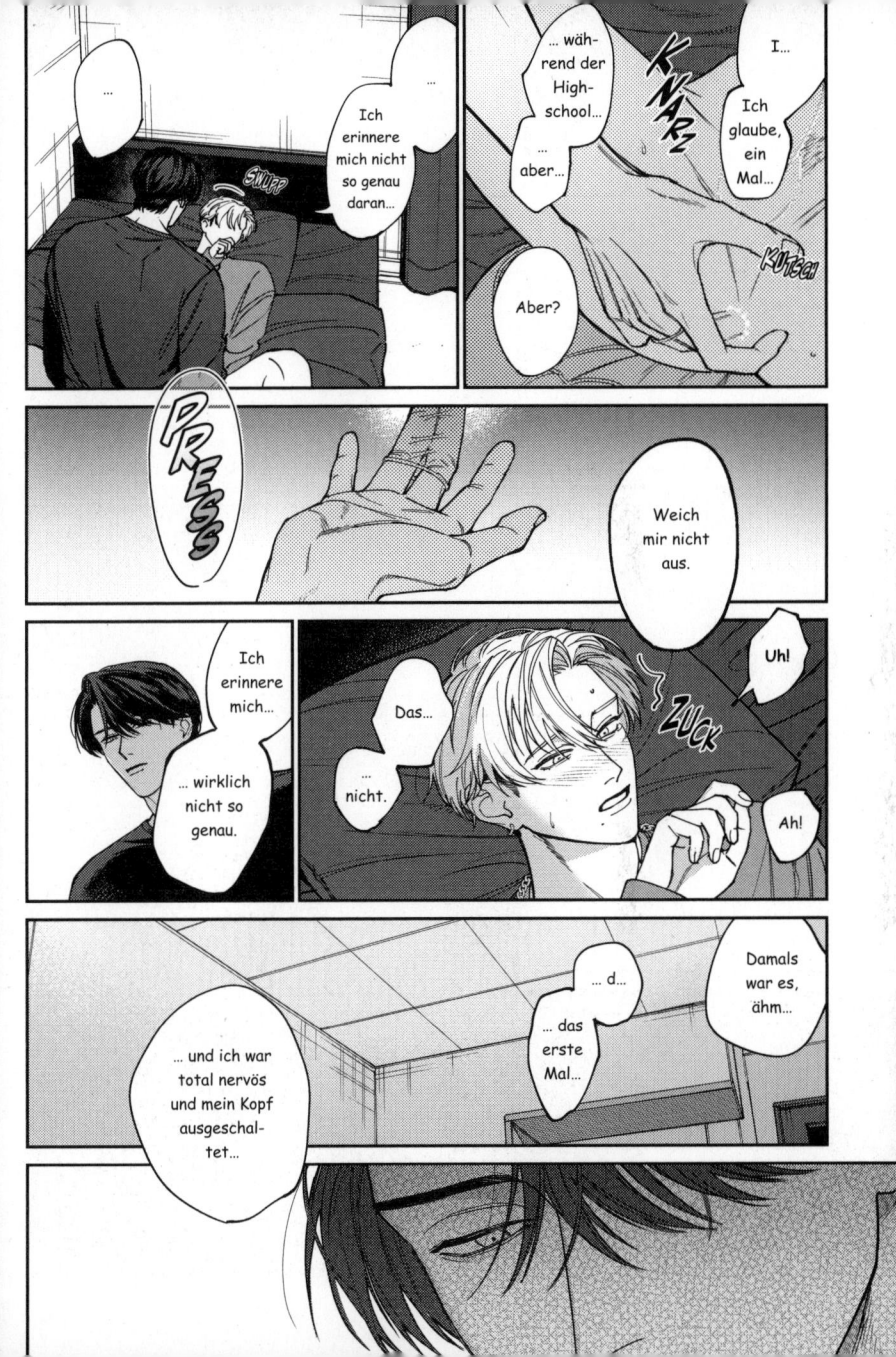

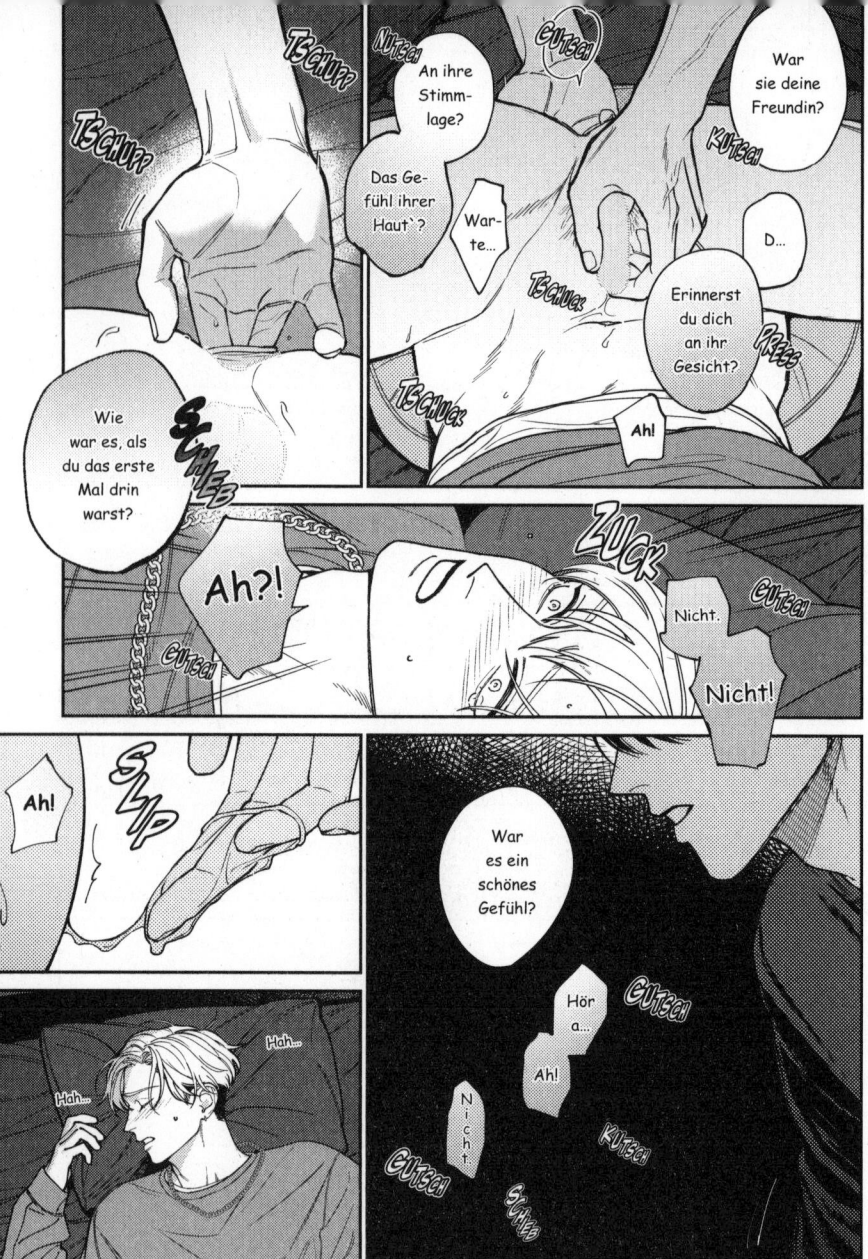

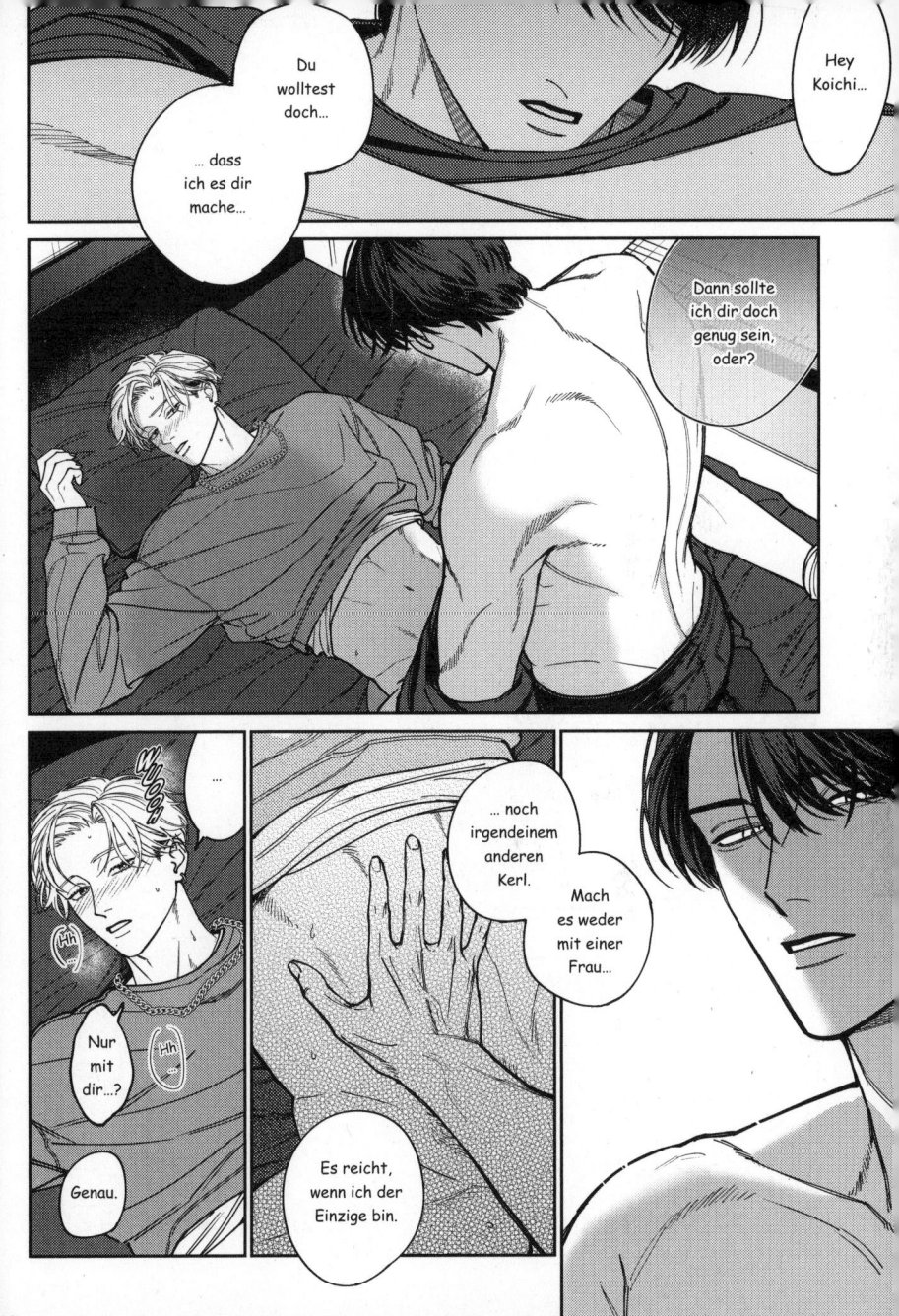

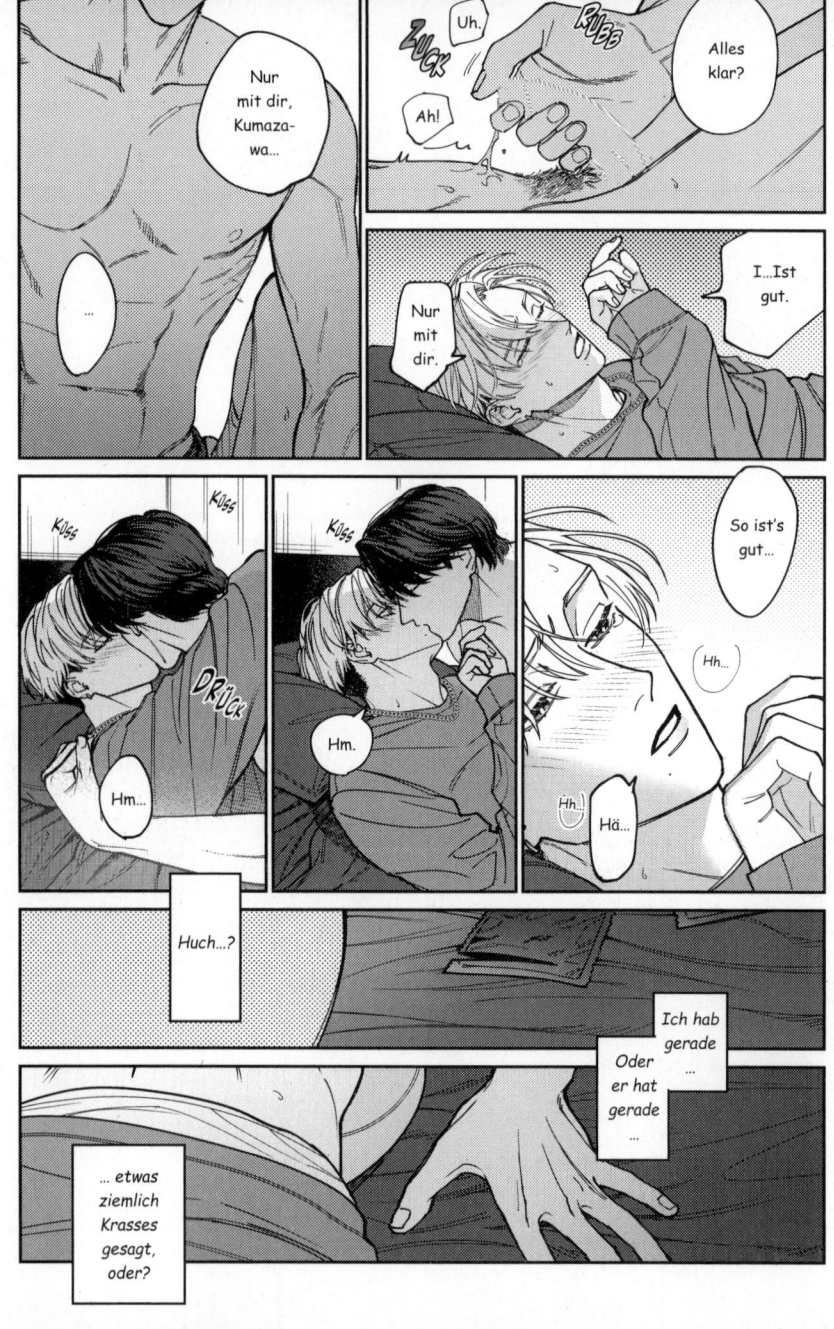

TSCHUPP
Was ...?
Uh!
Ah!
PRESS
BEB
ZUCK
DRÜCK
Ah!
!
ZUCK
PRESS
Ah...
BEB
TRIEF
Ah...
Hh...
Das klappt nicht ...
Warte.
SCHNIEF
Hh...
Hh...
Nicht bewegen ...
Bis jetzt hab ich ihn nur reingesteckt.
Hör mal, Koichi...
Warum kriegst du auf einmal Schiss?
Genau deswegen hast du mir doch ständig in den Ohren gelegen.
Ah!
Hm ...
KNARZ
KNARZ
Ah!

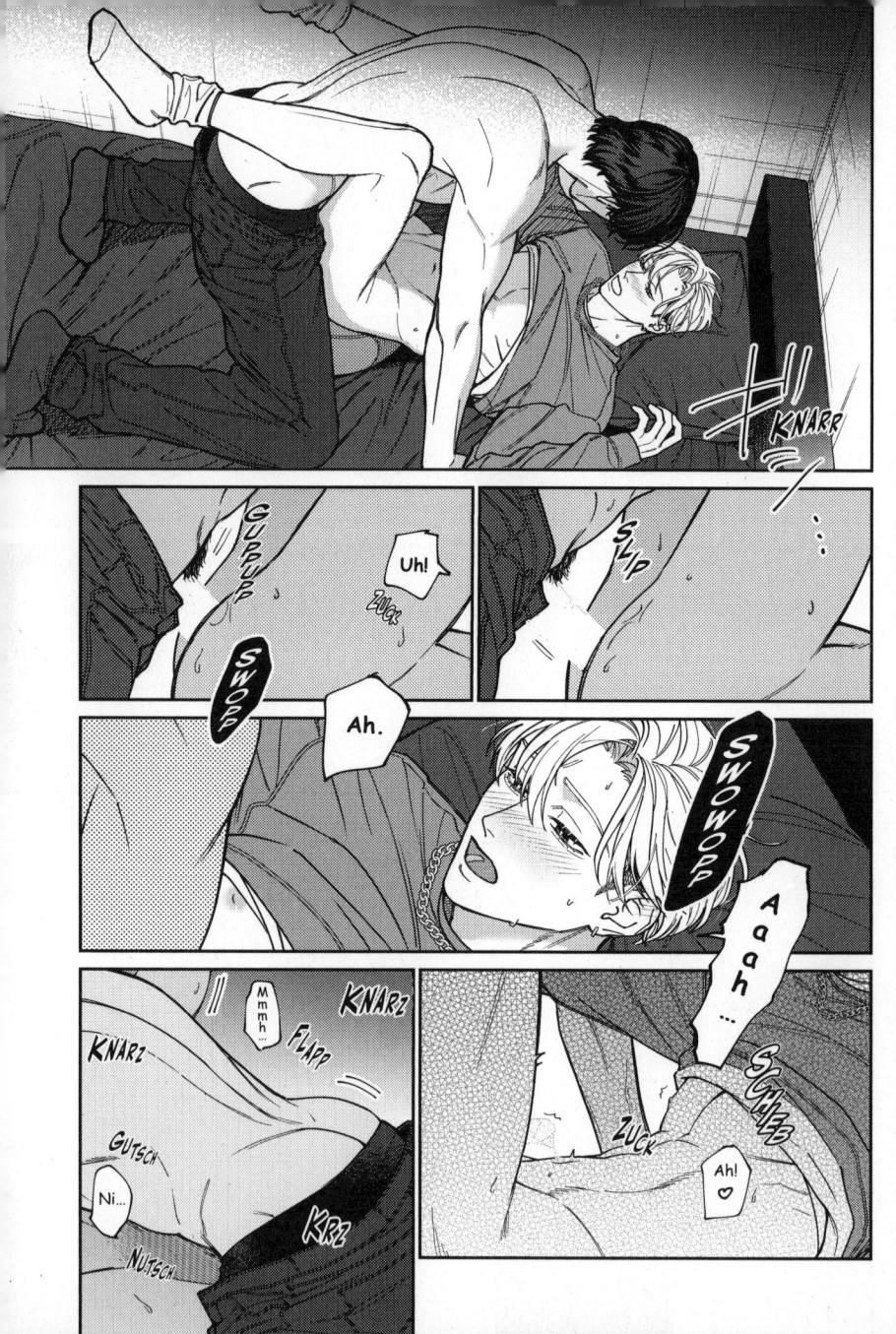

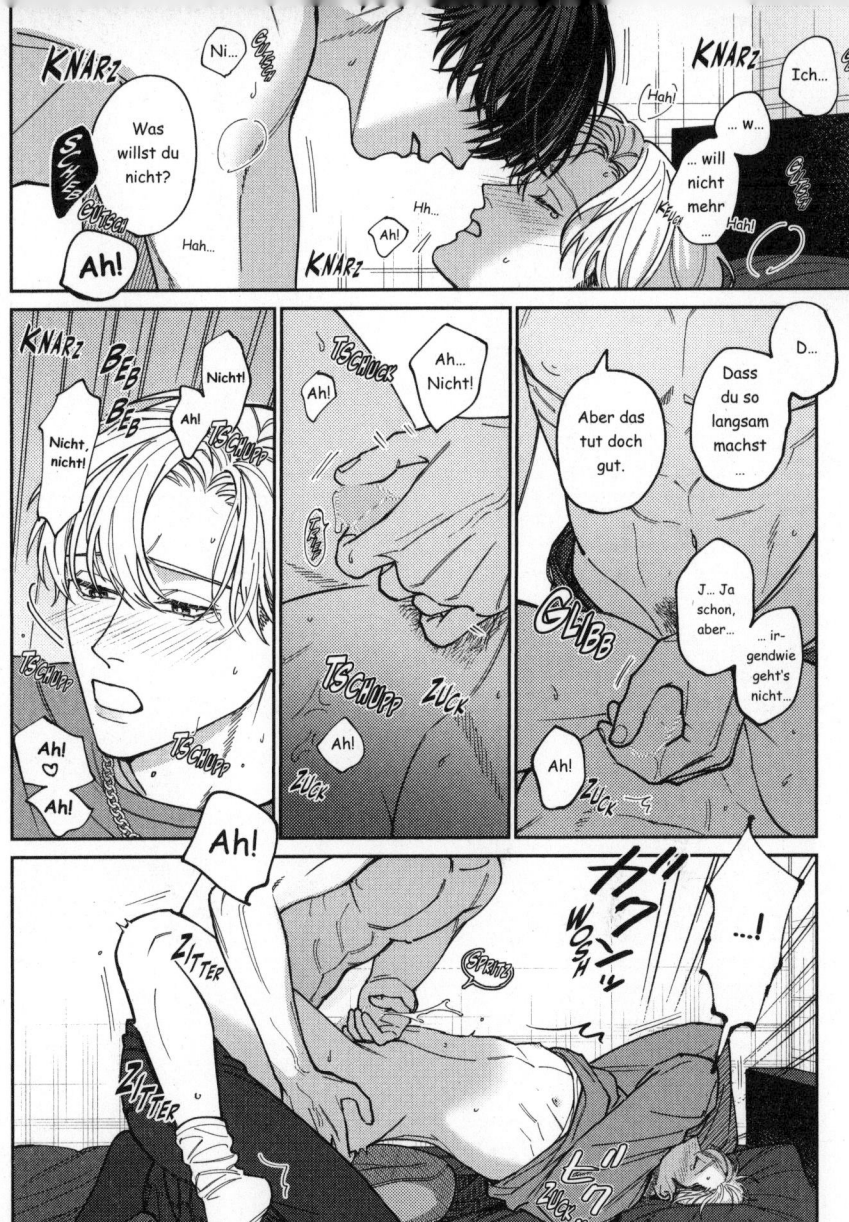

152

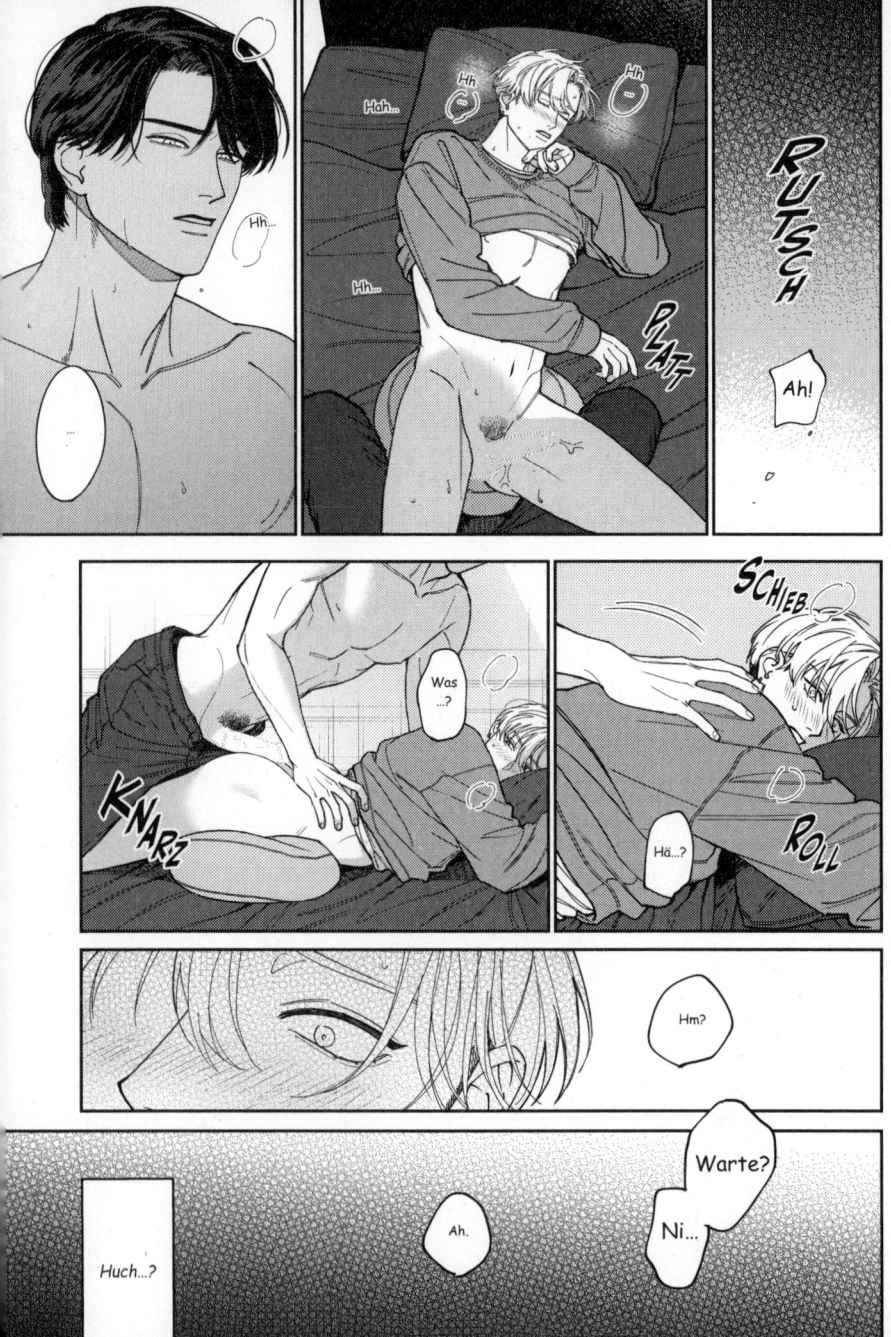

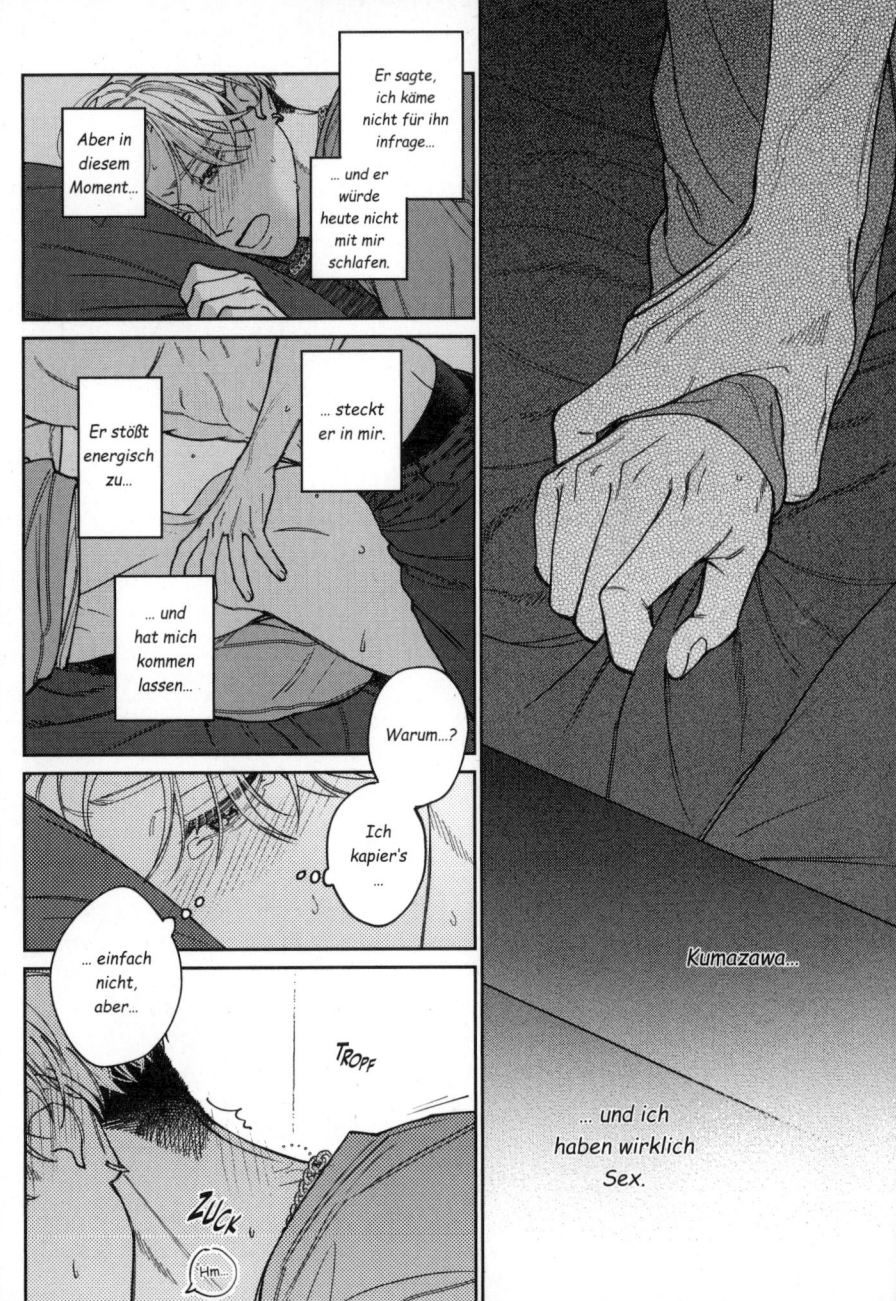

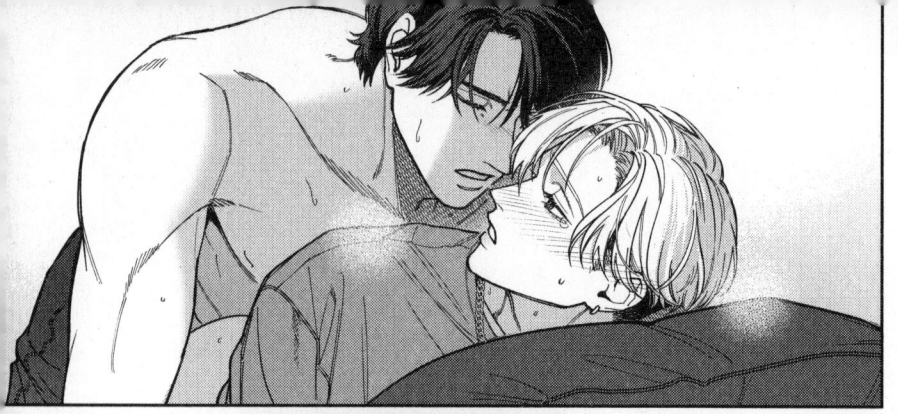

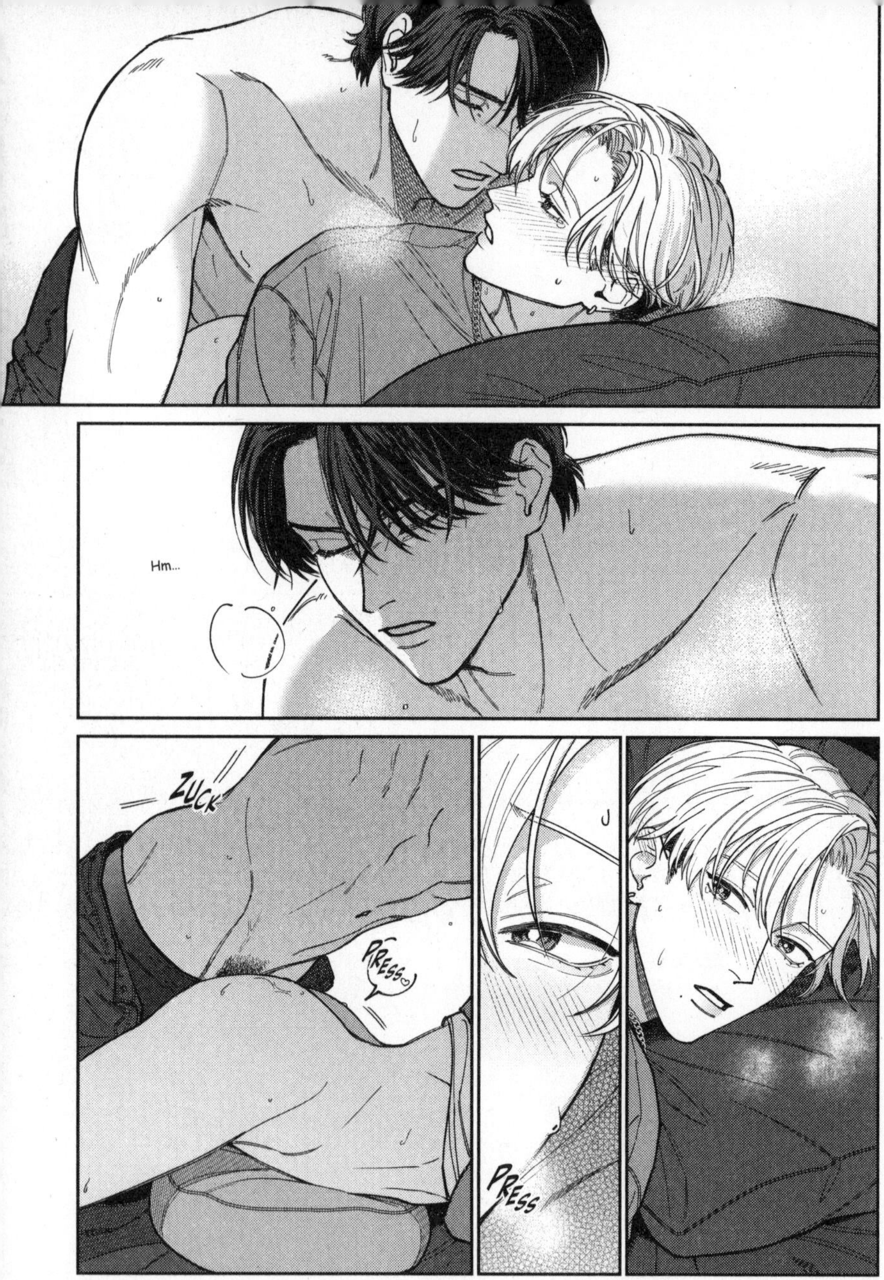

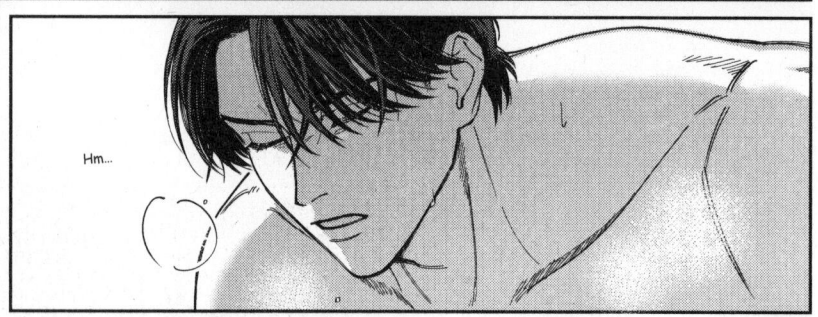

Hm...

ZUCK

PRESS

PRESS

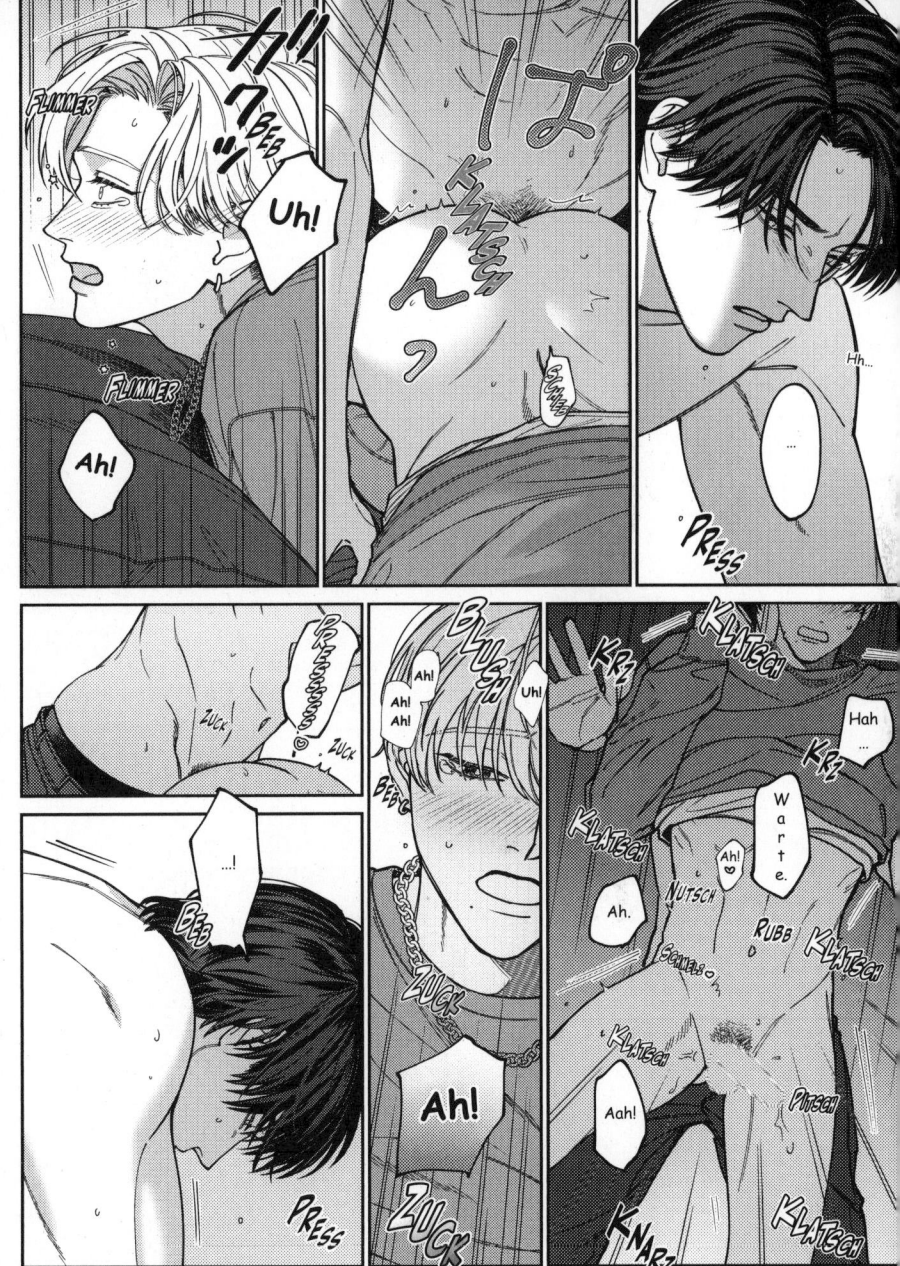

156

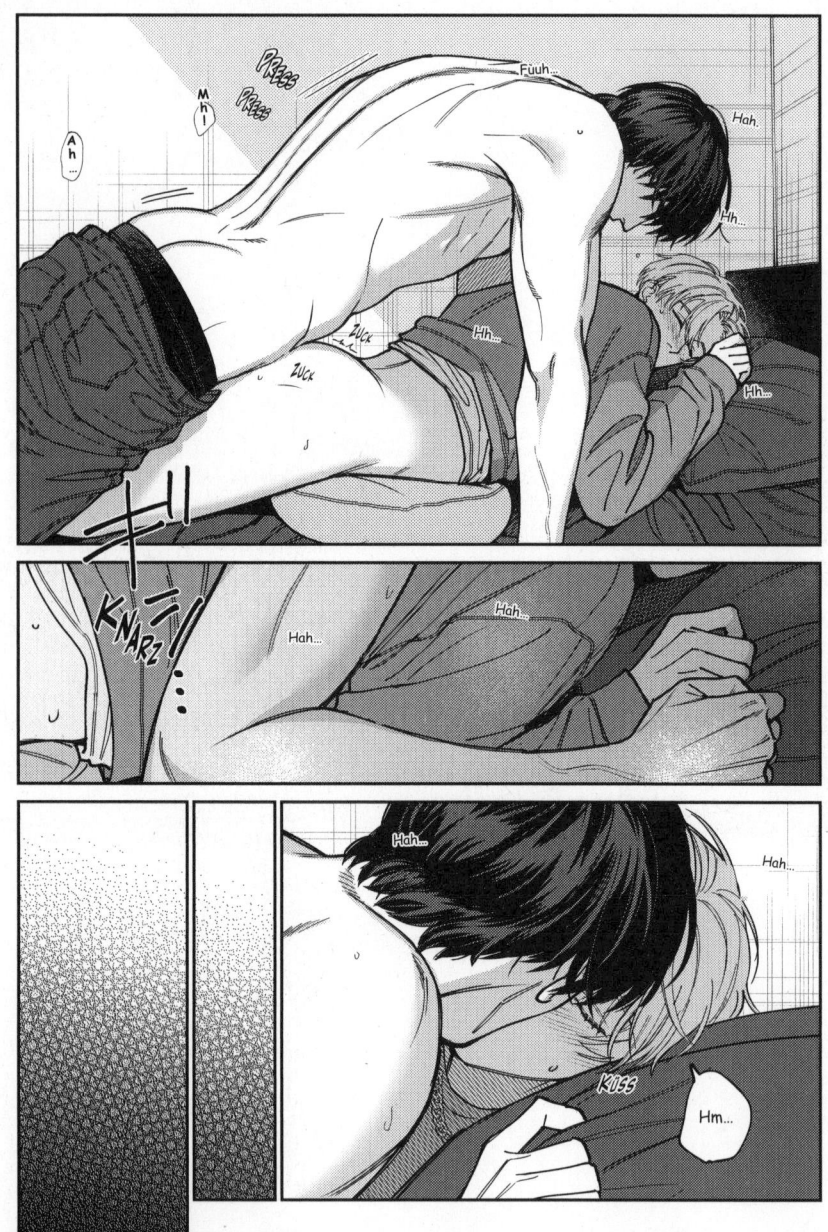

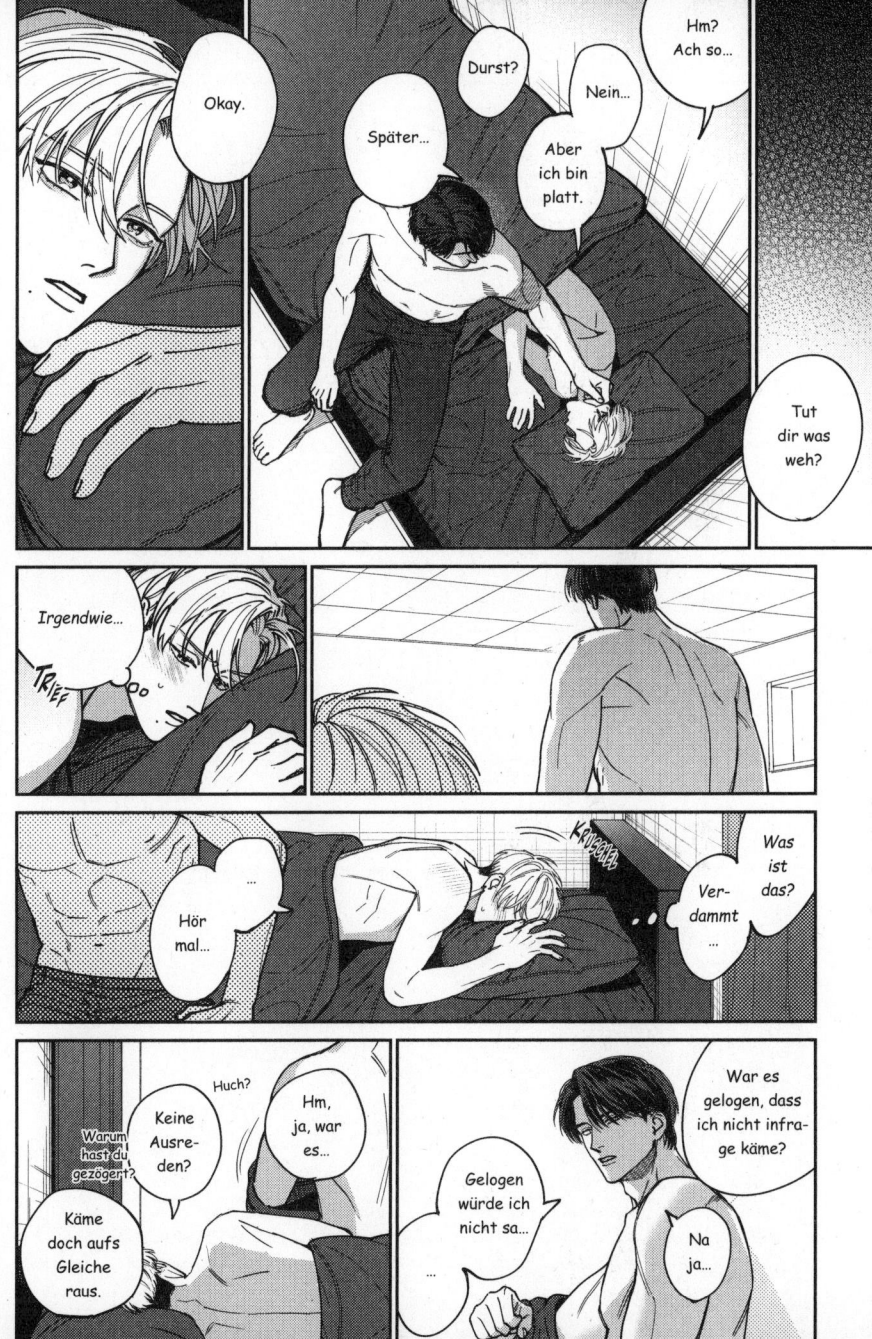

Ja, genau...

Ich musste mich zusammenreißen.

... ich habe dir eigentlich gefallen?

Das heißt...

... eine Beziehung sauber zu beenden, dachte ich...

Ich darf dich nicht anrühren, weil ich wohl nicht mehr in der Lage wäre...

Ehrlich gesagt, hast du mich fasziniert.

Aber gleichzeitig hatte ich ein ungutes Gefühl.

Aber dann hast du mich sabotiert...

?

Na los!

Greif zu!

Vorstellung

BAMM

Das ist erdrückend!

Oh...

Hey, Kumazawa...

Ehrlich gesagt, bin ich bei jedem deiner Besuche ins Schwitzen gekommen...

... aber ich konnte dich nicht rauswerfen.

...

Und zu so einem bist du, naiv wie ein Reh, in die Wohnung...

Um nicht zu sagen, düster...

Genau.

... spaziert.

... düster und lästig.

Das Letzte hab ich nicht gesagt!

Du hast völlig recht.

Ich bin erdrückend...

... Koichi.

Hey...

...

Trotz allem entscheidest du dich für mich?

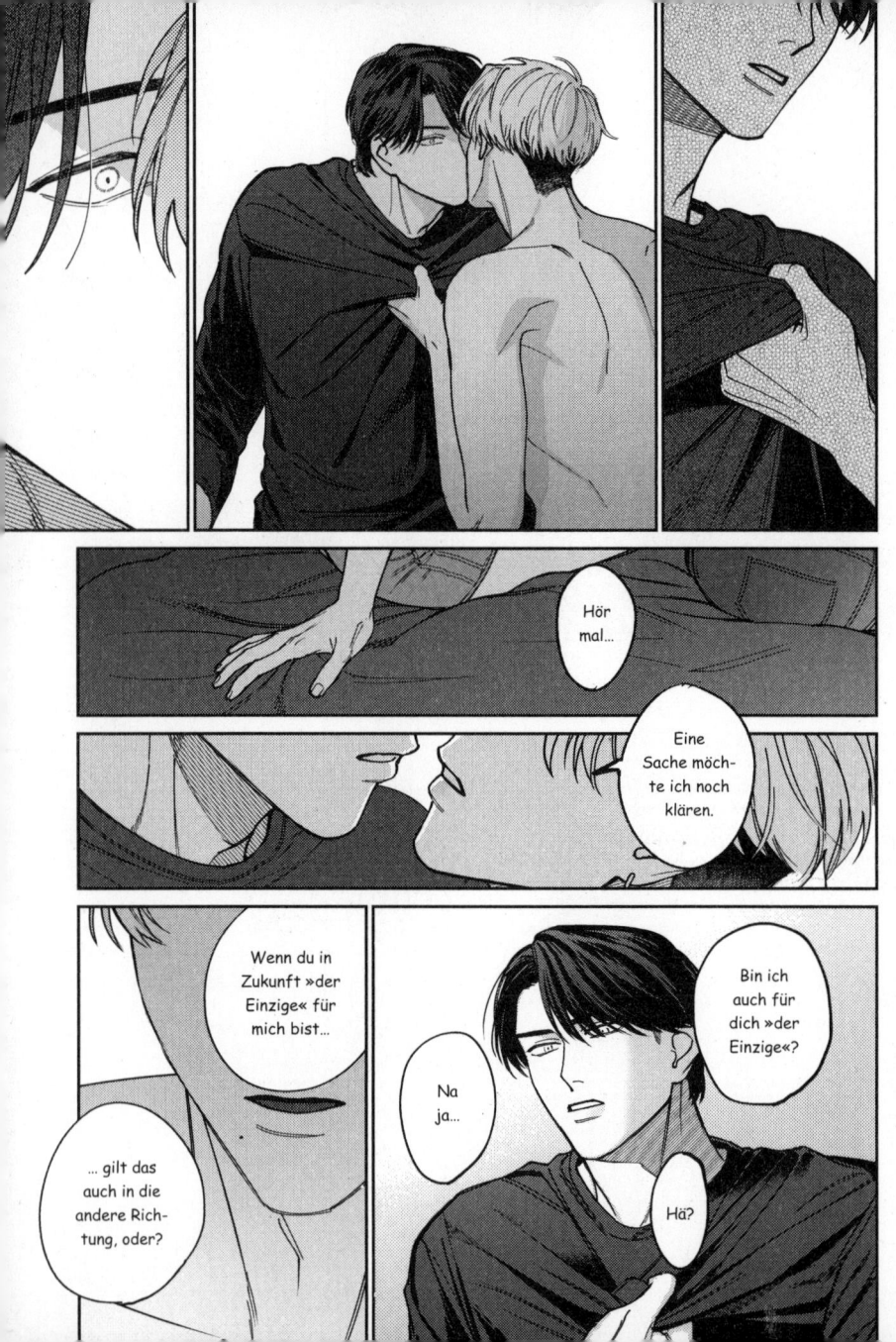

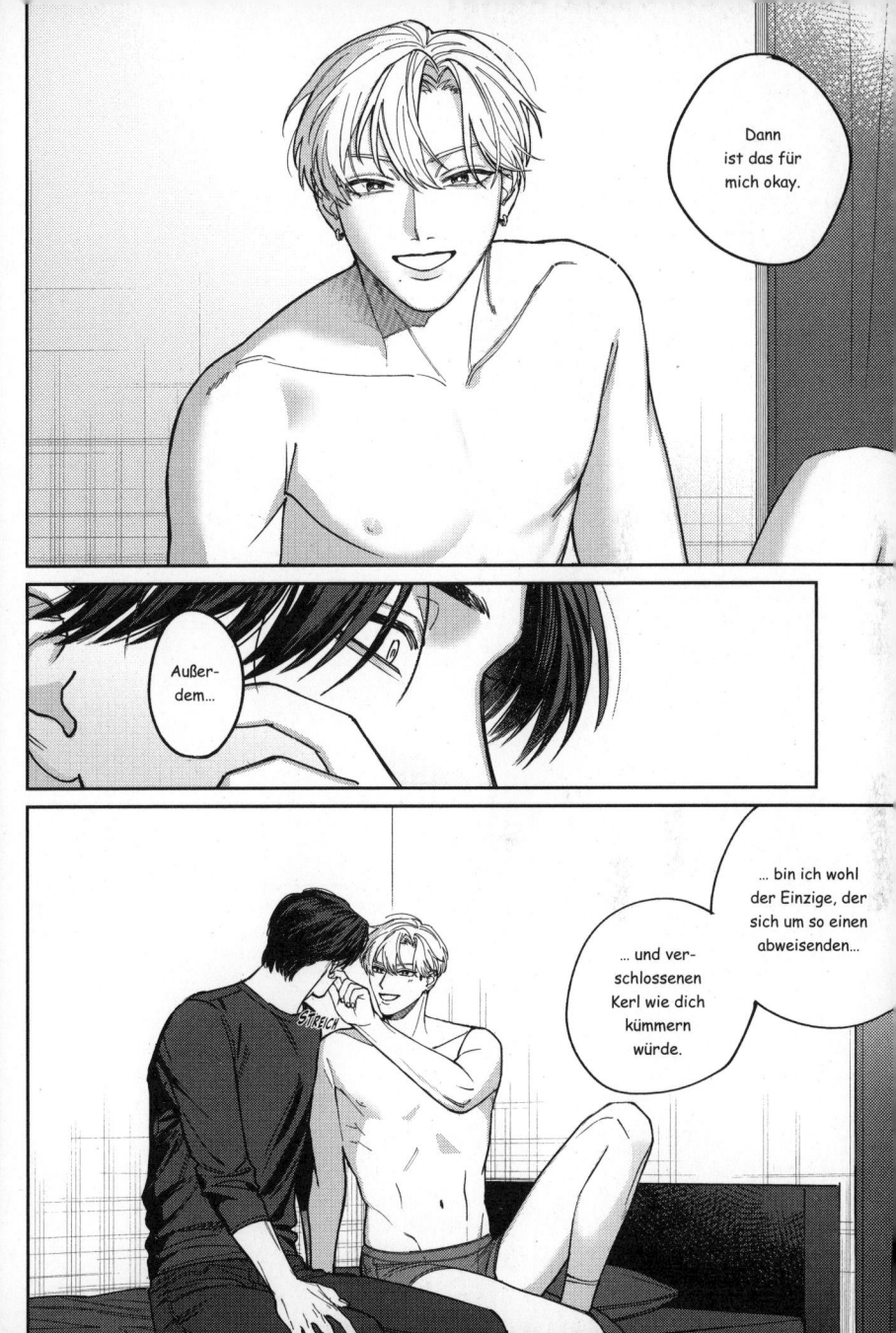

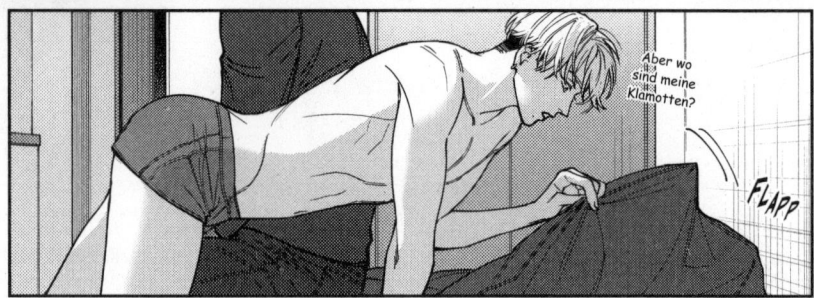

Aber wo sind meine Klamotten?

FLAPP

STARR

...

Ja, dann...

Hey...

PATT

GRABB

Das heißt aber, ich darf, oder?

Verdreh nicht meine Worte!

Ich kann dein Gesicht nicht sehen.

Ist auch nicht nötig.

Sieh mich an.

...

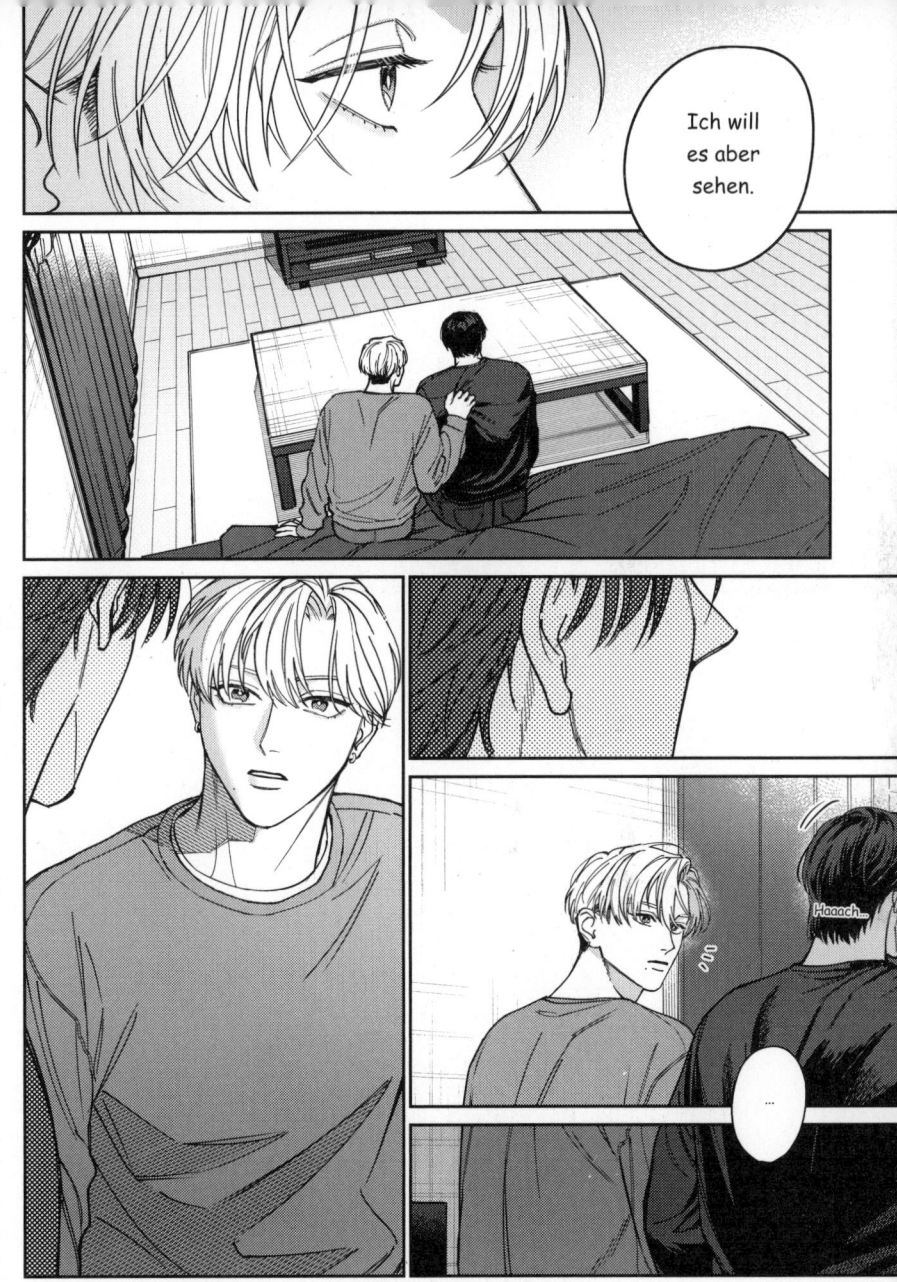

Ich will
es aber
sehen.

Haaach...

...

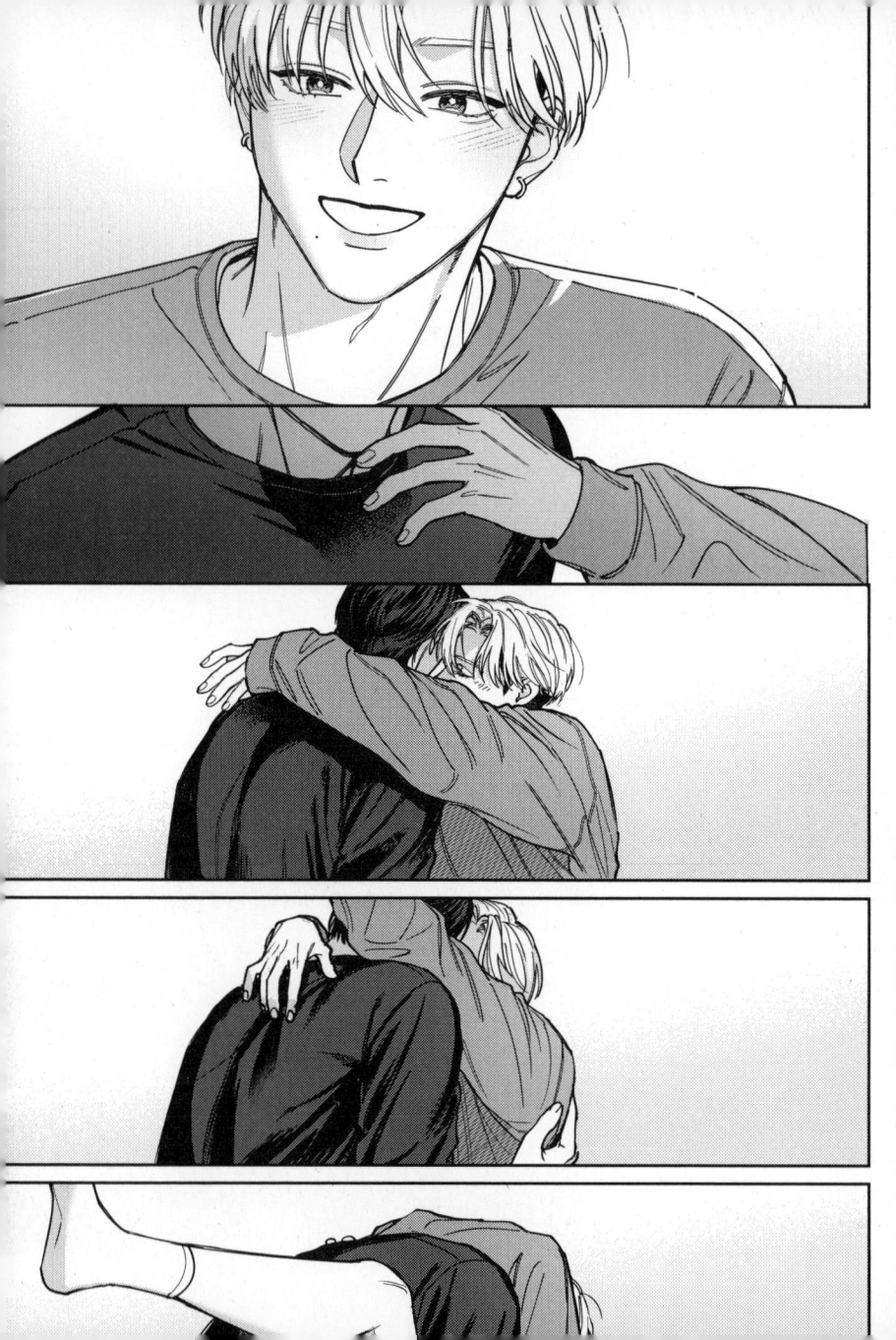

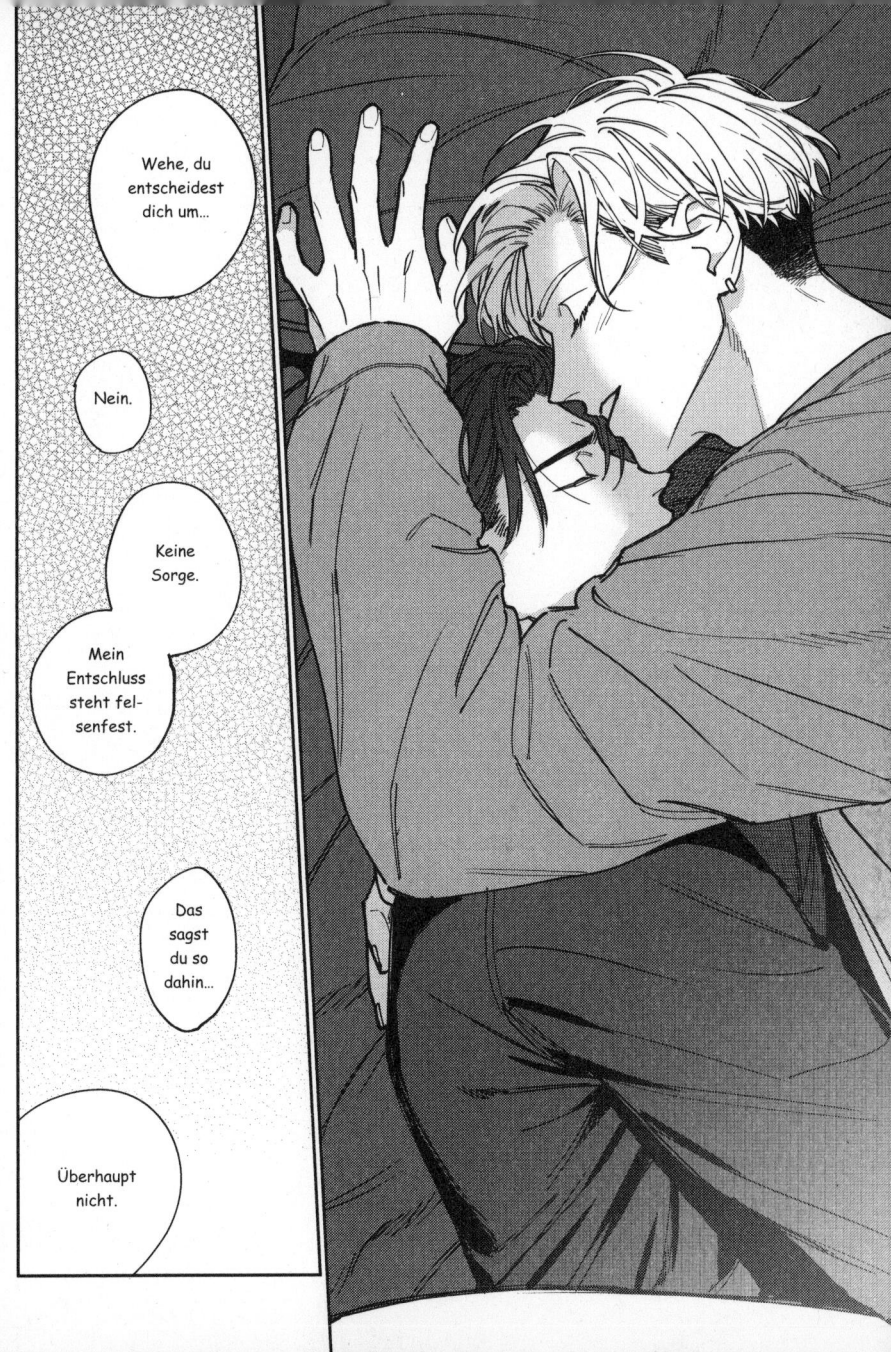

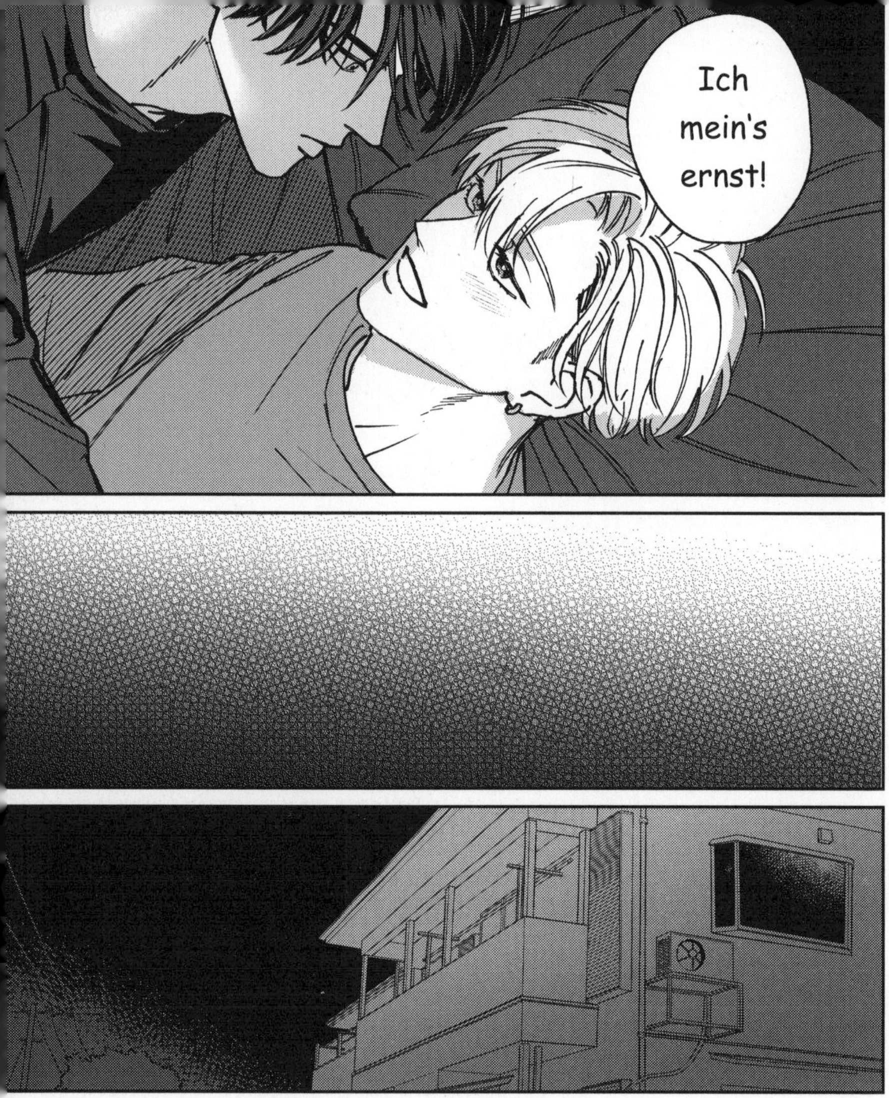

Ich
mein's
ernst!

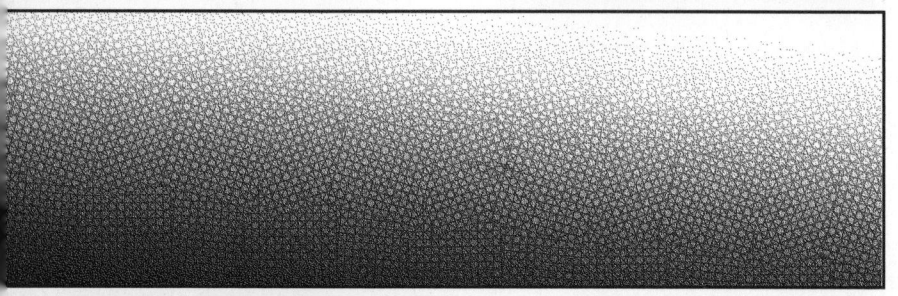

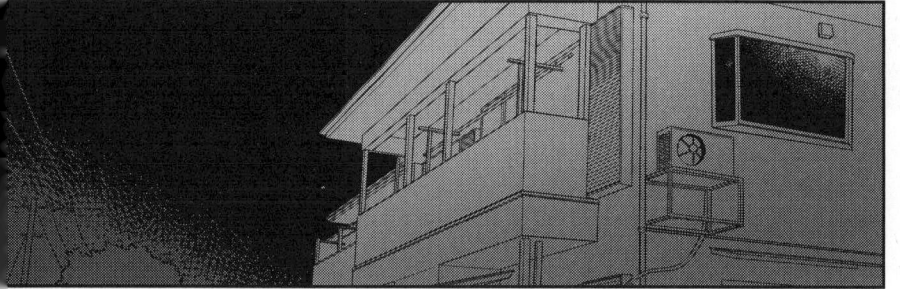

PIEP

Zu laut?

Wie ist der Ton?

Ah! Aaah...

○ Guten Abend!
○ Hab ich.
○ Guten Abend!
○ Dann lass ich's bleiben.
○ Mach uns keinen Druck.
○ Hab ich!
○ Yepp! Es war auf einmal so sauber.
○ Hab ich!
○ Nach Langem mal wieder ein Livestream.
○ Alles Gute zum Umzug!

POPP POPP POPP POPP

Seht sie euch an!

Unbe- dingt!

Guten Abend!

Und? Habt ihr die Videotour durch mein neues Heim gesehen, die ich heute hochgeladen hab?

Genau! Ich bin um- gezogen!

Danke!

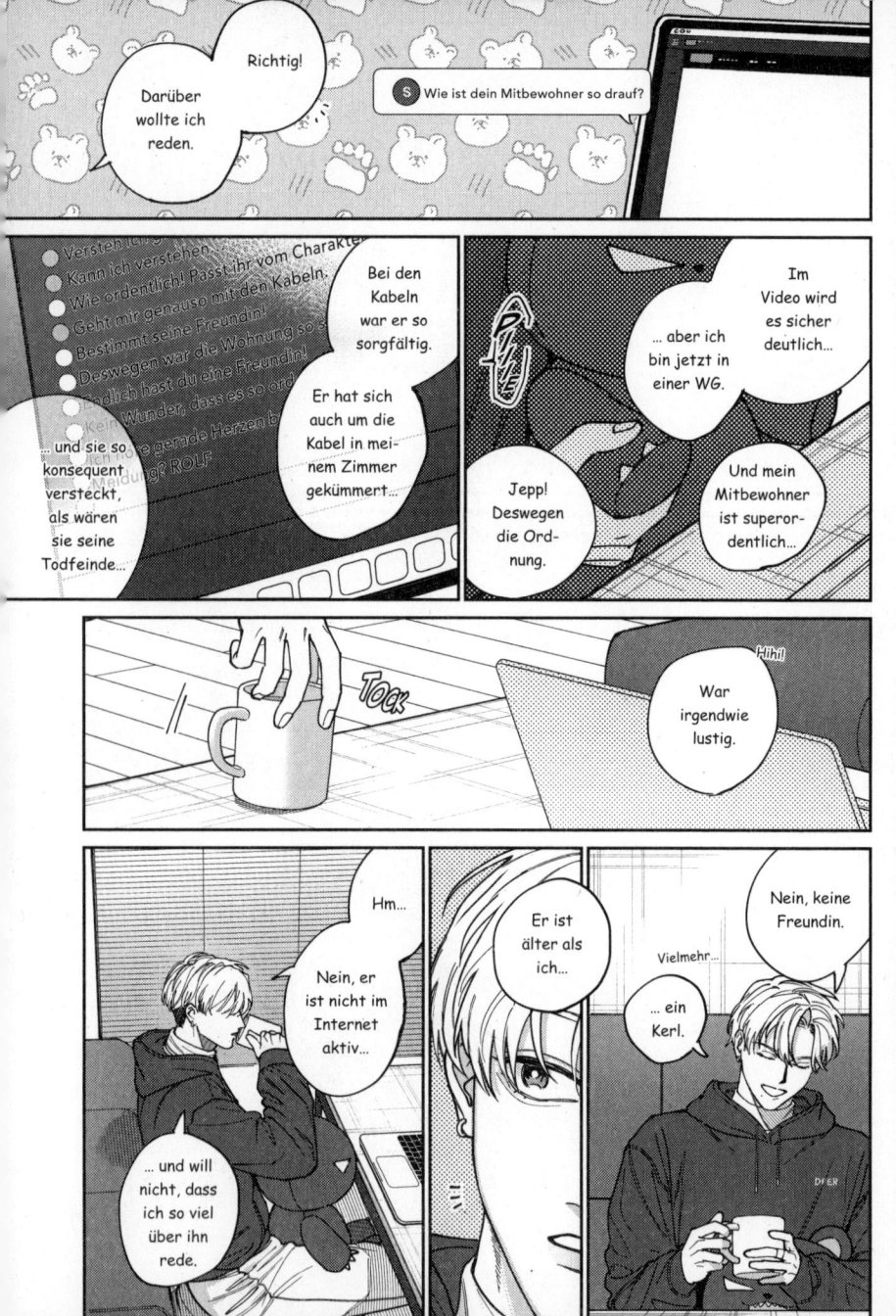

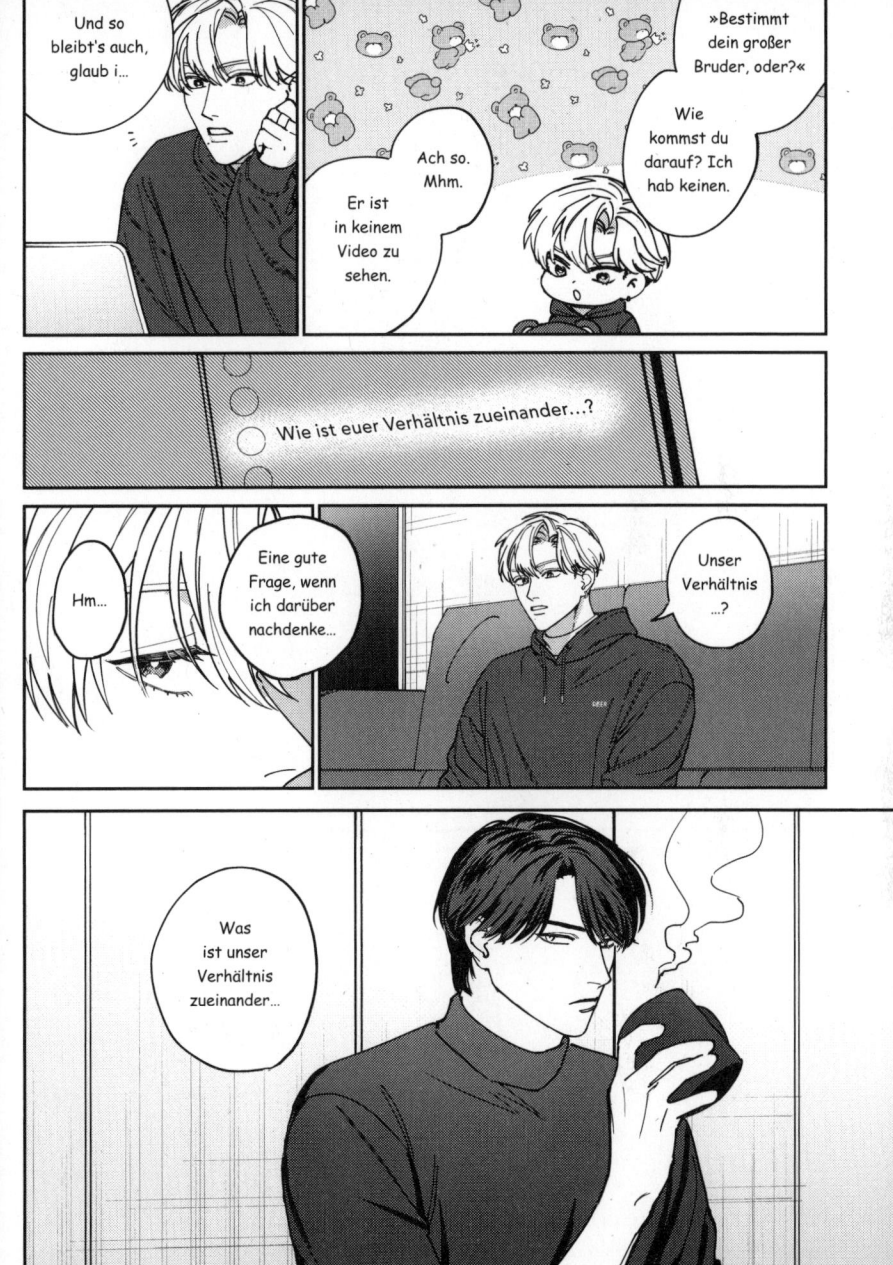

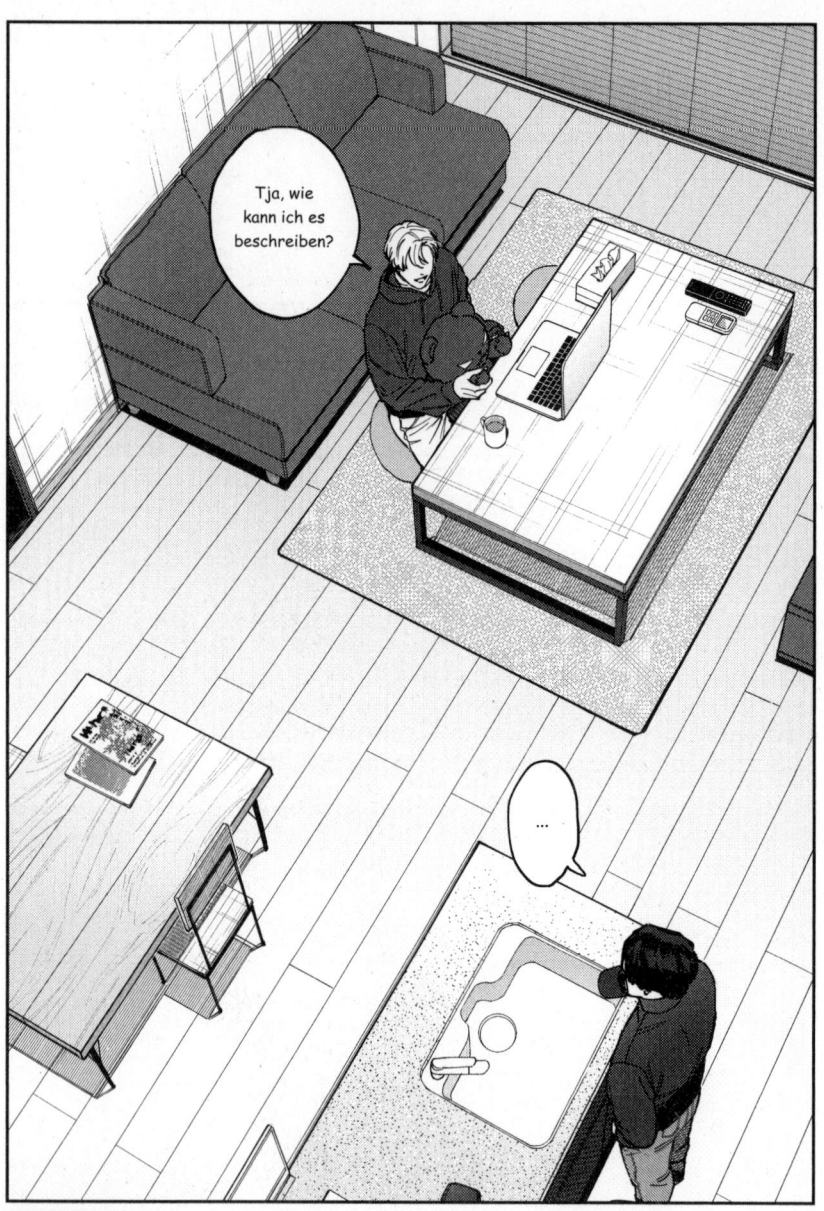

ENDE 🐻 😿

Du bist selbst schuld daran.

Koichi...

Tut mir leid...

Dabei habe ich es dir oft genug gesagt.

Kuma-zawa...

In Zukunft solltest du doch unbe-dingt...

Aus Kapitel 3!

War mit Kollegen einen trinken und wurde sternhagelvoll nach Hause gebracht.

Muahahaha!

Sor... ry...

Hach

... bei einem Drink aufhören, egal wie wenig Alkohol er hat...

172

Mit ihm wird's nie langweilig...

Stimmt!

Ihr lebt sogar zusammen?!

Hör ich zum ersten Mal!

Ein Kerl?! Älter?!

Ja. Deswegen der Umzug.

... Koichis Partner doch ist...

Was für ein zuverlässiger und cooler Typ...

Halt! Stopp! Moment!

Mhm...

Er war riesig...

Hach...

Als ob ich einen Betrunkenen anrühren würde.

Keine Ahnung, was du meinst. Du wolltest das einfach nur mal sagen, oder?

SCHWANK

Das sagst du nur, um mich auszuziehen und... und dann...

... was Versautes zu machen.

Zieh dich wenigstens um, bevor du dich hinlegst.

SCHWANK

Hä?

Du ...

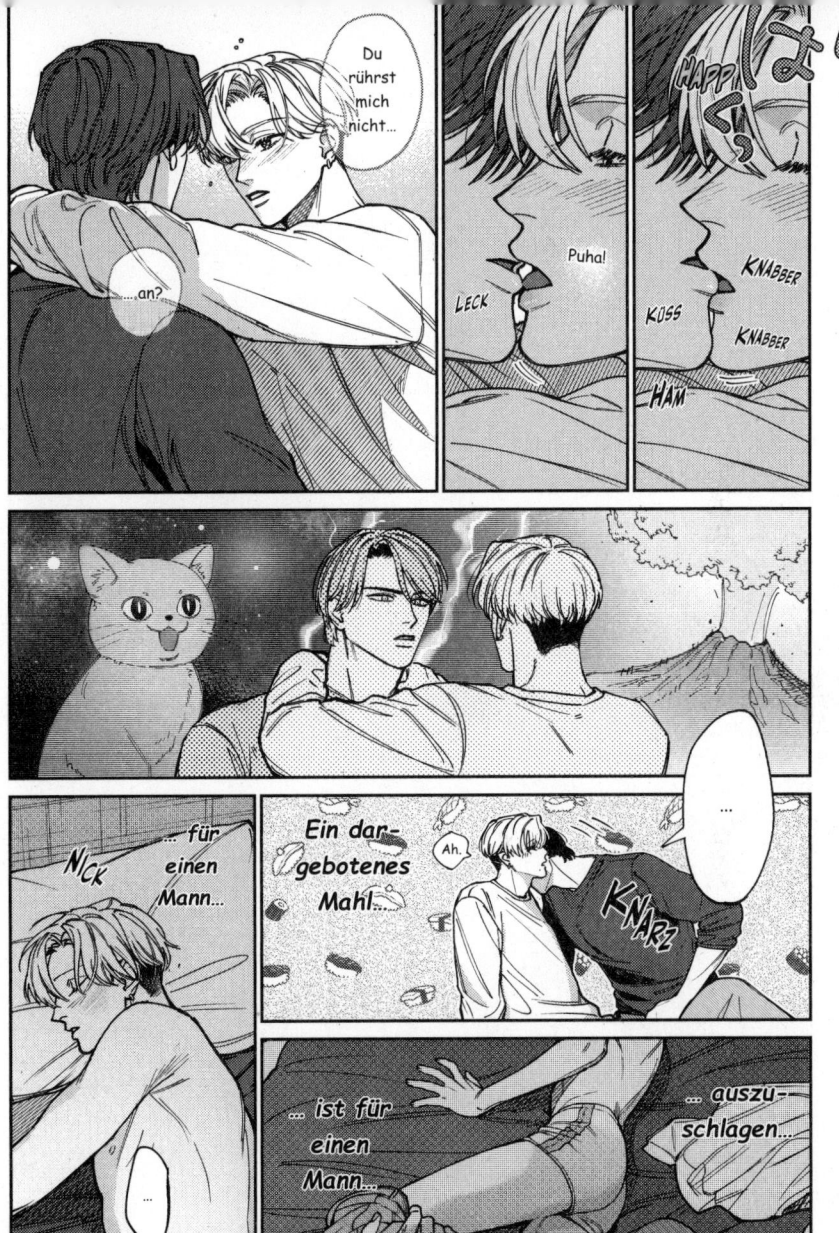

174

Anständig

Huch?

Bettfertig

Schön, wieder zu Hause zu sein.

Hey... Warte kurz.

Hm...

Sich über einen Schlafenden herzumachen, ist doch eine viel größere Schande...

Was gibt's?

Ich mach das Licht aus...

Puh—

Mhm.

Will-kommen daheim...

CAN'T FIX THESE FEELINGS

Kann es sein...

... dass du die falsche Seite aufgeschlagen hast?

ist ein japanischer Manga, der originalgetreu von »hinten« nach »vorne« und von rechts nach links gelesen wird! Schlagt das Buch also »hinten« auf und blättert Seite für Seite nach »vorne« weiter! Auch die Bilder und Sprechblasen werden von rechts oben nach links unten gelesen, wie es in der Grafik gezeigt wird! HAYABUSA wünscht gute Unterhaltung!

HAYABUSA
2025 Carlsen Verlag GmbH · Völckersstraße 14-20 · 22765 Hamburg
Aus dem Japanischen von Melania Schmitz
ORETACHI WA KOIBITO NI MUITE INAI
© 2022 Kou Hirokawa / ShuCream Inc.
All rights reserved. First published in Japan in 2022 by ShuCream Inc.
German translation rights arranged through TOHAN CORPORATION, Tokyo.
Original Cover Design: BREW
Redaktion: Lisa Duty
Herstellung: Maria Niemann
Alle deutschen Rechte vorbehalten.
Wir behalten uns die Nutzung unserer Inhalte für Text und Data Mining im Sinne von § 44b UrhG ausdrücklich vor.
ISBN: 978-3-551-62514-4

FOLLOW THE FALCON
www.hayabusa-manga.de
www.carlsen.de
hayabusa_manga

MIX
Papier | Fördert
gute Waldnutzung
FSC® C083411

Wir produzieren nachhaltig
• Klimaneutrales Produkt
• Papiere aus nachhaltigen und kontrollierten Quellen
• Hergestellt in Europa